WARRIORS

貓戰士

新預言

二部曲之V

黃昏戰爭

Twilight

晨星出版

特別感謝基立・鮑德卓。

黑毛：琥珀色眼睛、淺灰色的公貓。

栗尾：琥珀色眼睛、玳瑁色加白色的母貓。

見習生　（六個月大以上的貓，正在接受戰士訓練）

白掌：綠眼睛的白色母貓。導師：蕨毛。

樺掌：淺棕色公虎斑貓。導師：灰毛。

貓后　（正在懷孕或照顧幼貓的母貓）

蕨雲：綠眼睛、身上有深色斑點的淺灰色母貓。

長老　（退休的戰士和退位的貓后）

金花：淡薑黃色的毛，也是最年長的貓后。

長尾：蒼白帶有暗黑色條紋的公虎斑貓，因視力退化而提前從戰士退休。

鼠毛：嬌小的暗棕色母貓。

本集各族成員

雷族 *Thunderclan*

族長　**火星**：有火焰般毛色的薑黃色公貓。

副手　**灰紋**：灰色的長毛公貓。

巫醫　**煤皮**：暗灰色的母貓。

葉池：琥珀色眼睛、白色腳掌、嬌小的淺褐色母虎斑貓。

戰士　（公貓，以及沒有年幼子女的母貓）

塵皮：黑棕色的公虎斑貓。見習生：鼠掌。

沙暴：淡薑黃色的母貓。

雲尾：白色的長毛公貓。

蕨毛：金棕色的公虎斑貓。見習生：白掌。

刺爪：金棕色的公虎斑貓。

亮心：白色帶薑黃色斑點的母貓。

棘爪：琥珀色眼睛、暗棕色的公虎斑貓。

灰毛：深藍色眼睛、灰白色帶深色斑點的公貓。見習生：樺掌。

雨鬚：藍眼睛的深灰色公貓。

松鼠飛：綠眼睛的暗薑色母貓。

蛛足：琥珀色眼睛、四肢修長、肚子是棕色的黑色公貓。

風族 *Windclan*

族長　一星：棕色的公虎斑貓。

副手　灰足：灰色母貓。

巫醫　吠臉：尾巴很短的棕色公貓。

戰士　網足：暗灰色的公虎斑貓。見習生：鼬掌。

裂耳：公虎斑貓。

鴉羽：藍眼睛的灰黑色公貓。

夜雲：黑色母貓。

見習生

鼬掌：有白掌的薑黃色公貓。導師：網足。

貓后　白尾：嬌小的白色母貓。

影族 *Shadowclan*

族長　**黑星**：白色大公貓，腳掌巨大黑亮。

副手　**枯毛**：暗薑黃色的母貓。

巫醫　**小雲**：非常嬌小的公虎斑貓。

戰士　**橡毛**：嬌小的棕色公貓。

褐皮：綠色眼睛的母玳瑁貓。

花楸爪：薑黃色公貓。見習生：爪掌。

杉心：暗灰色公貓。

見習生

爪掌：導師：花楸爪。

族外的貓 *cats outside clans*

大麥：黑白花色公貓，住在離森林很近的農場裡。

烏掌：烏亮的黑貓，和大麥一起住在農場裡。

小灰：灰白相間的公貓，出生在附近的馬廄裡。

黛西：乳黃色的長毛母貓，和小灰、絲兒住在一起。

絲兒：瘦小的灰白母貓，和小灰、黛西住在一起。

其他動物 *other animals*

午夜：一隻懂占卜的獾，住在海邊。

河族 *Riverclan*

族長　豹星：帶有少見斑點的金色母虎斑貓。

副手　霧足：藍眼睛的暗灰色母貓。

巫醫　蛾翅：琥珀色眼睛、漂亮的金色母虎斑貓。

戰士　黑爪：煙黑色的公貓。見習生：田鼠掌。

鷹霜：藍眼睛、肚子是白色、肩膀很寬的深棕色公貓。

田鼠齒：嬌小的棕色公虎斑貓。

蘆葦鬚：黑色公貓。見習生：漣掌。

見習生

田鼠掌：年輕的貓咪。導師：黑爪。

漣掌：銀灰毛色的母貓。導師：蘆葦鬚。

貓后　曙花：淺灰色母貓。

苔皮：玳瑁色母貓。

長老　沉步：強壯的公虎斑貓。

春藤尾：棕色的母虎斑貓。

被遺棄的兩腳獸窩
月池
轟雷族小徑
雷族營地
空地
風族營地
斷半橋
兩腳獸地盤
馬兒地盤
轟雷路
雷族
河族
影族
風族
星族

綠葉
兩腳獸地盤
兩腳獸窩
兩腳獸小徑
空地
兩腳獸小徑
影族營地
半橋
小轟雷路
綠葉
兩腳獸地盤
半橋
小河
小島
河族營地

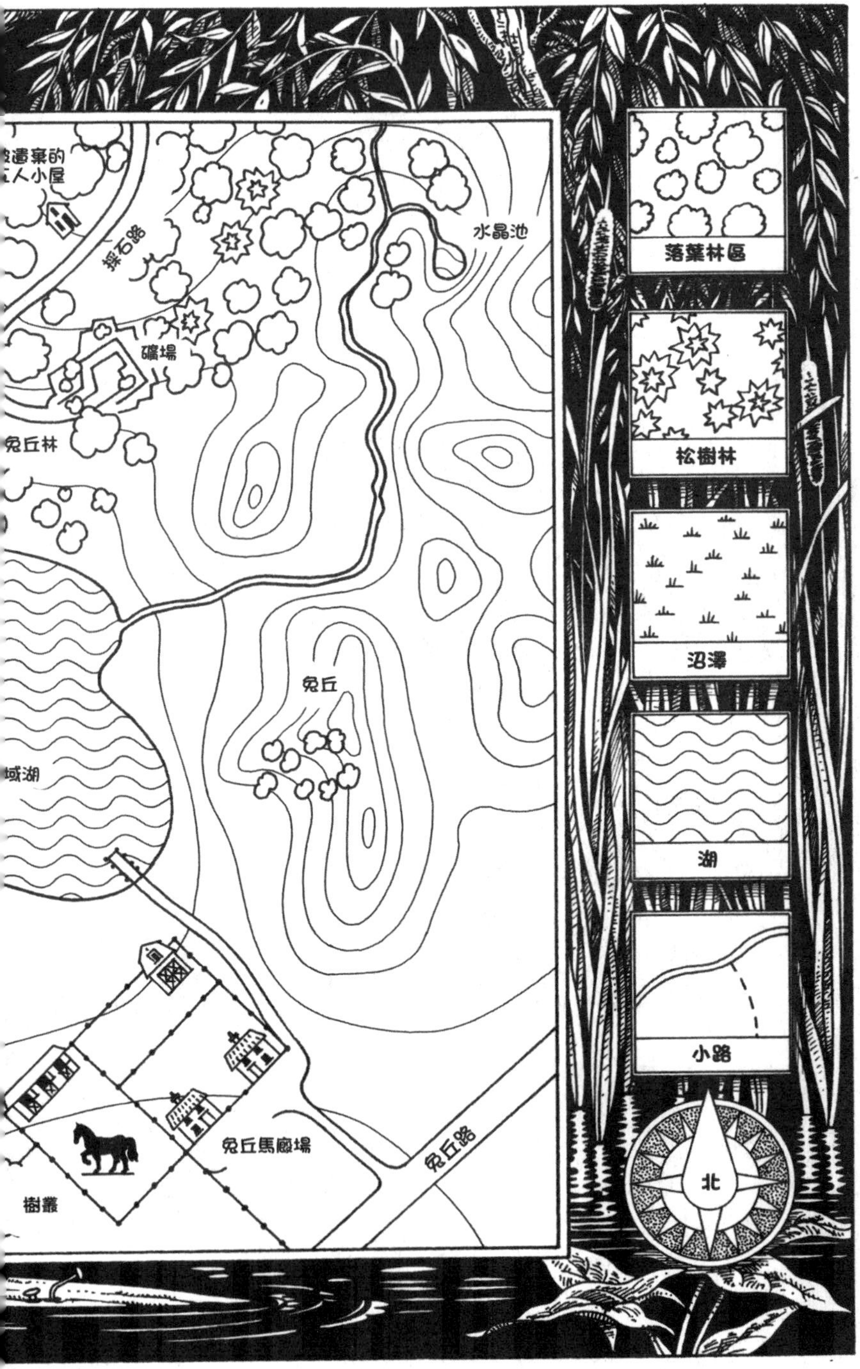

被遺棄的
石人小屋
採石路
水晶池
礦場
兔丘林
兔丘
域湖
兔丘馬廄場
兔丘路
樹叢
落葉林區
松樹林
沼澤
湖
小路
北

觀兔露營區
聖域農場
塞德勒森林區
小松路
小松乘船中心
小松島
艾柏河
魏特高奇路

序章

「不！一定是弄錯了！」蜷伏在水邊的貓抬起頭，月光洗淨了他一身的毛。「我還有好多事情要做！」

一隻圓臉的藍灰色貓在池邊踩著步，祂溫柔的藍眼睛裡帶著同情：「對不起，」祂說：「我知道你想在加入我們之前，多跟你的族貓相處好幾個月。」

蜷伏著的貓低頭看著池水，月亮的倒影像飄零的樹葉正顫抖著，池面也倒映著縱橫天際洩下的閃亮星星。好一陣子只聽得到瀑布的水聲。星族的貓兒們謹慎而沉默地等待，似乎都對水邊那隻貓的悔恨深感同情。

「你對部族所表現的忠誠，已經比其他的貓做得還多，」藍毛貓繼續說著：「要你離開他們，你一定覺得很不公平。」

蜷伏著的貓抬起閃亮的雙眼，面對著星星般的戰士：「藍星，我知道這不是祢的錯，祢不需要道歉。」

藍星抽動著尾巴：「當然要，你應該知道你的部族虧欠你多少。」

「所有的部族。」一隻長尾巴的黑白公貓邁開步伐沿著池邊走到藍星身旁：「星族也一樣。沒有你的幫忙，我們誰也找不到新家。」他輕輕點頭表示尊敬，池面上的星光搖曳著。

那隻貓對他眨了眨眼：「謝謝你，高星。我犯過錯，但我一直試著去做我認為對的事情。」

「星族對戰士的要求就只有這樣。」一隻瘦小的黑色公貓在滿布青苔的岩石間覓路走來：「如果我們能夠改變你的命運，我們一定會做的。」

「但是夜星，記住，」藍星警告說：「就連星族也不能改變命運，即使我們非常想這麼做。」

站在水邊的貓點點頭：「我了解。我會試著鼓起勇氣，您能否告訴我何時……」

藍星搖搖頭：「不，就連我們也無法清楚預知未來。但時機來臨時，你就會知道，我們也會等著你。」

第四隻貓戰士從斜坡高處站起身，輕輕從星族閃爍的隊伍中走過。這隻下巴歪曲的淺色虎斑貓：「各族訴說起這趟偉大的旅程時，你的名字會受到讚頌的。」祂保證說。

「謝謝你，曲星。」這隻貓說。

這四隻發光的戰士聚在一起，祂們都曾是族長，腳爪都曾遊遍四方。

「請記住星族的力量會永遠與你同在，」藍星說：「我們不會讓你單獨面對這件事的。」

這隻貓抬頭望著那對熱切的藍色眼神：「星族一直與我同在。」

「當你的生活如此艱困時，你仍然這麼說嗎？」高星的聲音顯得驚訝。

「當然。」這隻貓的雙眼在星光下閃爍著：「我跟各族的貓兒都成了朋友。我目睹過小貓出生，也看過長老邁向銀毛星群的最終旅程。我經歷了長途跋涉才來到部族的新家。相信我，我從未改變初衷。」貓的話語稍微停頓，再次低頭看著水池：「我知道在祢們的能力範圍內，無法讓我跟部族有更多時間共處，但我實在很想要更多時間。」

藍星瞇起雙眼：「召喚年輕的貓加入星族，我們也都覺得傷痛。相信我，你還會繼續為你的部族忠誠服務好幾個季節。」祂的聲音因痛苦而變尖，銀色的貓抬頭看著祂，伸出一隻爪子表示安慰。

「別難過，藍星。我知道我離開後，我的部族會受到很好的照顧。」

山谷裡響起一片表示尊敬的低語。藍星低頭看著蜷伏著的貓，用祂的氣味裹覆著那一身銀月般閃亮的皮毛：「我們永遠與你同在。」祂喵喵地說。

其他的貓也輪流彎下身，加入自己的氣味，空氣裡滿是星星、冰霜和晚風的強烈氣息。更多戰士加入了——一隻優雅的雜黃色貓、一隻健壯暗綠色澤的公貓、一隻帶有銀色條紋的虎斑母貓——都用星族的力量和勇氣包圍著那隻貓兒。

祂們逐漸增強的聲音化為悲哀的低聲痛哭，飄進了星空裡，然後被一陣微風吹散。祂們閃爍的身影一個接一個地消失，直到山谷完全空寂。

然後星光灑落在一隻蜷伏於池邊毫不動彈的貓兒身上。

第一章

「所有成年的貓，到擎天架下方集合。」松鼠飛被雷族族長響徹山谷的嚎叫聲嚇得驚醒。雲尾撥開遮掩藏身處的荊棘，而亮心也從長滿青苔的窩裡伸直身子跟隨著他。

「火星想幹什麼？」塵皮一邊埋怨著，一邊僵硬地站起身，並把身上的青苔抖落。他不滿地拍動雙耳，跟在後面來到空地。

松鼠飛一面打呵欠一面伸展並坐起來，迅速將自己梳理好。塵皮今早的脾氣比往常更糟——她可以從他怪異的動作中看出來——與泥爪打鬥時留下的傷依舊讓他感到疼痛。雷族大多數的貓都帶有傷痕；松鼠飛也因抓傷而刺痛著，她用舌頭迅速地撫慰舔過。

松鼠飛一想到即使棘爪親眼見到鷹霜懷有密謀，仍然堅持要相信他的弟弟，她忍不住燃起熊熊怒火。

幸好有星族，松鼠飛心想，**星族讓雷族及時發覺這個陷阱，並加入這場戰爭以抵禦泥爪**

與他的支持者。星族證明了究竟誰才是真正的風族族長——一道閃電劈倒了一棵樹，那棵樹壓死了泥爪。

松鼠飛再次迅速地舔了舔自己黃褐色的毛，在冷風中發著抖從樹叢中滑下，來到了空地。她的前爪插入土裡，奢侈地伸了個懶腰。她的父親火星坐在擎天架上，那身火焰般的毛皮在陽光的斜射下閃爍著，碧綠的眼睛驕傲地掃過族貓。松鼠飛猜想，如果他是要警告大家會有更多麻煩，他看起來就不會這麼意氣風發。

貓兒都在擎天架下方的空地集合。鼠毛和金花先後從長老窩裡出來，金花引領著瞎眼的長尾，她尾巴的尖端就放在他的肩膀上。

「嗨，」葉池走上前，跟松鼠飛碰了碰鼻子：「傷口還好嗎？還要不要多一點金盞花？」

「不用了，我沒事，謝謝。」葉池與煤皮自從打鬥之後就一直忙著找藥草來治療貓兒們的傷。「還有更多貓比我還需要。」松鼠飛補充說道。

葉池嗅了嗅松鼠飛的抓傷，滿意地點點頭：「沒錯，妳的傷快好了。」

小白樺從治療室裡衝出來時，發出一聲興奮的尖叫，還差點被自己的腳絆倒，在地上打了個滾後，站起身坐在父親塵皮身旁；跟在他身後的母親蕨雲也坐在他身旁，轉過頭去撫平他身上的亂毛。

松鼠飛發出愉快的呼嚕聲，她的眼神飄過了他們，穿過荊棘圍籬的隧道，落向營區入口。她感覺肩膀緊繃，看起來早晨巡邏隊已經回來了：棘爪在隧道外走動，身後跟著沙暴和雨鬚。

「怎麼回事？」葉池問。

松鼠飛壓抑著不發出嘆息，她和她妹妹比同窩的大多數手足還要親密，彼此也都非常清楚對方的感受。「是棘爪，」她不太情願地說：「我真不敢相信在鷹霜支持泥爪之後，他還把鷹霜當朋友。」

「很多貓都支持泥爪，」葉池說：「因為他們真的相信一鬚並不是適合領導風族的人選。那棵樹倒下以後，鷹霜也承認他錯了，還說他是被泥爪騙去幫忙的。一鬚已原諒他，也原諒所有跟他對抗的其他貓。」

松鼠飛抽動著尾巴：「鷹霜說謊！他一直都很清楚泥爪的陰謀。」

葉池不解的眼神似乎可以穿透松鼠飛：「松鼠飛，妳這麼說並沒有證據，不過也沒有證據證明他說的是實話。但妳確定妳對鷹霜的判斷不是因為虎星嗎？」

松鼠飛想要反駁卻無話可說，她沒辦法百分之百確定妹妹的話是錯的。

「別忘了，虎星也是棘爪的父親，」葉池繼續說：「他也許曾經是背叛者，但這不表示他的孩子就一定會有樣學樣。我也不太信任鷹霜，但很有可能我們都誤會他了；而且就算鷹霜很危險，這也不表示棘爪就一定會跟他或者跟虎星一樣。」她的語氣變得激動：「還是妳認為因為我們的父親是族長，所以雷族的貓兒們都應該尊敬我們呢？」

松鼠飛不安地抽動著尾巴：「也許妳是對的吧。」這三隻公虎斑貓就像藤蔓一樣糾纏著，她早已絕望地不相信虎星的孩子中有誰能夠沒有這種背叛遺傳：「只是——棘爪根本不聽我的話！他關心鷹霜遠超過關心我，我不懂他為何肯聽鷹霜的話而不聽我的。」

「鷹霜是他弟弟呀，」葉池提醒她，琥珀色的眼神裡滿是溫暖與同情：「難道妳不認為，應該用棘爪的所做所為來判斷他，而不是用他父親做為標準？」

「妳覺得我不公平嗎？」松鼠飛問道。當她和棘爪邁上尋找午夜的旅程，她曾全心全意地信任過他，但自從她親眼看到他跟他的弟弟鷹霜愈來愈要好之後，那股信任感就像清晨露水見到太陽般地消失了。

「我認為妳這是杞人憂天。」葉池回答。

「我才沒有。」就連對自己親妹妹，松鼠飛都沒有辦法承認內心的那股傷痛：「我只是擔心部族罷了。如果棘爪想跟鷹霜走，也不關我的事。」她怒吼著。

葉池尾巴的尖端搭上了她的肩，「不必假裝了，」她說：「尤其是對我。」她的語音輕柔，但眼神依舊嚴肅。

「嗨，松鼠飛！」松鼠飛還來不及回答，灰毛已跑了過來。這隻灰色的公貓用尾巴比了個姿勢：「過來這裡坐。」

松鼠飛走到他身邊，發現他深藍色的眼睛閃動著光芒。葉池跟了過來，迅速地舔了她耳朵一下，「別擔心那麼多，」她低聲說：「一切都會沒事的。」她對灰毛友善地點點頭，然後走到擎天架下，坐在煤皮身邊。

從眼角望去，松鼠飛看見原本棘爪向她走近了幾步。而當她在灰毛身邊坐定時，他眼中不確定的神色黯淡下來，然後生硬地轉身去坐在蕨毛和栗尾身邊；松鼠飛感覺一陣刺痛，但她不知道這是由放心還是失望所引起的。火星開始說話了，她定定地往前看，卻能感到棘爪琥珀色的眼神燒灼著她的全身。

「雷族的貓兒們，自從跟泥爪打過一仗，已經過了三個日出，」他說：「我們的營區外面還躺著兩名戰士的屍體。現在我們休息夠了，就應該把他們送回影族。」

松鼠飛起了一陣戰慄。這個地方是當她第一次來森林探索時，不慎跌落才發現這座石頭山谷的，當時她運氣好，滑落的那面峭壁並不深，否則就不會只是讓她閉氣一陣子而已了；但在打仗時，兩隻影族貓卻從峭壁最高處跌落下來跌斷脖子。

「你認為影族會要他們嗎？」雲尾問道：「畢竟他們都幫過泥爪那個背叛者呀。」

「我們無權決定他族對戰士的信任，」火星警告說：「泥爪並非一般的背叛者，所以其他部族貓都相信他才是風族真正的族長。」

雲尾抽動著尾巴，顯然很不滿意，松鼠飛卻看見棘爪在點頭，好像想起了鷹霜。

「死掉的貓是影族的戰士，」火星繼續說：「影族族貓會想榮耀他們的。必須找一位巡邏貓把屍體送到影族的邊界。」

「我去。」刺爪自告奮勇地說。

「謝謝你。」火星點了點頭：「蕨毛，請你也跟去，另外還要……」

他有些遲疑，眼神若有所思地在資深的戰士身上巡視著。松鼠飛明白，這個任務是有危險性的。雖然影族只有幾隻貓捲入了這場戰爭，影族族長黑星還是可能會責怪雷族害他的戰士死亡，並拿這件事作為藉口展開攻擊。

「塵皮和雲尾，」火星決定著道：「把屍體帶到邊界的那棵枯樹旁，然後去找影族的巡邏貓，把事情經過告訴他們。千萬別惹事。」他的目光在雲尾身上停留了一會兒，彷彿擔心這隻桀驁不馴的白色戰士可能會說錯話：「如果影族來意不善，就盡快離開。」

刺爪站起身，尾巴一掃指示其餘的巡邏貓一起走向荊棘通道。影族貓的屍體就藏在外面一片茂密刺藤叢中，以免被狐狸或其他動物給叼走。

火星一直等到巡邏貓走過的樹叢不再響動，才繼續說話：「昨晚一鬚本來該到月池領取九命和聖名，但只有風族所有的族貓都接受他為族長，他的地位才算穩固。我要率領一隊巡邏貓去風族查探。」

「那是風族自己的問題吧？」鼠毛抗議道：「那次幫忙一鬚的時候，雷族的戰士們已經傷痕累累了。我們做的難道還不夠嗎？」

儘管受傷的地方仍感刺痛，松鼠飛卻不同意，「可是如果我們已經為一鬚冒險，」她辯稱：「那我們何不確保這麼做是值得的呢？」

鼠毛瞪了她一眼，但火星一揮尾巴，阻止這場可能變得更激烈的爭執。

煤皮站了起來：「火星，無論是誰率領這隊巡邏貓，都不會是你。你的肩膀已經在打鬥時扭傷，你應該留在營區裡直到復原為止。」

火星頸部的毛豎立著，然後他鬆懈了下來，對這位巫醫點點頭：「好吧，煤皮。」

「我來率領巡邏貓。」那是棘爪的聲音，他一躍而起。

「謝謝你，棘爪，」火星說：「可是你最好不要走到風族的範圍，我們必須表現出對他族邊界的尊敬。帶巡邏貓沿著邊界走，看看能否發現風族裡的其他貓。」

棘爪點點頭：「別擔心，火星。我會確保不讓任何貓跨越邊界一步。」

隔著灰毛與松鼠飛相對而坐的蛛足哼了一聲：「真是個愛管閒事的毛球，」他低聲說：「他以為自己是誰？副族長嗎？」

「棘爪是個好戰士，」灰毛說：「就算他想當副族長也沒什麼錯啊。」

「只可惜雷族已經有副族長了。」蛛足指出。

「但是灰紋不在，」灰毛回答：「遲早，火星得決定何時該選誰為副族長。」

松鼠飛感到一陣如尖刺般的悲痛。就在雷族族貓去救葉池時，兩腳獸抓住了灰紋，松鼠飛還記得，看著灰紋被那踩踏泥濘、咆哮而來的兩腳獸帶走時，有多麼地恐慌。沒有一隻貓知道他發生了什麼事，但火星拒絕相信他已經死了，所以不願指派另一位副族長來替代他的位子。

棘爪真的想當副族長嗎？松鼠飛覺得納悶。她實在沒辦法思考棘爪與虎星的不同，她沒有忘記那隻為了實現自己野心的虎斑貓。

火星喊到她的名字，把她的思緒拉回來，「松鼠飛，妳跟棘爪一起到風族去。灰毛和雨鬚，你們也去。」

松鼠飛豎起了耳朵；跑過這片樹林應該能把這些討厭的事拋在腦後吧。灰毛已經站了起來，尾巴伸得筆直。

「走吧！」松鼠飛邊說邊跳向棘爪。

「等一下，」棘爪厲聲說，眼神好像根本不認識他們：「我想等會再走。」

松鼠飛瞪著他，又坐了下來。

「我們也需要狩獵隊，」火星說：「沙暴，這件事妳來辦好嗎？」

「沒問題。」坐在峭壁下的沙暴抬頭：「但在會議結束之前，我想先說一件事。」她頓了頓，火星用尾巴示意她繼續：「雷族只剩下一位見習生了，要完成所有工作並不容易。」

栗尾的哥哥黑毛抽動著尾巴說道：「沒錯，我再也受不了成天找青苔來鋪床了，戰士不適合做這種工作。」他抱怨著。他才當上戰士不久，顯然認為自從火星給了他新的頭銜之後，他身為見習生的義務就已結束。

「真是可惜。」火星注視著這位年輕的戰士，語氣堅定地說：「總不能叫一位見習生做所有的事。」

「白掌忙得不得了，」鼠毛補充說道：「應該要有人幫她忙。」

這唯一的見習生低下了頭，前爪不安地亂動著。松鼠飛看得出來，白掌完全沒想到這位體態精瘦、說話刻薄的棕色老貓竟然會替她說話。

「我來幫忙！」小白樺興奮地跳起來說：「我年紀夠大，可以當見習生了！」

「不，你還不行，」蕨雲對他溫柔地說道：「還要再過一個月才行。」

「小白樺，你母親說的沒錯，」火星說：「不過別擔心，你會有機會的，將來等著你去做的事情還多得很呢。沙暴，這段時間能請妳去安排一下，好讓大家的工作都平均分擔嗎？」

這隻薑黃色的母貓輕輕點頭表示同意：「好，我還會確保白掌有充分的時間接受導師的培訓。說到這個，」她補充說：「既然沒有需要受訓的見習生，我們也不像以前那樣經常練習戰士技巧了。如果再發生戰爭，麻煩就大了。」

「不會再發生戰爭的，」蛛足說：「泥爪已經死了，我們還有什麼好怕的呢？」

「對啊，我們要做的事情可多了。」塵皮嘀咕著。

「泥爪是唯一惹過麻煩的嗎？」鼠毛尖刻地問，她的鬍鬚輕蔑地抽動著：「等你到我這把年紀，就會知道世上總有些事令人害怕。」

「完全正確，鼠毛，」火星說：「四族又分散了，我們遲早會發現，除了打仗別無其他選擇。我們需要有隻貓來負責訓練大家的打鬥技巧。」

灰毛張開嘴想自告奮勇，但棘爪卻先他一步開了口：「這件事讓我來吧，火星。」

松鼠飛內心感到哀傷，這種工作通常是由副族長負責，看來棘爪真的有心想取代灰紋。

「從明天開始，每天早上我都會跟兩三隻貓練習，」這隻虎斑戰士貓繼續說：「灰毛，就從你和蛛足開始。」

灰毛的藍眼睛瞇了起來：「爪子要收起來嗎？」

棘爪直視著他：「要收起來，就這樣而已。我們可不是小貓咪打著玩的。」

「灰毛從沒說我們是啊！」松鼠飛跳了起來，全身的毛都豎了起來：「我來跟你打，看你會不會認為我在打著玩！」

棘爪對她眨眨眼說道：「我想灰毛並不需要妳替他練習吧，何不讓他自行發言呢？」

灰毛的尾巴表示警告地放在她肩上，但松鼠飛故意忽略，氣得完全忘記現在還在開會：「你以為你很了不起是吧，棘爪——」

「夠了！」火星重重甩了一下尾巴，綠色眼睛好似在松鼠飛身上燒灼。羞愧無地的松鼠飛又再坐下。

「我就說吧，他是個愛管閒事的毛球。」蛛足悄悄在她耳邊說。

「謝謝你，棘爪，」火星說：「要盡快讓每隻貓都有機會練習。」他注視著下面的每一隻貓，好像要記住貓身上每一塊抓痕和裹傷處，依此判斷還要多久才能再上戰場。

亮心站了起來：「離這不遠處有一塊能遮蔽的空地。」這隻黃白相間的母貓用尾巴指出方向：「我昨天在那兒狩獵，發現那裡的地面平坦，長滿苔蘚，就像以前森林裡的那塊沙地，是個受訓的好地方。」

「聽來很理想，」火星說：「等一下妳帶我去。棘爪，別忘了，你一從風族回來就盡快向我報告。」

虎斑戰士爽快地點點頭。他轉向松鼠飛，眼神冰冷如刀說道：「妳準備好的話，我們現在就可以走了。」

松鼠飛一躍而起，瞇起雙眼說道：「你少惹我，棘爪。」

「那就表現得像個戰士，而不是個有鼠腦袋的見習生。除非妳認為火星應該派另一隻貓來率領這個巡邏隊？」

他的語氣跟眼神一樣冰冷。松鼠飛感到一陣不滿如刺痛般傳遍全身。這不是曾經跟她一起旅行的那隻貓了。在旅途中，他曾是她最親密的朋友，他對她的重要性遠超過任何其他的貓；而現在，她簡直不認識他。

「火星要選哪隻貓都可以，」像把每個字當成了沙礫那樣，她呸著回答他：「畢竟你是他幾位資深的戰士之一。」

「但這並非妳心裡真正的想法，」棘爪反駁著，眼睛燃燒、雙耳因憤怒而攤平：「妳認為我不忠誠，因為我在另一族裡有親人。當我跟鷹霜在湖邊的時候，我知道妳在觀察我。」

「幸好有我觀察你，」松鼠飛反擊說道：「否則誰也不會知道，鷹霜竟然密謀要當風族的副族長，還要併吞河族。泥爪說的話我都聽見了。」

「泥爪在說謊！」棘爪咬著牙說：「我們幹嘛要相信那個背叛者？」

「我們又幹嘛要相信鷹霜？」松鼠飛絕望地緊抓著地面。

「為什麼不行？」棘爪反問：「只因為虎星是他父親？就像他也是我父親那樣？」

「這樣說不公平，」灰毛在抗議聲中來到松鼠飛身邊，與她並肩而站說道：「松鼠飛又沒有說——」

「你少管閒事！」棘爪猛掃尾巴，對這隻灰色公貓步步進逼：「這件事和你一點關係也沒有！」

松鼠飛伸出利爪，正準備猛擊棘爪的臉部，卻看見火星跟亮心正從營區走出，她心想如果父親看到他的戰士在自相殘殺，不知道會有多麼憤怒；於是她把爪子深深插進土裡：「我才不關心他的父親是誰呢！」她咬著牙說：「我不信任鷹霜是因為他設計要殺害一鬚。為了奪權，他不擇手段，就連瞎了眼的刺蝟都看得出來。」

棘爪瞪著她：「妳嘴巴上這麼說，可是妳卻沒有證據證明。鷹霜是我弟弟，只要他沒有做錯任何事，我就不會背棄他。」

「好啊！」松鼠飛大喊：「他讓你愚昧成這樣，就算真相清清楚楚地擺在眼前你也不會發覺的。你何不也加入河族呢，如果這樣能讓你更快樂？顯然你毫不關心雷族——或者是我。」

棘爪正要呸地一聲張嘴反駁，正追著自己尾巴跑的小白樺一個失衡滾落到這隻虎斑戰士貓的前腳下。當他發覺這兩隻貓各自豎起了後頸的毛、抽動著尾巴，他睜大了雙眼：「對不起！」然後尖叫著衝往巫醫的窩。

棘爪扭曲著嘴脣，後退了一步：「走吧，這真是浪費時間。照這種速度來看，我們在夜晚來臨前根本到不了風族。」

說完他就轉過身去，也不看其他巡邏隊隊員有沒有跟在後頭，就尾巴翹得筆直，昂首闊步地走向出口。

松鼠飛和灰毛交換了眼神，在他的藍眼睛中看到了擔憂和溫柔。在經歷過棘爪的敵意之後，這感覺就像在大熱天裡拍打清涼的水。

「妳還好吧？」他問。

「我沒事，」松鼠飛一面跟在棘爪後面，一面這樣堅稱。她走過雨鬚身邊，雨鬚注視著她，彷彿她忽然冒出了兔耳朵：「快點，不然就跟不上他了。」

棘爪並沒有等他們，反而頭也不回地衝進了荊棘通道。當他的身影消失在樹叢，松鼠飛覺得體內好像被掏空了；這感覺簡直就像棘爪刻意走出她的生活。他們還能再做朋友嗎？她實在無法想像這個可能性，尤其在經歷了這樣激烈的爭吵之後。

她只有接受過去他們曾經共有的一切，**那段維繫了尋找午夜的漫長旅途以及家園大遷移的友誼**，已經結束了。

第二章

自從跟泥爪打仗後，這是松鼠飛第一次離開營區，她發現自己非常享受微風拂過皮毛和樹葉在腳掌下碎裂的感覺。她在四周看見新葉季即將來臨的蹤跡：樹下零散地開著幾朵蒼白的雪蓮，唯一一朵早開的款冬花，生長在滿是青苔的樹幹上。松鼠飛提醒自己，要告訴妹妹葉池怎麼找到這裡。款冬花治療氣喘非常有效。

他們一離開營區，棘爪就停下來：「由你們兩個來領隊如何？」他對灰毛和雨鬚點點頭，提出建議：「讓大家看看你們對這塊領域有多熟。」

「好呀。」雨鬚熱切地同意並加快步伐。

但灰毛卻嚴厲地瞪了這隻虎斑戰士一眼，然後才跟著雨鬚走過蕨叢。松鼠飛心裡明白是什麼原因。

「你為什麼要那樣說？」他們單獨在一起時，她不悅地問棘爪：「你把他們當成是見習生那樣訓練，但別忘了，灰毛的年紀比你還大。」

「但率領巡邏隊的人是我，」棘爪提醒她：「如果妳不喜歡我下的命令，大可以回去。」

松鼠飛張嘴想給他一個尖刻的回答，之後卻閉上嘴巴。她不想再引發另一場爭吵，於是快步走過棘爪身邊，繞過一叢刺藤的邊緣，跟著雨鬚和灰毛留下的氣味蹤跡而行。

灰毛一定聽見了她穿越蕨叢的聲響，所以停下來等她趕上並與她並肩行走：「樹上的花苞都鼓起來了，」他邊說邊朝一棵橡樹的枝幹揮動著尾巴：「新葉季很快就要來了。」

「我真是等不及了，」松鼠飛認真地說：「再也不會有冰雪，還會有更多獵物。」

「族裡要是有更多獵物就好了，」灰毛同意：「說到獵物，我們來打獵怎麼樣？妳想棘爪會介意嗎？」

「我才不管棘爪介不介意呢。」松鼠飛咬著牙說。

她張嘴嚐了嚐空氣，一開始還以為自己嗅到了獾的氣息，正在想該不該告訴棘爪——碰到獾是很麻煩的事，尤其他們的領域跟部族邊界重疊那就更麻煩了。不過全森林裡她最不想說話的就是棘爪，想來他也不會願意聽她想說什麼的。

她又嚐了嚐空氣，聞到了強烈的松鼠氣味，當她發覺那隻有著毛茸茸大尾巴的動物就在幾隻狐狸身長的前方，正弓背忙著吃堅果的時候，獾的事情就被她拋到了腦後；確認風向，她以狩獵蜷伏之姿悄悄爬向獵物；她往前一跳時，松鼠就跳上旁邊的一棵樹幹，但松鼠飛縱躍得更快，她的爪子插入松鼠的肩膀，並在他的頸邊迅捷地把肩膀咬開。

一聲嘹亮的警告聲傳來，她轉過身看到蕨叢上有隻八哥鳥正拍翅飛起，灰毛絕望地注視著。

「運氣不好！」松鼠飛叫道：「大概是我在抓松鼠的時候驚嚇到牠了。」

灰毛搖了搖頭：「不，是我踩到樹枝。」

「沒關係，你可以來分享這個。」松鼠飛揮動尾巴表示邀請：「還有很多。」

灰毛來到獵物旁時，棘爪卻從矮樹叢中現身，「你們在做什麼？」他吼著：「我們還在前往風族的途中，難道你們忘了？」

松鼠飛吞下一口松鼠肉：「拜託，棘爪——看在星族的份上，放輕鬆點吧。今天早上我們誰也沒吃耶。」因為不確定如果自己表達善意棘爪會有何反應，松鼠飛退離了松鼠幾步：「如果你想吃，也可以來一點。」

「不，謝了。」這隻虎斑戰士的語氣傲慢：「雨鬚呢？」

「他先走了。」灰毛揮動著尾巴說。

棘爪一句話也沒說就大步朝這隻灰色公貓指的方向走去，他穿過長草直到深色的皮毛被又濕又綠的蕨葉吞沒。

松鼠飛發出不滿的噓聲。

灰毛彈了彈耳朵說道：「別這麼容易被他惹毛。」

「才不會呢。」松鼠飛低聲說，試著說服自己這是實話。她再一次想起自己和棘爪在旅途中曾經多麼親密，他們曾經仰賴彼此，相互扶持。**事情怎麼會變成現在這樣？**她垂頭喪氣地想。

她抬眼凝望灰毛，看出他深沉的眼裡充滿憂慮。她知道他想更接近自己，而不只是戰士夥伴的關係。她很想告訴他，她也有相同的感覺，但現在要確定她的感情是否太早，她得先把跟棘爪爭吵的事處理好。更何況，她不耐煩地提醒自己，**這段時間裡我們還有事情要做。妳是戰士，不是呆頭呆腦的兔子！**

她和灰毛三兩下就把那隻松鼠吃得一乾二淨，然後出發前往風族的邊界，他們很快就趕上了棘爪和雨鬚。棘爪捕捉到一隻歐掠鳥，正飢餓地大嚼。雨鬚則囫圇吞棗地吃著一隻田鼠，他抬頭看著這兩位夥伴的出現。

「我以為你們迷路了。」他說。

棘爪吞下最後一口肉，站起來一言不發地轉身走開。松鼠飛與灰毛交換了個眼神，聳聳肩也跟著走了。

樹木逐漸稀疏，松鼠飛開始聽見水濺在石頭上的嘩啦聲響。雷族巡邏隊站在山坡頂端，沿著山坡往下看就是一條作為風族邊界的小溪。風族的氣味隨著微風飄來，但眼前卻毫無貓蹤。

「我們一定錯過了巡邏，」灰毛悄聲說：「這些氣味的記號還很新。」

松鼠飛認為這是個好徵兆。如果風族還有心在邊界巡邏，他們一定也有辦法從泥爪的反叛中振作起來。這是否表示一鬚也能夠走到月池，讓星族授予他九命和族長的聖名呢？

「我們到石階去，」棘爪建議大家：「或許還追得上他們。」

他跳下斜坡往上游走，其餘的隊員吃力地跟著。樹林不久就轉為一片空曠的高沼地，松鼠飛轉頭看著下方灰色光禿的樹枝。樹枝後方的湖映著蔚藍的天空，太陽就快升到最高點。

這一段小溪奔流得更險，兩岸之間零散長著莎草和蘆葦。水流將泡沫沖在石階旁，順著石階小徑即可通往河對岸的高沼地。對貓來說，這種縱跳再輕鬆不過，就算溪水高漲且石上光滑也不是難事。

強勁的風吹上松鼠飛的臉，被吹打著的毛使她流下眼淚：「真不知道風族的貓怎能忍受得住，」她對灰毛發牢騷說：「這裡一棵樹也沒有！」

灰毛饒富興味地發出一聲低嗚說道：「他們或許也覺得奇怪，雷族怎能忍受那一大片遮天蔽日的樹叢呢。」

「等下雨的時候你再這樣問吧。」松鼠飛嘀咕著。

一隻奔逃過山坡頂的兔子吸引她的目光。松鼠飛真想一個箭步追過去，但那絕對是風族的領域。才一眨眼，又一隻體型瘦削的深灰色貓在兔子身後追逐。松鼠飛眨眼弄掉了眼淚，卻認出了鴉羽。

狩獵者與獵物消失在山谷裡，當聽到一聲高亢的慘叫時，松鼠飛知道風族戰士已捕到獵物。

「狩獵隊。」雨鬚對著坡頂點頭說。

鴉羽身後有另外兩隻貓緩緩跟著走過山頂。松鼠飛認出深灰色的虎斑貓是網足，而跟在他身後的小貓則是他的見習生鼬掌；第三隻貓白尾也加入了他們，居高臨下地看著下面的雷族巡邏隊。

棘爪大喊：「火星派我們來傳話！」

網足和白尾交換了個眼神，網足率先走下山坡，三隻貓都來到溪的對岸站著。

「什麼話？」網足問。

松鼠飛注視著這位風族戰士。他曾經是泥爪最兇殘的支持者之一，從撕裂的耳朵和肩上被扯落的皮毛仍然可以看出那場戰役所留下的記號；但如果他奉命率領這次的巡邏，一鬚一定已經決定要再信任他了。

棘爪輕輕點頭打了個招呼：「火星派我們來確認大家是否安好，」他說：「他要我們來看看，一鬚是否已前往月池了。」

「是一星。」白尾糾正他。

松鼠飛的肚子顫動了一下。稱呼族長原本的戰士名向來是個糟糕的錯誤，彷彿棘爪並未想到星族已授與的頭銜。

「對不起，我是說一星。」棘爪抽動著一邊的耳朵，但他的語氣依舊沉著：「這真是好消息。請替我們恭喜他，好嗎？」

網足瞇起了眼睛：「火星為什麼要派你們來？難道他認為星族不會給一星九命嗎？」

松鼠飛的雙眼睜得老大。難道網足已經忘記，如果沒有火星和雷族，一星可能早就沒命了？

棘爪眨眨眼：「他只是想確認一下。」

「或許火星應該專心管理雷族，少理會風族的閒事。」網足建議。

「要不是有雷族，一星根本當不上族長！」松鼠飛尖銳地說明：「網足，這點你心知肚明。你和泥爪——」她話說了一半嘴裡就被一堆毛給塞住，原來棘爪伸出尾巴遮住了她的嘴。

網足的雙眼燃燒著：「我可不是唯一一位相信泥爪才應該是族長的貓，」他怒吼道：「但自從星族用樹將他壓死，又授與一星九命和聖名之後，我就知道我錯了。」

「一星要是真信任他，一定是瘋了。」松鼠飛退後，在灰毛耳邊低語：「如果我是一星，我會加倍小心。」

幸好這時她注意到鴉羽出現在山谷邊緣，嘴裡叼著那隻兔子的屍體。

「嗨，鴉羽，」她說：「捉得好！」

讓她驚訝的是，這隻深灰色的戰士隨便對她點點頭，就二話不說地轉開視線。他嘴裡緊咬著那隻獵物，鼻翼翕張著。

「如果話說完了，」網足說：「你們就可以走了。」

「在我們的領域裡，用不著你來告訴我們該怎麼做！」松鼠飛駁斥。

「別說了！」棘爪低吼著發出警告。松鼠飛知道他是對的——不管風族的貓多麼有敵意，現在都不是惹是生非的時機。

網足和其他風族戰士靜靜地看著在對岸的棘爪轉身，帶領巡邏隊隊員走回營區。在整段下山途中，松鼠飛總覺得風族貓的注視刺穿了她的皮毛；而當她從樹林邊緣回頭望去，那四隻貓仍然在那裡。

她往前縱躍，直到一大叢刺藤叢阻隔在她與風族之間。

「感謝星族！」她滑到空地止步，抖抖身子，好像才剛從冰水裡爬出來似的：「真不知道他們是怎麼回事。」

「我也不知道。」雨鬚同意。

「我以為事情明顯得很，」棘爪說：「風族再也不想跟雷族結盟，一切都變了。」

「簡直是忘恩負義嘛！」松鼠飛感到她的絕望與焦慮化成了憤怒；無法相信棘爪竟然毫無疑問地接受風族敵視的新態度：「剛才我差點就想把網足的耳朵給抓下來。」

「幸好妳沒這麼做，」棘爪冷冰冰地說：「雷族可不止一隻貓認為火星不該干涉其他族的事。」

「老鼠屎！這表示你認為火星應該坐視不管，而讓泥爪篡位嗎？」松鼠飛向前一跳，但就在她撲向棘爪之前，灰毛來到他們中間。

「你們不必這樣，」他說：「風族現在有了新族長，或許只是想證明他們依舊堅強。多給他們一點時間，就會平靜下來的。」

松鼠飛認為這隻灰色公貓的話沒錯，但這並不表示她願意讓棘爪侮辱她父親而置身事外。他們出發走回雷族營區時，她雖強迫自己放平頸上的毛，全身仍因狂怒而顫抖著。

「火星永遠會想幫助一星的。」當棘爪閃身進入她前方的一叢蕨葉時，她在棘爪身後說：「他們是老朋友了。」

「或許吧，但一星顯然再也不需要他幫忙了，」棘爪頭也不回地說。他肯定的語氣再度使松鼠飛生氣：「部族與部族之間互相敵視是很平常的。風族有難，我們去幫忙並沒有錯，但我們不能一直照顧他們。」

「愚蠢的毛球！」松鼠飛低吼，音量卻不足以讓棘爪聽見。她很不喜歡各族在新領域上像溢出的水分散各方；在從舊家出發的那段旅程裡，大家都相處融洽，每一隻貓在互相幫助的時候也從未先想過自己屬於哪一族，這樣的感覺到哪去了？現在就讓敵視與對立取而代之，似乎太快了一些。如果不能互相依賴，他們要如何在這又新又陌生的地方存活？

「那如果雷族需要風族的幫助怎麼辦？」雨鬚不知好歹地問，似乎接續著松鼠飛的思緒：「就沒有人想過嗎？」

棘爪帶領巡邏隊走另一條路回家，一路上獵捕食物好帶回去給族貓。停在一棵橡樹下的松鼠飛再次嗅到了獾的氣味。這一次更加濃烈而且新鮮；她猜想這動物才剛經過不久。

「棘爪，你也聞到了嗎？」

這隻虎斑戰士嘴裡叼著一隻松鼠走來，放下了獵物，伸出舌頭舔了舔唇邊，然後才深吸了口氣。他琥珀色的眼睛裡立刻燃燒著警告：「有獾！而且就在附近。」

松鼠飛覺得身上一陣刺痛。部族領域裡有獾是任何貓都不想見到的事。鷹霜已經替河族趕走了一隻，看來雷族在此之前連一隻也沒遇過真是幸運：「我們得做點什麼。」她說。

棘爪點頭。如果獾有機會得逞，牠會把小貓咪拿來飽餐一頓，但卻不太可能獵捕成貓，但這並不表示成年的戰士遇到獾就沒有危險；獾可以純粹出於兇殘而獵殺，把獵物踩在地上蹂躪或者用牙齒猛咬，只有在受害者死亡後才肯罷休。

松鼠飛提醒自己，並非所有的獾都是這樣。她離開森林的第一次旅行就遇到一隻很有智慧的獾，名叫午夜，但午夜是獨一無二的；她的親戚只要心情不好，就會變成殺貓不眨眼的搶掠者。

「有問題嗎？」灰毛走到松鼠飛和棘爪身邊；語音模糊的他嘴裡叼著幾隻老鼠，老鼠因為尾巴被銜住了而晃盪著。

棘爪揮著尾巴要剛抓到一隻八哥鳥的雨鬚過來，這位年輕的戰士小跑步著，臉上帶著滿足的表情，鼻上還黏了根羽毛。

「有獾——可能還不止一隻——到過這裡，」棘爪說：「我們得先勘查清楚，才能回到營區。」

「你是說我們要追蹤？」雨鬚警覺地問：「確定嗎？」

「我們得查出牠是否離開了我們的領域。松鼠飛，妳分辨得出牠往哪個方向去嗎？」

松鼠飛用鼻子嗅著那隻獾留在草地上的氣味：「那邊。」她用尾巴指著方向。

棘爪走過來嗅著味道：「大家保持安靜。在知道數量並決定怎麼做之前，我不想讓牠們知道我們在這裡。幸好風向對我們有利，所以氣味並不會傳過去。」

貓兒將他們的獵物留在橡樹根之間，把土扒到獵物身上以便日後再來取回。然後他們由棘爪領頭，追蹤獾的蹤跡。

那氣味引領他們深入樹林，前往影族疆界的方向。路上到處都有剛翻開不久的泥土，那隻獾似乎在尋找小蟲。松鼠飛的身體因擔憂而感到刺痛，不知道褐皮和其他影族貓怎麼樣了；如果他們在領域裡找不到獾的蹤跡，就必須有貓去警告黑星。

那氣味愈變愈濃，森林中所有的氣味都被這股極為濃烈的味道吞沒。松鼠飛感到脊椎上的毛都豎立起來。看起來影族似乎安全無虞——那隻獾還在附近。

突然間，棘爪在一塊大石的陰影下停步，高舉尾巴示意其他貓兒退後。他躡手躡腳地爬上粗糙的石頭，然後在石頭上偷窺另一邊的狀況。

他立刻又低下頭來。松鼠飛正想問他看見了什麼，卻又想起他曾說過要保持安靜，於是她悄悄往前爬到大石旁偷看。

石頭另一邊是鋪平的小圓石，遠端散落著更圓滑的大石。在兩塊大石間有個極大的深洞，兩旁堆著剛掘出的新土。潮溼的土壤間傳出一股難聞的氣味，混合了獾與狐狸的濃烈味道，差點讓松鼠飛打了個噴嚏。一定是那隻獾在狐狸的舊巢穴裡築窩。

洞的前方有三隻幼獾正扭打著，發出高亢且令人焦躁的聲音，好像牠們並不喜歡必須在白晝穿越這片森林。松鼠飛凝視著牠們，頸毛在恐懼中豎立起來，她又退回灰毛和雨鬚所在的大石隱蔽處。

「牠們有一群耶！」她低聲說：「偉大的星族啊！再過幾個季節這裡就是牠們的天下了。」

灰毛很困惑地道：「獾很少帶著幼獾同行的。」

「也許牠們被趕出了舊巢穴。」雨鬚猜測。

棘爪從大石頂端下來，趴在他們身邊：「除非我們知道究竟有多少成獾，否則什麼事也不能做，」他說：「我們留在這裡繼續觀察。一切依我命令行事，好嗎？」

這三隻貓都點了點頭，儘管松鼠飛心裡對棘爪把他們當成乳臭未乾的見習生般氣得半死。

「獾通常在晚上才出來，」棘爪繼續說：「如果牠們現在在巢穴裡，我們也不能怎麼樣。誰都不准到那裡去。」他琥珀色的眼睛落在松鼠飛身上。

「我又不是鼠腦袋！」她低聲說。

「我也沒說妳是，」棘爪反駁：「但妳有時候就是會做傻事。」

灰毛吸了口氣，彷彿要跳出來替她說話，但她揮動尾巴要他安靜：「這樣做不值得，真的。」她低聲說。

「如果這裡只有一隻成獾帶著幼獾的話，我們就發動攻擊，」棘爪說：「不能讓牠們在這裡住下來。我們四個對付一隻獾應該不成問題。畢竟，鷹霜就趕走了一隻。說不定這還是同一隻呢。」

聽到棘爪談起他同父異母的弟弟，松鼠飛頸後的毛再次豎立。棘爪拒絕承認鷹霜不值得信賴已經夠糟了，現在居然還把他當作勇氣和打鬥技巧的楷模。

「我們可以把獾趕去影族的領域。」她說。

「這樣影族的戰士就只得去應付這件事。」棘爪眼睛裡透著熱切，但他的語氣依舊冰冷：「我們的當務之急是保護我們這一族。」

「要是獾不只一隻呢？」灰毛問。

「那麼我們就盡量蒐集情報，回去向火星報告。好，大家去找個能看到巢穴入口的地方躲起來。」

松鼠飛回到她在蕨叢裡的有利位置。幼獾們仍然在土堆前面扭打。太陽高升，如果不是飢餓正啃噬著她的肚皮，她早就開始打盹了。和灰毛一起分享那隻松鼠好像是好久以前的事，她渴望地想著橡樹下那堆獵物。

她張開嘴打呵欠，一股更強烈的獾氣味襲入嘴裡，於是她又立刻閉上。空地另一端的矮樹叢短暫晃動了一下，蕨葉分開處出現了一個強壯、寬肩和一張中央有一道白線的長臉。一隻母獾笨重地走進空地，三隻幼獾蹦蹦跳跳地跑到她身邊，她把嘴裡的甲蟲吐到地上，幼獾們發出高興的尖叫聲大口吞食。

棘爪跳上大石頂端，發出一聲挑戰的嚎叫。母獾的頭立刻抬起，也挑戰地吼著，露出兩排尖利的黃牙。

棘爪又叫了一聲：「攻擊！」他從大石上跳下，落在驚恐尖叫著想逃開的幼獾中間。牠們在巢穴裡擠成一堆，驚嚇地看著這位戰士。

灰毛從藏身處猛衝而出，雨鬚緊跟在後頭。松鼠飛跑向前站在棘爪身邊：「走開！」她對獾低吼，雖然她明知牠們根本聽不懂：「這是我們的領域！」

棘爪用兩隻前腳猛擊獾的臉部，獾向後退開，用巨大的爪子向他揮來，但棘爪向旁一滑，閃開了攻擊。

松鼠飛跑上前，對那隻獾的身側擊出一爪；爪痕中濺出鮮血，她猛甩手想把卡在爪子裡的黑毛弄掉。她一低頭躲過迎面而來的撲咬，然後趁灰毛從另一邊攻上時急速退後。那隻獾左右轉動著頭，好像無法決定該攻擊哪一個迅捷移動的目標。

真簡單！松鼠飛心想。**她的動作又慢又不靈活！**

一隻白色的龐大爪子就在離她腰臀處一隻老鼠的距離猛力下擊，她驚恐地尖叫出聲。如果那記重擊落在她身上，她的脊椎一定會被折斷。飽受驚嚇的她發著抖，急急忙忙地滾出打鬥區。她想逃走，一路逃回營區，但她知道現在還不能放棄；他們絕對不允許這隻兇悍的動物在這裡建築家園——否則從最年幼的貓咪到身經百戰的戰士都沒有一隻能夠安全生活。

她及時站穩身子，看到棘爪一爪揮向那隻獾的肩膀。他跳起來想咬緊她的喉嚨，但獾把他甩開了。他的身子飛過空中，砰地重重一聲落在地上，就再也不動了。

松鼠飛衝到他身邊，感覺體內的恐懼翻攪著；但她還沒趕到，他就好像剛從深水裡爬出來似地甩甩頭，搖搖晃晃地站起身說道：「我沒事。」他的聲音急躁刺耳。

松鼠飛轉個方向與那隻獾面對面。她前腳立起，一爪擊向敵人的鼻子，另一爪則揮向那又小又亮的雙眼。灰毛對獾的腰臀處猛攻，傾斜著身體好讓咬住獾後腳的棘爪多一點空間。雨鬚的兩隻前爪鉤在獾粗糙的皮毛上，牙齒則緊咬著她的耳朵。

獾受夠了這一切，甩掉了身上的棘爪和雨鬚，她轉過身發出混合著憤怒與失敗的大吼。在狐狸窩前蹣跚走過的她，輕碰著幼獾站起來，並把牠們趕到自己身前，逃出空地。

「別再回來了！」灰毛嚎叫著。

獾聽不懂他的話，但這意思卻再簡單不過。四隻貓肩並肩地站著，直到獾的吼聲和幼獾高亢的尖叫消失在樹林中。

「各位，打得好，」棘爪喘著氣：「希望這是最後一次看到牠們。」

「也希望以後再也不會有。」灰毛附和。

棘爪點點頭：「我們把這個洞填好，繼續觀察以確保牠們不會再回來。」

「什麼？現在嗎？」松鼠飛抗議道：「我累死了，肚子餓得咕嚕叫！」

「不，不是現在。我們要回營地去多找幾位戰士來清理善後，以後由固定巡邏隊密切注意就行了。」

「感謝星族！」松鼠飛嘆口氣：「我們回去找那些獵物吧。」

四隻貓一跛一拐地走回森林。松鼠飛感覺一陣刺痛，上次跟泥爪打鬥時所留下的疤痕上又有了新傷口：「照這速度看來，我的毛要不了多久就沒啦。」她咕噥著。

灰毛走在她身邊，用舌頭舔過她肩上的爪痕：「妳打得真漂亮。」他低語。

「你也是。」松鼠飛看得出來他渾身傷痕累累，後半部毛被扯掉了一塊正淌著血。她鼻子輕碰著他耳朵：「我敢打賭，那隻獾絕對後悔踏上了我們的領域！」她說。

她想像著那隻大獸帶著走路還不穩的幼子踐踏過矮樹叢。有幾個心跳的時間她也感受到牠們的恐懼，一股同情的刺痛幾乎要把她撕裂。她知道喪失家園而不得不長途跋涉尋找新家的感覺。

希望她能找到一個安全扶養孩子的地方，松鼠飛心想。**但最好離雷族遠遠的。**

第三章

「葉池！葉池，妳怎麼回事？我已經說了三遍了。」

年輕的巫醫驚跳起來：「對不起，煤皮。」

這隻灰色的母貓彎下頭嗅著葉池要包進一片樹葉中的種子：「這是什麼？」

「罌粟籽。」

煤皮嘆了口氣：「才不是，這是蕁麻籽。說真的，葉池，妳今天到底怎麼回事？」

葉池低頭凝視著那片樹葉。煤皮要她找些罌粟籽給火星以減輕他肩膀扭傷的疼痛。她實在想不出來自己怎麼會拿錯藥，但樹葉上這些生滿小刺的綠色種子的確是蕁麻籽沒錯。如果火星是吃了什麼有毒的東西，這些種子或許還有效，但對他的肩膀卻毫無益處。

「煤皮，真的非常對不起。」

「我也這麼認為。今天早上我發現妳不但沒用老鼠膽汁敷在鼠毛的扁蝨上，反而想用者草藥膏。」煤皮語氣變得溫和：「葉池，是不是出了什麼事？那些影族戰士追妳的時候，妳受傷了嗎？」

葉池搖搖頭：「沒——沒有，我沒事。」

她的思緒飄回到打鬥的那天夜晚，影族的兩名戰士追趕她來到山谷上方的矮樹叢，從懸崖墜落而死。當時葉池差點就跟他們一起墜落，她仍能感覺到那隻有力的手緊緊抓住了自己的頸背，把她拉上安全地點；她仍看見那位風族拯救者告白說他愛她時，那熱切的目光。鴉羽！她身上的每一根毛都在刺痛。

「葉池，妳又來了！」

葉池甩甩頭不去想這件事，帶著那片樹葉回到煤皮的窩，把蕁麻籽放回岩石裂縫，並從裡面取出一些罌粟籽。

「希望妳有任何問題都能跟我說，」煤皮在門口凝視著她說：「自從我們到這裡，為了處理那場打鬥留下的傷口，我們比以前更忙碌。我需要妳，葉池。妳現在不只是一位見習生——已經能自行負起所有巫醫的職責。」

「我知道，對不起。但我真的很好。」

當然了——而且還不只是很好，因為鴉羽愛她！葉池把正確的種子用山毛櫸樹葉裹好，將包裹帶去給火星。穿過通往營區的刺藤時，她對她的導師點了點頭。她有點想對煤皮把整件事全盤托出，但葉池知道自己無法對任何貓談起對鴉羽的感覺。巫醫是不能墜入情網的。

在各貓族散入各自的新領域之前，煤皮曾經懷疑過葉池與風族戰士有聯繫，但那是在鴉羽表白說他愛她之前，葉池那時也尚未承認自己的感受。現在想對這隻睿智的巫醫隱瞞自己的感受就更難了。

她攀上一堆通往火星窩外擎天架的亂石。看著下方的空地，她看到塵皮走進育兒室探望蕨雲和小白樺；負責把屍體帶回給影族的巡邏隊一定已經回來了，而且看來進行得很順利。

葉池在窩外的岩礁上放下了樹葉包裹：「火星！」她喊。

「進來吧！」

她穿過有幾個尾巴之距的窄小裂縫，來到一個只看得到入口微弱光線的洞穴。火星躺在一端有蕨葉和青苔的床上，刺爪坐在他身邊。火星對葉池點頭打招呼，又轉頭看著這隻金棕色的虎斑貓。

「跟影族沒什麼麻煩吧？」

刺爪搖搖頭：「我們碰到枯毛率領的邊界巡邏隊，她把黑星帶來了。他說他完全不知道他的戰士支持泥爪。」

火星聳聳肩，肩上的劇痛讓他縮了一下：「這可能是真的。」

「然後他們把屍體帶回去埋葬，」刺爪把話說完：「我們就回家了。」

「幹得好，刺爪。我不想跟影族有任何過節。」火星沉默了一會兒又說：「下次集會的時候，我們說話最好小心些。不要讓黑星有機會找我們麻煩。請你把這件事告訴其他族貓好嗎？」

「當然，火星。」刺爪站起來，尾巴一揮表示道別。

葉池走到洞穴的另一端，把用樹葉包好的罌粟籽放下：「煤皮要給你的。」

火星靠上來，舌頭一捲就舔光了種子：「葉池，謝謝妳。下次我就會知道不要想一次解決兩位戰士！」

「你該睡了。」葉池說。

話剛說完，她就聽到擎天架下方空地傳來眾貓集合的聲音，松鼠飛正在喊：「火星！」

這位族長眼裡閃著喜悅的光芒看著葉池：「我也不必午睡啦。棘爪的巡邏隊一定是從風族回來了。」

他站起身一拐一拐地走出窩外。葉池跟在他身後，興奮之情像翻騰的溪水充滿全身。她真想飛身下去，問松鼠飛一大堆問題。巡邏隊有沒有看見鴉羽？他說了什麼？他是否在戰鬥中受了傷？他有沒有提起她……？

她陡然止步。這些問題她只要問了一個，松鼠飛就會想知道她為何對那年輕的風族戰士這麼感興趣；而如果被她知道自己違反巫醫的守則而墜入情網，就算是自己的姊姊也不會同情她的。

棘爪和其他巡邏隊隊員都在空地上等待，愈來愈多族貓聚集在他們周圍想知道新消息。葉池跳上一堆碎石後停步，因為感受到姊姊有股強烈的憤怒而覺得困惑。與跟棘爪剛吵完架之後相比，松鼠飛現在的情緒更加混亂，這股混合了不安、恐懼與同情的感覺使葉池身上的毛根根直立起來。

葉池從灰毛和鼠毛之間滑下，來到松鼠飛身旁：「怎麼啦？」她附在姊姊的耳邊問：「發生了什麼事？」

松鼠飛的爪子在地上憤怒地扒著：「風族對我們的態度，好像兩族有仇似的！」她咬著牙說。

棘爪正在跟火星報告，葉池轉身去聽。

「網足好像恨不得把我們撕下一層皮，」這隻虎斑戰士說：「你絕對想不到在幾個晚上以前，我們還齊心協力地幫助風族對抗泥爪。」

「但你得到一星的消息了嗎？」火星問：「他現在叫一星了，對吧？」

「噢，對，他也得到了九條命，但他那一族似乎已經不再認為我們是盟友了。」

「我告訴過你，」灰毛插嘴說：「他們得表現出自立自強的樣子。」

棘爪搖搖頭：「我認為還有內情。」

「你真的想不出來問題出在哪裡嗎？」灰毛邊說邊走上前，站在他的族長身邊：「棘爪，拜託哦，你現在又不是風族的什麼大紅人，更何況在打鬥快結束時鷹霜還救了你的命。一星大概以為你和鷹霜從頭到尾都是一夥的。」

「老鼠屎！」棘爪頂嘴：「一星原諒了所有曾經與他對戰的貓，包括鷹霜。何況誰都知道我是為風族而戰。一星不可能跟我起爭執。」

葉池瞄了松鼠飛一眼；這要是以前，她姊姊一定會立刻替棘爪辯護，但現在她卻只瞇著眼睛，用懷疑的眼神注視他。葉池痛苦地吞了口口水，心裡知道她的姊姊與棘爪的友誼一定永遠結束了，不然在這麼重要的事情上，她不可能會不信任他。

火星的眼神從棘爪身上移到灰毛，又移回來：「希望灰毛是對的，」他終於說：「風族只是想藉此證明他們有多堅強而已。但我認為網足所說的風族情況並不值得信賴，我得親自去探查風族。」

葉池驚訝地看了她姊姊一眼：「他應該等大集會再說，」她悄悄說道：「到時候可以跟一星談。」

「妳自己去告訴他。」松鼠飛悄聲回答。

葉池知道自己不能這麼做。火星與一星的友誼歷時久遠，就連跟火星一起長大的貓也都沒有一隻敢告訴他，他不該去探訪老朋友。葉池聽到鼠毛的嘟嚷：「你有沒有聽過這麼鼠腦袋的蠢想法？連才出生一天的貓咪都看得出來，風族不想被人干涉。」

火星正要走回窩裡，棘爪擋住了他：「等一下，我們還沒說到獾的事。」

「什麼獾？」火星轉身，綠色的眼睛裡閃著警戒：「在我們領域裡嗎？」

「已經不在了。」棘爪回答，然後描述巡邏隊如何追蹤獾的氣味。

「那隻獾正在挖狐狸的老窩，」雨鬚補充：「總共有四隻，三隻幼獾和一隻母獾。」

「幼獾還太小，無法打鬥，」灰毛說：「但母獾已經夠難搞的了。」他轉頭去舔身後一塊新傷口。

在棘爪繼續說著怎樣把獾趕走的情形時，松鼠飛一直保持沉默。葉池察覺出一股混合了恐懼、防衛和惋惜的情感，她也能理解為什麼——雷族也曾被趕出家園過；但她提醒自己，**這裡現在是我們的領域了。我們不能跟獾共享，更何況還有四隻。**

火星環視他的族貓：「塵皮，請率領巡邏隊到那裡去，把那個洞填滿；至少讓一位戰士觀察情況，以防那隻貛再回來。」

塵皮叫雨鬚過去，好讓他領路前往那個巢穴，又指示要亮心和雲尾跟隨。

火星看著他們走遠：「以後每次巡邏都要對貛特別注意，」他警告：「貛一家可能再回來，或者可能會有更多貛想要定居。如果有一隻貛想找新家，其他的貛也可能這麼做。」他嚴肅地補充：「一定要讓牠們知道，我們這裡不歡迎牠們。」

ϟϟϟ

月光在潺潺的溪水上閃爍，新葉季溫暖的氣味飄過葉池身上，而她正凝視著風族的領域。突然一隻精瘦陰暗的身影奔下河岸，撲進了溪水，濺起閃爍的水花，水珠滿載著月光從他爪旁躍開。溪水掃過他腹部的毛；然後鴉羽爬上河岸來到葉池身邊。他的氣息淹沒了她。

「鴉羽……」她低語。

「什麼？」

葉池睜開雙眼，看到煤皮正從她窩裡探出頭來：「妳剛才有說話嗎？」這隻巫醫說。

葉池從她窩裡跳出，抖了抖把身上的苔蘚甩掉：「沒有啊，煤皮。」她可不想被人問起自己剛才在幻想什麼：「妳有事情要我做嗎？」

「我正在檢查藥草存量，」煤皮說：「有些藥草快沒了，而且——」

「我去採一些，」葉池自告奮勇：「新葉季就快來了，一定會有一些植物的。松鼠飛告訴過我可以找到款冬花的地方。」

「很好，」煤皮說：「我們也需要一些金盞花或馬尾草。那次打鬥後，我們幾乎用掉了所有存貨。妳能找到的任何東西都會有用。」

「好的，煤皮。」葉池恨不得快點離開營區，以便獨自幻想。她搖搖尾巴道別，就走過空地穿越荊棘通道。

太陽還沒升上樹梢，盛滿露水的潮溼野草掃過葉池，但她根本沒注意到這片涼意。她的腳掌因興奮而刺痛，愈來愈快地在樹林中奔跑；潺潺的流水聲使她停了步。她這才發覺自己來到作為風族邊界的小溪。這地方給她詭異的熟悉感，夢中的她就是站在這裡，然後鴉羽就來到她身邊。

河岸安靜而杳無貓蹤，樹木在水面上投下了長長的影子。葉池靜靜站著，目光貪婪地梭巡溪流對岸的矮樹叢。她又害怕又期待自己可能看到的東西。如果被風族的巡邏隊發現她在離邊界這麼近的地方，情況可能會很難看，可是如果鴉羽出現了……但她不該希望遇見鴉羽。她是巫醫，而巫醫是不能戀愛的。

她嚐了嚐空氣，嗅到了雷族及風族的氣味標記，卻沒嗅到那會讓她心煩意亂的氣味。一股強烈的失望燃燒著她，她知道自己內心深處仍期待他會在這裡等她。

「愚蠢的毛球，」她嘟噥著：「這只是個夢。」

聽到下游更遠處傳來聲音，她身子一僵；一個心跳過後，雷族的氣味飄到她身邊。她並不想在離營區這麼遠的地方遇見巡邏隊。他們會問她在做什麼，而她會困惑地無法好好解釋。她往四周看了看。附近唯一的掩蔽就是一片茅叢；雷族的巡邏隊映入眼簾時，葉池擠進了枝椏下方。

從樹葉間往外望，葉池看到蕨毛率領的巡邏隊。他和身後的黑毛和白掌走過去，停下來詢問他的見習生嗅到了什麼。葉池動也不敢動。

「風族的貓，」一會兒之後白掌回答：「當然還有雷族的。我想就在不久前——或許是昨天——還有隻狐狸經過。不過沒有獾的蹤跡。」

「幹得好，」蕨毛說：「照這樣下去，妳很快就能成為戰士了。」

白掌驕傲地抖鬆尾巴，跟著她的導師和黑毛往上游走了。葉池鬆了口氣；這位見習生並未從雷族的氣味中嗅出她的氣味。巡邏隊消失以後，她正準備扭身走出隱藏處，卻忽然被另一股非常熟悉的氣味淹沒。

「葉池，妳到底在這下面做什麼？」

葉池急忙走出草叢，轉身遇上栗尾好奇的眼神：「找野莓呀。」她無力地說。

「野莓嗎？」栗尾琥珀色的眼睛因驚訝而睜大：「我還以為野莓有毒呢。」

「對，沒錯。我只是……呃……在找另一種野莓。」

栗尾的尾巴捲了起來，但並沒有繼續追問使葉池鬆了口氣。雙眼閃閃發亮的她卻有一臉倦容：「我想我有些消息要告訴妳。」她說。

葉池恐懼地注視著她朋友。難道她猜到了鴉羽的事？「這附近的藥草很不錯，」她開口，努力掩飾心裡的緊張。她必須讓栗尾相信，自己來這裡是有巫醫要事而非其他原因：「我習慣來這裡，尤其在——」

「葉池，妳在說什麼啦？我懷孕了！」

葉池在栗尾的表情中看到了驕傲、興奮與一絲恐懼。**妳這鼠腦袋！**她咒罵自己。**還說自己是巫醫呢？**

快樂的咕嚕聲在她體內升起：「孩子是蕨毛的嗎？」

栗尾點點頭：「我還沒告訴他；我想先確認清楚比較好。噢，葉池，我知道他會是個很棒的父親。」

「他一定會的。」葉池湊上臉去貼著她的好友：「而妳會是個好母親。」

「希望如此。」栗尾低下頭：「我有點害怕，但我知道不會有事的，因為有妳照顧我。」

「我會盡力，」葉池說，想盡辦法別在好友讚美之詞的溫暖下顯得局促不安。現在的她距離身為巫醫的好模範相差十萬八千里：「想想，栗尾，妳會是雷族在新家裡第一個生孩子的！第一個使用新育兒室的貓。」

栗尾高興地眨眨眼。葉池聽到身後的腳步聲而轉身；蕨毛已經回來察看他的伴侶怎麼消失了這麼久。

「妳沒事吧？」他邊問邊走向她，舔著她的耳朵。

「我沒事，蕨毛，」栗尾說：「只是有點累。」

「再走遠些，」蕨毛用尾巴指著上游處：「我們找到了樹下一處有陽光的地方。妳可以在那裡休息，我們來看白掌的狩獵技巧有何進展。」

他對栗尾的體貼照顧讓葉池確信，他已經猜出她的祕密。再過不久這祕密也保不住了。

栗尾在他肩上靠了一會兒，然後與葉池碰了碰鼻子：「再見，葉池。希望妳找到那些野莓。」

葉池望著這兩隻貓往上游走去，他們的身影逐漸消失在樹林間。她心裡有股奇異的苦痛，一半是快樂，另一半是悲傷；她為栗尾感到高興，但同時也羨慕她。她和蕨毛進入了一個巫醫無法跟隨的私密世界。

自從成為煤皮的見習生起，葉池就明白這點，但她從未想過這件事真正的涵義。她從未體認自己會多麼渴望和另一隻貓在一起。現在栗尾仰賴葉池在小貓出生的時候照顧她，而她自己的事情就已經夠忙了。根本沒有空間收藏這份禁忌的感情。

「妳是巫醫，」她告訴自己：「而鴉羽是別族的貓。別再想他！別再做夢了！」

她低頭踱步離開溪邊，沒再回頭看風族的邊界，而是去尋找松鼠飛說的款冬花。

第四章

松鼠飛用爪子扒開一棵橡樹根部的苔蘚，將它拍打成球狀好帶回營區。自從對抗泥爪的戰爭之後，已經過了四分之一個月，這一族也開始恢復元氣，傷口開始癒合，對泥爪叛變的記憶也逐漸淡薄。

棘爪已經開始訓練課程，沙暴則堅持要每位戰士輪流負責見習生的任務。松鼠飛寧願去打獵或探險，也不願替長老們去找乾淨的床鋪，但這份工作如果能跟朋友分享，就不會那麼無聊。

她煩惱地看了灰毛一眼，灰毛正在附近的一棵樹旁蒐集苔蘚，她用一隻腳爪子勾起了自己那顆苔蘚球，朝他丟了過去。苔蘚球精準地落在他背脊正中央然後散開，弄得他全身都是一塊一塊的苔蘚。

灰毛跳著轉身面對她，「喂！」

他眼裡閃爍著笑意，這隻灰色的戰士也挽起了他的苔蘚，朝松鼠飛擲來。她縮身往樹後一躲，卻迎面撞上了棘爪。

「怎麼搞的？」這隻虎斑公貓質問：「妳在做什麼？」

「替長老們蒐集苔蘚。」松鼠飛回答。對這段已逝友誼的懊悔如尖刺般刺穿了她，還揉合了憤怒——他為什麼偏偏要在她停止工作的時候出現呢？

灰毛嘴裡叼著更多苔蘚，原本繞樹奔跑的他看到棘爪便停了下來。

「蒐集床鋪？是哦。」棘爪揮著尾巴掃掉灰毛肩上的一塊苔蘚，「放在身上帶回去嗎？」

灰毛放下苔蘚：「我們只是玩玩。」

「玩？」棘爪回嘴：「我看這叫浪費時間。難道你們不知道有多少事情要做嗎？」

「好啦，好啦。」松鼠飛感到頸後的毛豎了起來，「你不必把我們當成懶惰的見習生。」

「那就別表現得像懶惰的見習生，」棘爪回瞪她一眼，琥珀色的眼睛裡閃爍著憤怒，「身為戰士就該把部族的任務放在第一位。」

松鼠飛的憤怒像浪濤般上湧，「你以為我們不知道？」她啐道：「是哪隻貓死了，請你去當副族長啊？」

話一說完她就知道自己說的話簡直是無可救藥的蠢。她想把話收回，但已經太遲了。

棘爪的雙眼燃燒著，但他開口時的聲音卻如冰般冷靜：「沒有一隻貓知道灰紋究竟是生是死。妳知道火星有多麼痛苦？」

「我當然知道！」在內心深處，松鼠飛其實很想道歉，但當棘爪如此不公平地對待她時，她又無法退縮：「看在星族份上，火星是我父親耶！別說得一副我完全不關心一樣。」

「鎮定點。」灰毛走上前，臉輕觸著松鼠飛的肩。

松鼠飛努力控制著怒氣：「我願意犧牲一切去換灰紋回來。」

「對，我們知道。」灰毛安撫她。他吐出的氣息使她感到溫暖：「棘爪，」他站直身子繼續說：「我們會去找苔蘚，好嗎?你不需要這樣跟松鼠飛爭論。」

棘爪抽動雙耳：「好，但請你們盡快。完成後，別忘了替長老們找一些獵物。」他也不等回答就轉身大步走向營區。

「你自己去餵長老吧！」松鼠飛在他身後叫道。棘爪完全不需要用這種態度說話——除非他有意懲罰她對鷹霜的懷疑。

就算棘爪聽到她的話，也沒有表現出來。他只是繼續走著，直到消失在翠綠的蕨葉後方。

「別緊張，」灰毛說：「他只是想把事情做完。只有一位見習生，大家都有壓力。」

「那他自己就該多做一點，而不是到處發號施令，」松鼠飛不滿地說：「如果他以為我是在為他蒐集苔蘚，那就大錯特錯了！我去打獵了。」

她轉身一跳奔入了樹林。她聽到灰毛在身後喊她，但她憤怒得不想停下來。她心裡一方面想要撲向棘爪，抹掉他臉上輕蔑的表情；另一方面又因為說出有關灰紋那樣惡劣的話而被罪惡感撕扯著。松鼠飛心裡明白，他們之間的關係愈來愈難用言語修補。

這些惱人的思緒盤旋在腦中，使她完全沒注意到自己走向何方，等看到一大叢藤葉出現在面前時已經太遲了。她試著想停下來，卻一頭栽進了有刺的捲鬚裡。

「老鼠屎！」她呸了一聲。

刺鉤住了她背上的毛，她試著掙扎脫困；她無法忍受被棘爪或灰毛發現這樣的窘境。她用爪子掘著地面，努力把自己拉出樹叢，不少深黃色的毛則留在蕨刺上。

掙扎著站起來的她發覺身邊的樹木並不熟悉——粗大的灰色樹幹上掛著苔蘚和常春藤，比營區裡的樹林更密集。

「松鼠飛！小心！」

身後不遠處傳來灰毛警戒的驚呼聲。她一跳轉身，全身的毛都豎了起來。就在刺藤樹叢後方有塊空地，上面全是枯葉。在空地另一端，松鼠飛緊張地發現有個黃褐色的三角形臉從荊棘叢裡探了出來。她驚恐地看著那隻狐狸小心翼翼地走出，張嘴咆哮著，眼裡閃著飢餓的光。

「慢慢退開。」灰毛安靜的話聲從近處傳來。

松鼠飛感覺雙腳好像化成了石頭，但她強迫自己後退一步。狐狸立刻跳了起來。松鼠飛舉起爪子防衛，但就在同時一道灰影閃過，擋在她和狐狸之間：是灰毛，正用兩隻前爪朝狐狸的臉部猛擊。他發出一聲嚇人的貓吼，但狐狸仍站在空地中央。牠的頭轉向灰毛，大嘴一張一合。松鼠飛怒吼一聲，向狐狸撲過去，對準狐狸的側臉用力一揮，狐狸用後腳立起將她甩開；她砰地一聲摔到地上，好一陣子喘不過氣。等她再次站起，卻看到灰毛躺在地上，用後腳對狐狸死命反擊，而狐狸張口正向他喉嚨咬下。

松鼠飛再次跳起，伸爪攻上那黃褐皮的動物。等到狐狸轉身，她看見灰毛脖子血流如注，正設法走出血泊。狐狸趁她分心，一口咬在她肩頭，松鼠飛痛地叫了一聲，用爪子扒開狐狸的臉。她聽見灰毛虛弱的聲音說：「松鼠飛，快逃！」但狐狸卻不放手。又氣又怕的松鼠飛還擊得更激烈了。

狐狸用力搖她，力道大得使她牙齒上下相擊。狐狸的利齒叼著站不穩的松鼠飛，她感覺體力正逐漸消失。一片黑浪在她眼睛後方升起，威脅著要把她淹沒，這時在近處她卻聽到一聲大吼，狐狸的嘴突然鬆開，她就倒了下來。幾個心跳的時間她都意識不清地躺在樹葉間，只聽得到憤怒的吼叫。

她深吸了幾口氣，搖搖晃晃地站起來。森林在身邊旋轉，當她目光逐漸清晰，便看到棘爪在憤怒中高聳一身虎斑毛，那模樣看起來比平常大了兩倍。他迅速揮爪、齜牙咧嘴地逼使狐狸退回林中，與他並肩作戰的灰毛雖然有些不穩，意志卻很堅決。松鼠飛跌跌撞撞地站起來加入他們，發出一聲反抗的吼叫。狐狸看到第三位攻擊者出現就立刻退開，轉身消失在樹叢間。有一陣子他們都還聽見狐狸踩踏過蕨葉的窸窣聲響，然後是一片寂靜。

「棘爪，謝謝你，」灰毛喘著氣，「你怎麼知道我們有了麻煩？」

「我聽見你的聲音，」棘爪回答，他的聲音裡滿是憤怒，「我的星族呀，你們到底來這裡做什麼？妳明知我們還沒好好勘查過這塊領域。顯然找到那隻獾並沒讓妳學到教訓嘛？」

松鼠飛氣得差點說不出話來。為什麼偏偏是棘爪前來幫忙？更難堪的是他說得沒錯；她不該氣沖沖地走進樹林而完全不看路；但他沒必要這麼討人厭：「你有什麼問題？」她呸著說：「我真不知道我以前為什麼會喜歡你！」

灰毛一瘸一拐地走到她身邊，「我們是想打獵，」他解釋，在松鼠飛開口之前，便用尾巴擋住了她的嘴，「我們不是故意要走得這麼遠。」

棘爪反覆凝視著他，琥珀色的眼裡仍燃燒著憤怒。

「幸好我們遇到狐狸，」松鼠飛說：「我們有必要讓族貓知道。」

「要是你們都被殺了，會有誰知道？」棘爪咆哮道：「看在星族的份上，下次理智一點。」

他走上前嗅了嗅灰毛脖子上的傷。看到傷口已不再流血，松鼠飛鬆了口氣；傷口看來雖深，卻不是會致命的那種。

「你該回到營區，讓煤皮看看傷口，」他建議：「松鼠飛，妳也是。妳有不少嚴重的刮傷。」

松鼠飛轉頭看著身側和肩頭。有幾塊皮不見了，被狐狸利齒咬過的地方滲出濃稠的血絲。咬傷處痛得厲害，肌肉也跳動著。松鼠飛真想悄悄回營區吃下一爪減輕疼痛的藥草，躺進她在蕨叢間的柔軟小窩。但他們不能在沒找到狐狸的巢穴之前就離開。

「我們是否該跟著氣味蹤跡，看看狐狸的窩有沒有在附近？」她提出建議，語氣冷漠好隱藏在體內燃燒著的憤怒：「把沒有結果的事告訴火星於事無補。」

「好主意，」灰毛同意，「那隻狐狸看來又瘦又餓，好像曾跟更壯的狐狸爭奪過食物。這樣就更危險了。如果牠們就在我們領域裡，我們有必要設法驅逐。」

棘爪遲疑了一下然後點點頭：「好，至少我們可以跟蹤一下。」

他帶頭走向狐狸消失的樹叢，狐狸的氣息依然濃烈。

「臭死了！」灰毛咆哮。

這三隻貓由棘爪率領，循著蹤跡穿過樹叢，不久便跨越了一條又老又舊、通往石頭山谷的兩腳獸路徑，然後走入另一端的樹林。樹木逐漸稀疏，空出一塊沼地，松鼠飛發覺這裡的氣味也摻雜了貓味。她聽到不遠處傳來潺潺的溪水聲。

棘爪停步：「這是風族邊界了。」他宣布。

「如果狐狸走進他們的邊界，就不是我們的問題了。」灰毛說。

「別太肯定。」棘爪往左右看了看，「我們看看能否找到狐狸窩。」

「狐狸窩一定在風族嘛，鼠腦袋。」松鼠飛咕噥道，但她仍幫忙搜索，沿著邊界兩端走了幾隻狐狸身長的距離，才折返回到樹林。

三隻貓在邊界上重聚時，都沒有找到狐狸窩。

「看來狐狸已經越過疆界了。剩下的就讓風族來解決吧。」松鼠飛說。

「我不認為火星也會這麼想，」棘爪警告說：「他可能會想警告一星。」

松鼠飛知道他可能是對的。幾天前與風族巡邏隊氣氛詭異的相遇，似乎沒有改變她父親對一星這段友誼的信念。真正的朋友是不會隱瞞有關狐狸的情報。何況，如果狐狸已跨越邊界，雷族的貓仍有危險。

「好，」她同意：「我們回營區去，把這件事告訴火星。」

⚡⚡⚡

松鼠飛趴在巫醫窩的入口處，當葉池把嚼碎的金盞花葉輕按在她傷口上時，她痛得把牙齒咬得格格作響；旁邊則是正把蜘蛛絲敷在灰毛頸部傷口的煤皮。灰毛瑟縮了一下，松鼠飛同情地看了他一眼。

「這樣應該沒事了，」巫醫告訴他，「但這幾天要好好靜養，而且要讓我們每天檢查傷口一次，確保沒有感染。」

「妳說狐狸已跨過風族邊界？」葉池問她姊姊。

她看來一臉擔憂。松鼠飛想不出來葉池對風族領域裡的一隻狐狸有什麼好煩惱的。如果狐狸住在雷族這邊，那才更令人擔心。

「沒錯。」她說。當金盞花汁滲入被狐狸的尖牙咬破的傷口時，她痛得縮了一下。

「妳沒有看到風族的貓吧？」葉池繼續問。松鼠飛開始感到葉池的窘迫，另外還有一種她無法辨認的、深刻而激動的情感：「比方——比方像鴉羽？」

「沒有。如果我們看到風族的貓，就會告訴他們狐狸的事啦，鼠腦袋。這樣就不用考慮再去拜訪他們了。」現在棘爪在火星那裡述說事情經過，松鼠飛對她父親的反應頗有把握：「總之，妳怎麼會想起鴉羽？」

葉池慢條斯理地整理那堆金盞花葉：「噢，沒有原因啊，」她說：「我只是知道他是妳的朋友，你們是在前往太陽沉沒之地時認識的。」

「我可不認識什麼朋友，」松鼠飛說：「我不認為鴉羽有能力跟另一隻貓親近——何況現在羽尾都死了。他真的深愛過她，他一定非常思念她吧。」

「我想是吧。」葉池回答，她的語調聽來似乎喉頭被哽住了，松鼠飛關切地看著她，但她卻已低下頭嚼起另一片葉子。

葉池把嚼過的金盞花樹葉啪地一聲放在灰毛被抓破的後腿上，使他痛得咬牙吸氣。松鼠飛眨眨眼，以前妹妹的動作都是很輕柔的呀！

遮蓋這個窩的蕨葉發出窸窣聲響，然後火星出現了，棘爪緊跟在他身後。

「棘爪說妳會在這裡，」族長對松鼠飛和灰毛說道：「我決定要去風族警告一星狐狸的事，我要你們跟我一起去。」

松鼠飛一點也不驚訝。她想，**但獾的事我們可沒警告影族哦。**

煤皮抬起頭：「我想不——」

「我知道妳要說什麼，」火星打斷她的話：「但我的肩傷已經好了，而且我已經決定這麼做了。」

「我才不是要說這個。」巫醫藍色的眼睛閃動著：「這兩隻貓在打鬥中受了傷，需要靜養。」

「我需要他們把親眼所見的情形告訴一星。」火星反對道。

「那就叫他們告訴你，由你去傳話。」煤皮頑固地說。

「等一等。」松鼠飛勉強站了起來：「何不問問我們？我覺得自己夠強壯，可以到風族去一趟。灰毛，你呢？」

「當然可以。」這隻灰色的戰士貓起身站在她身邊。

火星的目光掃過他們倆：「對，看來你們都很好，可以等我們回來後再休息。」

「如果你們在那邊又要大打出手呢？」煤皮對他挑戰似的說。

「不可能的，」火星冷靜地說：「風族是我們的朋友。」

煤皮發出憤怒的噓聲，大步走回她的窩裡，尾巴急躁地擺動著。

火星凝視著她，綠色的眼睛裡有著暖意：「她愈來愈像黃牙了。」他喃喃自語。

〰〰〰

等到火星率領巡邏隊跨過風族邊界時，已是日落時分。四周沒有任何貓兒的蹤跡，就連風族巡邏隊的氣味也非常飄忽。松鼠飛努力想從沼地上飄來的兔子味裡嗅出什麼來，卻想起自己從早上起就沒吃過東西。還沒走多遠她就發現了三隻兔子，一面啃著野草一面慢吞吞地蹦跳。

「好像牠們知道我們不能去追一樣。」她對灰毛抱怨。

灰毛的鬍鬚跳動著：「我知道。但是只要想想，如果一星發現我們在他的領域裡獵食會怎麼說就夠了。」

不久他們來到一處溪流，溪水經過一連串的小瀑布陡峭地下落。巡邏隊一直到爬上通往營區的山坡，才看到風族貓兒的蹤跡。松鼠飛瞥見一隻正巡守上坡的戰士貓輪廓；等到火星率領其他貓兒爬上最後一段草皮時，那隻貓就轉身消失了。幾個心跳過後，一星從圍繞著山谷的荊棘叢裡現身，站著等他們。網足和鴉羽分站他左右，臉上毫無表情。

「火星。」一星微微點頭打招呼：「你在風族的邊界裡做什麼？」

他的語氣彬彬有禮，卻以對等的身分對火星說話，他的頭驕傲地抬高，眼神堅定。他已不是當初高星讓他當上族長時，懇求火星幫忙的那隻貓了。

「我們來看看你，」火星回答：「我很想早點來，可是我的肩膀在打鬥時扭傷了。」

「風族很好，」一星說：「我們有什麼理由應該出問題嗎？」

松鼠飛驚訝地張大了口。距離泥爪的叛變還不到一個月，他怎麼能說這種話？

火星的目光越過這位風族族長，落向網足身後一處荊豆叢屏障。松鼠飛猜測她父親並不願意點出還有不少背叛者仍在風族裡，尤其在那些貓的面前。

一星瞇起了雙眼：「風族裡的每隻貓都知道，我是星族挑選出來的族長。再也不會有麻煩，你也不需要把我當成扶不起的小貓那樣照顧我。」

「我並沒有那麼做，」火星抗議道：「我們只是來告訴你幾個消息，」他繼續說：「棘爪，告訴一星今天發生了什麼事。」

棘爪上前一步站在他族長身邊：「這兩位——」他尾巴朝松鼠飛和灰毛一揮，「嚇走了一隻狐狸。」

「一隻雄狐。」灰毛補充說：「是我看過最大的。」

「我們三個把牠打敗、趕走了，」棘爪解釋說：「但牠卻越界到了你們的領域。我們想牠一定有個巢穴——」

「就在山腳下的幾塊石頭裡，」一星替他把話說完，距人於千里之外地揮了揮尾巴：「我的戰士們已經追蹤到了。我們會密切注意，不必擔心。」

「他比大多數的狐狸還要兇殘，」棘爪警告說：「你可以看松鼠飛和灰毛身上的傷。」

「完全沒錯！」松鼠飛低聲說，彎曲肩膀時痛得縮了一下。

「風族可以處理這件事，」一星堅持說：「火星，」他再次面對雷族族長，繼續說：「如果你的戰士把那隻狐狸趕進了影族的邊界，你會告訴黑星嗎？」

松鼠飛跟灰毛交換了一個眼神。他們都知道火星有意讓影族自行處理那隻獾。

「或許不會，」火星承認。他嚴厲地看了這幾位戰士一眼，彷彿要他們別提到那隻獾：「可是——」

「那麼你也不需要來這裡。火星，我不需要你幫忙。自從影族把我們趕出舊家園，已過了好幾個季節，但每一族都認定風族依舊衰弱。這都是你的錯！你表現得好像我們完全無法自力更生；但是風族就跟其他的部族一樣堅強，我們不需要任何貓的協助。」

火星低下了頭。松鼠飛看出他眼中的痛苦，並希望自己不在場，聆聽他父親最老的盟友拒絕他的友誼。

「風族來到了新家，這份功勞並不屬於任何部族，」一星繼續說：「我們不會把這件事歸功於任何一隻貓。」

松鼠飛幾乎忍不住要大喊，**才不是這樣！**沒有雷族，風族早就死在舊家，被兩腳獸用那巨大、發出轟隆聲的怪物抓走或殺得一隻不留。

火星昂起頭：「很抱歉冒犯了你，」他平靜地說，並用尾巴比了個姿勢，表示該走了：「一星，再見了。」他說：「集會時再見。」

「要不要派巡邏隊跟他們到邊界去？」網足首次開口。

一星搖搖頭：「沒有必要。」他一言不發地轉身，消失在樹叢間。火星凝視著他消失的地方，一直到樹葉不再顫動。松鼠飛正想跟過去時，一個低沉的聲音叫出她的名字。她回頭一看，鴉羽仍站在樹叢陰影下，用尾巴示意她走近。

「松鼠飛，我想問問妳——」他開口說。

網足從樹叢間探出頭來：「鴉羽！」

「我馬上過去！」鴉羽喊了回去：「松鼠飛，是這樣的。」他又開始說。

但火星在山坡底下停了步：「松鼠飛，快一點！」

「不能等到大集會時再說嗎？」松鼠飛對這位風族戰士說：「我得走了。」

鴉羽後退了一步，在失望中垂下了尾巴：「好吧，我想可以等。」

網足又喊著了，鴉羽絕望地看了松鼠飛最後一眼，轉身而去。

松鼠飛跳著跟上其他族貓。她仍不敢相信一星對她父親說話的方式。任何新族長都希望自己的族群能夠自立自強，但他應該不至於忘記這應該歸功於火星吧？

如果這就是一星想要的結果，松鼠飛追上族貓時想著，**那也好。當他的盟友對我們毫無助益，但等到他又需要雷族的協助時，他一定會後悔。**

第五章

月光在泛著波光的湖面上搖晃著，星星在夜空上方閃爍著。**星族對我們適應新環境的方式一定感到非常欣慰**，松鼠飛跟著她妹妹沿湖岸行走時，心裡這樣想著。想到即將參與這座島上的第一場大集會，她的腳爪起了一股震顫。她實在等不及走過那棵倒下的樹，展開探險。

火星領隊，兩側緊跟著塵皮、沙暴和雲尾。灰毛和蛛足跟在他們後頭，再來是煤皮、金花和蕨毛。棘爪殿後，不時回頭探望彷彿認為會有麻煩出現。

他的謹慎使松鼠飛想起跟風族不愉快的新關係。要經過樹橋抵達那座島，他們必須走過風族的領域，而據松鼠飛所知，他們並未正式詢問過一星的允許。

「四喬木那裡就簡單多了。」松鼠飛對葉池說，突然感覺到想家的傷痛。她永遠忘不了，發現各族在大集會集合的那棵大橡樹被兩腳獸破壞時的恐懼，「在以前，我們可不需要走過別族的領域才能去集會。」

「貓兒是不可能在要去大集會的路上打起來的。」葉池說。

「我可不確定。停戰協定什麼時候開始生效？是等我們到了島上，還是在途中也算？」

葉池搖了搖頭，無法回答。

松鼠飛帶著警戒心與其他族貓走過暗地，一邊是閃閃發光的湖，另一邊則是陡峭的傾斜沼地。就在快接近兩腳獸馬廄場時，他們聞到濃烈的風族氣息，似乎風族巡邏貓才剛從這裡經過。

「一星和他的族貓一定在前面，」松鼠飛說。當她停下來辨認出另一種氣味，不久就發現兩個蒼白的身形掠過馬廄場柵欄外的農場：「一定是住在馬廄裡的寵物貓，」她猜測著：「妳還記得小灰和黛西嗎？上次我們來參加集會時見過他們。不曉得黛西生小貓咪了沒？」

「雷族貓后也該開始生孩子了，」葉池說：「族裡年輕貓咪真的不夠。」

松鼠飛點頭。有更多年輕貓咪就表示有更多見習生，也就表示她不需要再去蒐集苔蘚了！

他們走過一片沼澤地，這是他們第一次來到湖邊暫時紮營的地點。再過去是幾股新的氣味標記，警告他們已來到河族的邊界。松鼠飛在前方的湖岸看見了一群貓；在明亮的月光下可以清楚認出那是一星和他的風族戰士們。

她還記得巡邏隊第一次發現這座島的情景。他們一直認為這會是個很棒的集會地點，但卻認定除了河族的游泳高手之外，其他族都難以到達。但星族想出了辦法，讓他們得以越過界於湖岸和島嶼之間那片狹窄的水窪地。接近那座樹橋時，滿懷期待的松鼠飛感到身上的毛都豎立了起來。那曾經是棵高大的松樹，生長在島嶼邊緣。現在樹根高翹在空中，樹梢則搭在圓石滿布的湖岸。松鼠飛又走近了些，看見樹上的針葉已然枯黃，有如落在石頭地上的斷裂雨絲。

貓兒集結在最高的樹枝旁，攤平的雙耳和高豎的僵硬尾巴明顯透露出他們的緊張，不信任這棵樹能撐住他們的體重，讓他們越過這片又冷又黑的湖水。松鼠飛看見網足小心翼翼地嗅著一段樹枝。一個突如其來的不耐煩喵嗚聲傳來，鴉羽跳上在水面的樹幹。他搖晃了一陣就穩住平衡，然後開始沿著樹幹行走，謹慎地邁出每一步，最後來到足以安全躍上對岸的距離。

松鼠飛也想加快腳步橫過樹幹，以便在島上展開探險，但她一邊告訴自己要等待，一邊不耐煩地用爪子扒著石頭。她很清楚棘爪正凝視著她，眼裡清楚呈現出他的想法。松鼠飛背對著他，走到灰毛身邊。

「太棒了！」他邊說邊用鼻子輕觸她的耳：「我真等不及要過去。」

「我也是。」松鼠飛同意。

愈來愈多風族貓開始跨水而行，抓緊樹幹一步步走向對岸。等火星揮動尾巴示意雷族的貓兒跟過去時，松鼠飛急切地搶先，卻撞上了視線越過水面凝視對岸的葉池。

「怎麼啦？」松鼠飛說：「看在星族的份上快走呀！」

葉池跳了起來：「對不起！」

當裂耳跳上樹橋，一星走過來對火星迅速說了幾句話，然後才跟著他的戰士走了。火星要族貓聚集到身邊。

「河族和影族都過去了，」他說：「一星剛才告訴我，豹星和黑星同意我們大家在集會前，先在島上探險。」

「大集會開始時我們要在哪裡集合？」雲尾問道。

火星抽動著耳朵：「不到對岸去，誰也不會知道。但這座島並不大，你們應該不會迷路。」

他跳上樹幹，沙暴和雲尾跟隨在後，最後才是松鼠飛。她伏低身子跳到空中；樹幹承受了她的體重，一沉之後又彈起。她的毛在警戒中散開，爪子插入樹皮保持平衡。她這才突然認知到這樹幹有多麼狹窄，又是多麼接近水面，湖水拍打著她身下半浮半沉的樹枝。

「快點，」灰毛說：「大家都在等妳。」

松鼠飛小心翼翼地沿著樹幹邊緣走。愈來愈多貓兒從她身後跳上，樹幹也彈跳得更厲害，她在貓群中擠身而過時，樹枝擦刮著身體。但她漸漸習慣了這種動感，她愈接近湖對岸，樹幹就愈粗大。她的信心增強，來到樹枝末端時一個猛衝，帶著勝利的吼叫撲到了對岸。

灰毛跳到空中，一個翻身面對著她：「我的星族呀，妳嚇死我了！」他驚喊：「妳的表現任誰都會認為妳還是隻小貓咪呢。」

「抱歉，灰毛。」看到他尾巴開心地捲了起來，松鼠飛猜想這隻棕色的虎斑戰士對於來到新的集會地點，心裡的興奮就跟她如出一轍。

她在樹根的掩護下，等待灰毛、葉池一一過來，然後是棘爪。這隻身寬膀闊的虎斑戰士一到石子地面，立刻轉身找上另一位戰士，那隻貓的體態就跟棘爪自己在湖中的倒影一樣健壯。

「是鷹霜！」松鼠飛發出噓聲：「我就知道。」

「棘爪，你來了，」她聽到河族貓這麼說：「我正希望你今晚會來呢。來吧——我有東西要給你看。」

兩隻貓肩並肩地走開。

松鼠飛轉過頭要找葉池，卻看到她奔過湖岸去跟鷹霜的妹妹——也是河族的巫醫——蛾翅在一起。這隻美麗的金色虎斑貓尾巴跟葉池的纏在一起，她正興奮地跟葉池說話，但距離太遠，松鼠飛聽不見她們在說什麼。

松鼠飛突然覺得寂寞。如果沒有人一起分享，探險似乎就沒那麼有趣了。然後她聽到有聲音喚著她的名字，轉頭看到灰毛站在不遠處。她縱躍過去。

「妳想去哪裡？那邊嗎？」他建議，用尾巴指著島中央一處樹木與矮樹叢雜生之處。

「不，我們先在周圍繞一圈，」松鼠飛說：「我要看看每一個腳印！」她溫暖地對他眨眨眼——不知怎麼地，她就是知道無須刻意說明自己是多麼高興能有他陪伴，一起在島上探險。

他們沿著岸邊走，經過松鼠飛的母親沙暴，看到她正在另一棵松樹的樹幹上磨尖爪子。

「這裡很好，」她快樂地說：「遠比我們上次在馬廄場附近集會的地點安全多了。」因為爪子磨尖了，她感到滿意地坐了下來，凝視著輕柔拍打岸邊的水花。

松鼠飛與灰毛沿著裸露的岩石走向水邊，來到一處更寬大的沙石地帶，地上散布著東一攤、西一攤的閃爍小水窪。松鼠飛在一處水窪旁趴下，舌頭伸到腿前，然後驚訝地叫了一聲跳開來。

「這裡有魚！」

灰毛走到她身旁，很感興趣地看著水裡，「沒看到啊。」

「是小魚——看，在那裡！」她用爪子指著從一塊石下閃身游進另一塊岩石下的光滑形體：「可惜拿來塞牙縫都不夠，」她惋惜地說：「我們走吧。」

再過去的沿岸石頭更多了，閃閃發光的湖水延伸成寬闊的一片。松鼠飛只辨識出在一大片樹林外有塊深色沼地。

「天氣晴朗的時候，這是個曬太陽的好地方，」灰毛凝視著一塊長滿苔蘚的灰色平滑岩石說：「我們領域裡還沒找到像陽光岩那樣的地方呢。」

「不，可是我們還沒走完呢，」松鼠飛提醒他，「而且要曬暖這身毛，得走非常遠的路才到得了耶！」

他們用爪子抓緊石面以保持平衡，慢慢爬上岩石時，她看見棘爪與鷹霜就在島中央附近。他們肩並肩地走著，說話時低下頭來靠緊。看來他們對探索周遭並沒有興趣，也毫不注意身旁來自各族的貓群。松鼠飛轉開注視棘爪的視線，對正在樹叢下往外望的褐皮打了聲招呼，她身邊還有一位年輕的影族戰士，但松鼠飛並不認得。褐皮揮了揮尾巴致意，但沒有開口；松鼠飛猜想她正盯緊獵物。

影族的副族長枯毛正在一塊岩石下四處嗅著，她身邊則是族貓花楸爪和橡毛。松鼠飛改變方向好避開他們；褐皮是她在影族唯一的朋友，因為她出生時是雷族的貓。

「你有沒有注意到，」她對灰毛說：「我們又各自跟自己的部族在一起了？就好像那趟離開森林的旅程從未發生過一樣。」

「嗯，棘爪在那邊跟鷹霜在一起。」灰毛說，耳朵轉向這兩隻虎斑公貓又從一堆蕨叢中現身之處。

「哼！」松鼠飛咕噥著。

灰毛藍色的眼睛閃爍著：「妳很擔心他，對不對？」

「擔心？我？」松鼠飛說：「才沒有呢！」看到灰毛並沒作聲，她又補充：「老實說，我一點也不擔心他。」

灰毛發出一聲長長的嘆息：「很好，」他低語：「他是隻正直的貓。或許他和鷹霜為友，但從未背叛過自己的族貓。」

松鼠飛瑟縮了一下。難道她不再信任棘爪有這麼明顯？她絕對比雷族任何貓都了解他吧？還是她與他太親近，所以無法做出正確判斷？她搖了搖頭，耳中喧鬧的思緒使她困惑。她想信任棘爪，真的，但他似乎有心用話語和行為讓此事無法成真。

等他們繞小島走完一圈，月亮已高掛空中。松鼠飛跳著來到樹橋旁的湖邊，喝下了幾口湖水；湖水冰冷，她舔著閃爍的水面時覺得自己好像喝下了星光。

「我現在明白鷹霜為什麼想把這裡作為河族營區了，」灰毛說：「這裡有貓兒想要的一切！」

「只是食物不夠，」松鼠飛指出，「河族不能天天吃魚。他們得用嘴叼著獵物游水。」

灰毛不安地移動著，「現在有了樹橋，我希望河族不會改變主意。」

松鼠飛警覺地凝視著他，「他們不能這樣！」她抗議道：「星族是為了所有貓兒才把樹放在這裡的。」

「不過如果豹星計畫使這裡成為河族專用的島嶼，那我們很快就會知道。大集會快要開始了。」灰毛抬頭看著月亮。

松鼠飛甩掉鬍鬚上的星光水珠，「我們還是不知道在哪裡聚會。」

「我們到島中央去，」灰毛建議道：「就算看不到其他貓兒，我們也應該有辦法聽到消息。」

這兩位戰士走向中央的樹叢。走沒多久就聽到許多貓闊別後互相打招呼的輕柔低語聲。

灰毛停下來嚐了嚐空氣：「四族的貓兒都在這裡了。這裡一定就是大集會地點。」

他帶頭穿越一叢荊棘，還扭身繞過一處特別刺的枝椏。松鼠飛可以聽見身邊樹葉裡有獵物發出的窸窣聲，但她興奮得沒有心思去想打獵的事。她設法盡快走過蕨叢，但蕨刺鉤住了她的皮毛。

「我可不會再被卡在這裡！」她發著牢騷。

灰毛發出喵嗚的笑聲：「別擔心，如果妳被卡住了，我會幫妳脫困的。大集會可不能少了妳呢。」

松鼠飛伏低身子，腹部擦過蕨葉下脆脆的枯葉，扭著身體向前，枝椏逐漸稀疏，最後來到了空地。

「哇！」

她站在一大片圓形草地的邊緣，草地在月光下閃著銀色的光，看來就像一個小湖，在微風拂過枝梗時起著一圈圈漣漪。草地中央孤立著一棵橡樹，它的樹根比一隻貓身還要粗大，上方的樹枝在空中搖曳著，在下方的貓兒身上投下顫動的影子。

「太棒了！」從她身旁樹叢出現的灰毛大為驚嘆。

松鼠飛環顧四周的族貓。金花跟其他族的長老們橫躺在一片長草上；煤皮走過去加入在樹根附近的葉池和蛾翅，影族的巫醫小雲也走過去坐在她們身旁。雲尾和塵皮站在圓形草地另一端的樹叢下；互看一眼之後他們走向河族的霧足和黑爪，微微低頭打著招呼。

松鼠飛突然發覺自己有多麼緊張，擔心影族和河族會像風族一樣有敵意；但這次看來卻比較像是以前在森林的大集會，來自各族的貓兒自在地互通訊息。

葉池離開了其他巫醫，走過草地跟姊姊在一起，松鼠飛抽動耳朵表示歡迎。

「我很喜歡這裡。」葉池的雙眼發光；松鼠飛猜想她覺得這裡特別接近星族：「這裡比四喬木還小，但給人很安全的感覺。」

松鼠飛正想表示同意，卻看到火星奔過空地跳上那棵樹。他用爪子抓住樹幹，把自己拉上低處的樹枝，然後站著俯視下面四族的貓。

「黑星！豹星！一星！」他喊：「我們可以坐在這裡開會。」

接下來現身的是黑星，大塊頭的他卻身手敏捷地攀爬上樹，垂著尾巴伏在火星身旁的樹枝上。

「我打賭黑星一定希望第一個到樹上去坐的人是他自己。」灰毛在松鼠飛耳邊低聲說。

豹星在距離火星和黑星不遠處的樹枝分叉上坐定；一星爬到更高處以便俯視其他三隻貓。

霧足端正地坐在樹底一條粗壯的樹幹上。當灰足和枯毛這兩位副族長也坐到她身邊時，松鼠飛感到一陣如尖刺般的疼痛刺穿了她的肚皮。就連瞎子也看得出來，雷族並沒有副族長跟他們坐在一起。

火星發出一聲喊叫：「各族的貓兒，歡迎來到這塊新的大集會地點。非常感謝星族讓我們在此相聚。」他話聲稍停，等待戰士們停止聒噪，然後有禮地對風族族長點了點頭：「一星，由你開始如何？」

這位風族族長站了起來，在粗大的樹幹上自信滿滿地平衡身子。月光下他的眼睛閃閃發光，一身虎斑皮毛也被染成了銀色。松鼠飛記得在高星死後，他要對各族致詞時曾經有多緊張；現在那樣的不確定感已杳無蹤跡，他看起來就像已經領導這一族度過了好幾個月。

「風族一切都好，」他報告道：「我已經去過月池，從星族那裡獲得九命和聖名。」

一片恭喜聲群起發自空地上的群貓——松鼠飛注意到這聲音發自四族的貓。一星身為戰士時很受歡迎，而當星族讓樹壓死了泥爪後，他的族長地位也得到星族的強烈贊同。她環視四周，想看其他擁戴網足和泥爪的貓是否也在其中；她完全沒看到網足，卻看到一隻黑色的母貓夜雲俯伏在樹叢下凝視著她的族長，臉上帶著捉摸不透的表情。

一星點了點頭：「今天早上灰足、裂耳和鴉羽把一隻狐狸趕出了我們的領域，」他繼續說：「他們奮勇戰鬥，我相信再也不會有其他狐狸來犯了。」

下方眾貓發出一片贊同的吼叫——多數來自風族的貓，但也有不少其他族的貓：「灰足！裂耳！鴉羽！」

松鼠飛並沒有附和。「他完全沒提到泥爪的背叛，」她低聲對灰毛說：「也沒提到雷族——不管是我們曾在打鬥中幫過他們，或者是我們曾警告他狐狸的事。」

灰毛斜眼看著她，「妳真以為他會提？」

一星繼續說：「我們為兩位見習生舉行了戰士命名儀式。今晚在場的鴞鬚和鼬毛已經是正式的風族戰士了。」他再次坐下，其他貓兒歡迎著這兩位新戰士。

豹星等不及一星說完就站了起來，不耐煩地揮動尾巴要大家安靜：「一個月前被我們趕走的獾也沒有出現，」她宣布：「我們認為獾不會再回來了。」

松鼠飛看著空地另一端的鷹霜。他曾率領巡邏隊趕走闖入河族領域裡的獾。看到鷹霜那副志得意滿的表情，松鼠飛嘟起嘴。**好像他是唯一鬥過獾的戰士**，她憤慨地想，歪過頭舔著側身快癒合的傷口。

「河族也多了一位新戰士，」豹星繼續說：「田鼠齒今晚在營區徹夜防守。」

「一星和豹星似乎對報告新戰士非常熱中，」松鼠飛悄悄對妹妹說：「好像要表現給其他部族看他們有多麼強。」

「太荒謬了！」葉池咬牙說，狂暴的語氣嚇了松鼠飛一跳：「為什麼我們就該互為仇敵而非朋友？他們難道忘了大家為了抵達這裡曾經歷過的一切？」

葉池的感受如此強烈令松鼠飛有些驚訝。巫醫通常不會介入一般部族間的競爭，至於她與小雲、吠臉和蛾翅的友誼，不管各族之間是否有敵意都不會改變。只不過，葉池也跟松鼠飛一樣，漸漸習慣了與其他部族共同生活。

「上次大集會時，」豹星繼續說：「我曾經贊成第一次紮營的沼地可以作為大集會時的中立區。但現在星族賜給了我們這座小島，我要宣布河族將擁有那塊沼地。」

松鼠飛聽到幾隻貓不滿的低語；風族的巫醫吠臉更大聲說：「老鼠屎！那我就不能去那裡採集草藥了。」

「其他族都必須同意，」黑星指出，爪子陷進腳下的樹皮：「四喬木旁也有中立區。」

豹星急速搖著尾巴，「你不能把這裡變成那個森林，情況並不一樣。首先，除了河族外的部族都必須跨越別族的領域才能抵達這座島。設置中立區並沒有意義。」

「豹星說得對，」火星說：「我看不出有什麼理由不讓河族擁有這塊沼地。」

豹星對他點點頭，感激他發言支持。

「一星，你認為呢？」火星問。

一星有些遲疑；松鼠飛猜想，他當然也希望自己的部族能擁有那塊沼地並取得有用的草藥，但風族的領域已經是最大的了：「很好呀。」他咆哮著說。

黑星聳聳肩：「如果你們都同意，我也不會反對。」

豹星眼裡閃著滿足的光：「那麼明天我們就會在馬廄場附近做氣味標記。」

河族貓發出一片表示贊同的叫聲；火星等他們的聲音漸歇，才開口說話。

「我沒有太多事情要報告，」他承認：「跟河族一樣，我們領域也發現一隻獾，而棘爪率領巡邏隊把他趕跑了。除此之外一切都很順利。自從搬到這個領域，我們也沒看過兩腳獸的蹤跡。」他退後幾步，用尾巴向黑星比了個姿勢。

影族族長站了起來，松鼠飛全身都緊繃起來。他會提到那隻獾嗎？他是否知道那隻獾是雷族趕進影族領域裡的？但當黑星開口時，他只提到森林裡有許多獵物。「我們在距離兩腳獸居住地不遠處發現了一個老獾巢，」他急躁地說：「但我們卻幾乎偵測不到獾的氣味，一定是早就搬走了。」

松鼠飛與灰毛交換了一個眼神，她再次感覺到頸上的毛平躺著。那隻獾和她的孩子們一定退進了森林深處，遠離任何貓的領域。從老巢穴被發現的數量來看，似乎不少獾都曾住在這個湖附近。或許族貓都很幸運，所以才沒有遇上更多的獾。「希望這是最後一次了。」她低聲對灰毛說。

「如果牠們回來，我們再做處理，」灰毛說：「不過，我還以為妳喜歡獾哩，」他取笑她：「像午夜就還不錯。」

「午夜與眾不同，」松鼠飛告訴他：「至於其他獾——就算再也見不到牠們我也不在乎。獾和貓就是無法共處。」

她以為等到黑星發言完畢，大集會就結束了，但那輪滿月仍高懸頭頂，而火星又再度開口。

「各位族長和部族貓兒們，」他開口：「有件事情我們得做出決定。這裡是星族為我們選的大集會地點。但就像豹星說的，除了河族之外的我們都必須跨過別族的領域才能到這裡來。我們必須清楚定出每次大集會時，貓兒可以走過別族的領域位置。」

「好主意。」松鼠飛壓低聲音表示贊成。

「不過，雷族卻沒必要跨過我們的領域，」黑星立刻說：「你們從風族那裡走會更快。」

松鼠飛看到她父親身子一陣僵硬，便猜想他一定忍著不發出尖刻的反駁：「沒錯，但我們還是可以討論一下。」

「我不在乎任何貓從樹橋的任何方向過來，」豹星說：「但我不准任何貓奪走河族的獵物。」

「風族也是一樣，」一星再次站起來補充：「火星，你的貓可以走上我的領域，但必須在湖的兩個狐狸身長範圍之內。如果被我的戰士在其他地方抓到，我就當成那是入侵。」

「聽來很合理，」火星冷靜地回答：「就把這個當成標準規範吧。」他提高音量好讓每隻貓都能聽見：「貓兒能夠跨越別族領域來參加大集會，但他們必須保持在湖的兩個狐狸身長範圍之內，而且行進時不得停頓。」

「也不能獵捕食物。」黑星補充。

火星點點頭：「大家都同意嗎？」

貓群上方的空氣中充斥著一片贊同的低語聲。火星的提議聽來非常公平。

煤皮站了起來：「同樣的規範也適用於想到月池去的貓嗎？因為他們必須離開湖畔，走過我們或風族的領域才能抵達山區。」

「風族向來准許貓兒跨越我們的舊領域到月亮石去。」一星說，語氣裡多了一絲暖意；他也跟其他貓兒一樣尊敬煤皮。

「沒錯，」火星說：「我看不出有何理由不照舊行事。」

「但應該只容許這兩個例外，」黑星瞄了火星一眼，也插嘴說道：「否則我們還不如乾脆廢掉疆界算了。」

「不，等等。」霧足從樹根處抬起眼來：「不是每隻跨越邊界的貓兒都有敵意，我們偶爾也需要拜訪別族的貓。在這裡我們應該沒必要比以前更心懷鬼胎吧？」

松鼠飛記得當霧足發現泥爪和鷹霜在盤算陰謀時，曾緊急求見火星。她冒險跨越影族的領域，還差點被巡邏隊逮著。

「有道理，」葉池溫柔地同意：「應該要能讓我們互相拜訪。」她琥珀色的眼睛眨也不敢眨地凝望空地遠端；松鼠飛看不出來她在凝視什麼。

「如果大家都沒話要說，大集會就該結束了。」火星說。

「很好。」黑星回答。一星和豹星也點點頭。

「我們必須讓沒來開會的貓兒知道今天的決定。」火星補充。

影族族長舔了舔腳爪，又把腳爪放在耳旁，「那應該是副族長的工作了，你不認為嗎？」

松鼠飛把爪子插入地裡。這句殘酷的譏諷顯然是衝著火星而來。雷族族長完全無法合理拒絕，他倉促地點點頭，從樹上跳下。

松鼠飛嘆口氣，「火星在灰紋消失後並未指派另一位副族長，而黑星絕不讓任何貓忘掉這檔事，」她對灰毛抱怨：「他顯然認為雷族衰弱的原因在此。」

「如果他想攻擊我們，就會發現自己錯得有多離譜。」灰毛說。

松鼠飛叫著同意。她站起來伸個懶腰，發現棘爪仍坐在鷹霜身旁。河族的戰士正在他耳邊說悄悄話，而棘爪緩緩地點頭。

他絕對正在說自己若當副族長會有多棒，松鼠飛陰鬱地想。她看著棘爪，簡直認不出他來──他絕對不再是那隻跟她一起尋找午夜的貓了。她甚至想不起來自己怎麼會與他如此親近；再次看看這兩位戰士，他們肩並肩的身形就像一隻貓與水池中的倒影並排而站，松鼠飛因懷疑感到難過。

她比以往更加肯定棘爪想當副族長。那一定表示他認為火星堅持灰紋仍然活著的決定是錯誤的。更糟的是，當副族長的下一步就是族長；棘爪是否熱切期待火星喪失最後一條命呢？

想到父親死亡，一陣顫抖傳遍松鼠飛的身體；她想起曾聽過關於虎星的故事，全身更像被帶著冰冷利爪的寒意一把攫住。虎星為求當上副族長、族長而不擇手段。他兒子棘爪是否也傳承了同樣的野心？他是否也會採取同樣的謀殺手段以求達到目的？

第六章

葉池維持坐姿，她的姊姊和灰毛則往湖邊的樹叢前進。她凝視著上次看到鴉羽的空地，立刻注意到一隻風族的貓正回望她。

葉池看看四周。其他貓兒在陰影下移動；他們擠身穿過她身後的蕨葉回到樹橋時，發出窸窣的聲響。似乎沒有一隻貓注意到她。

她環視空地，追隨著月光投下的身影。

「葉池！」

這隻年輕的巫醫凝凍在當地，全身都因絕望而刺痛。她深深吸了口氣才轉過身來：「煤皮，有事嗎？」

「快點，妳落後了。」

葉池瞇起眼。同族的貓兒才剛離開空地——他們絕不可能已全數走過樹橋，也不可能棄她而去。難道煤皮有心讓她遠離鴉羽？

「好，煤皮，我來了。」葉池往身後看了一眼，看到鴉羽帶著極度苦惱的眼神凝望著她。

葉池知道她只有乖乖跟煤皮回到樹叢一途。

我是巫醫，矮身走過帶刺的枝椏時她這樣告訴自己。**我不能愛鴉羽，他也不能愛我。**

她在回到雷族的路上不斷在心裡反覆唸著，卻怎樣也揮不去自己轉身而去時，鴉羽眼中的痛苦神情。

一股甜香飄過葉池身邊，有個聲音輕喚著她的名字。一開始她以為是斑葉在喊她；但當她眨著睜開雙眼，站在她眼前的貓卻擁有一身銀灰色皮毛和澄澈的藍眼睛。星光在她爪子和鬍鬚末端閃爍。

葉池凝視著她，有些迷惑：「羽尾？」

她睡在煤皮窩外的蕨葉窩裡，在那之外的空地沉浸在一片銀光下。開完大集會已有幾天了，月色也逐漸轉弱。葉池知道她在作夢。

她站了起來：「羽尾，妳來這裡做什麼？」

她其實不需要問；她猜羽尾是來跟她談鴉羽的。一股罪惡感刺痛她全身。羽尾和鴉羽曾如此深愛對方，但這位美麗的河族貓咪卻犧牲了生命，與兇暴的尖牙對抗以拯救整個貓族和她的朋友。她是否因為鴉羽愛上了另一隻貓而生氣呢？

「我——我很抱歉。」葉池結結巴巴地說。

羽尾用尾巴遮住了葉池的嘴，「我們要談談，但不是在這裡。跟我來。」

她帶頭走進空地。葉池盡量用跟蹤老鼠時的輕巧腳步行走，之後又納悶起如果這只是個夢，其他的貓是否聽得見。

一股明亮的光滿溢在山谷裡。正在巡狩的亮心和黑毛看來有如石雕，身上披著月光色的毛皮。當羽尾和葉池躡手躡腳地經過並走進荊棘通道時，他們都沒有發覺。

等到他們距離營區已有幾個狐狸身長那麼遠，羽尾在一堆長草間找到一塊舒服的空地坐了下來，並揮動尾巴要葉池也照做。

「我猜得出來妳在想什麼，」她說：「妳以為我在生鴉羽的氣，對吧？」

葉池對她眨眨眼，羞恥得不敢承認自己的懷疑。

「妳認為我會不想看到他快樂嗎？」羽尾溫柔地問：「我看得出來，妳能讓他快樂。」

「我是巫醫耶！」葉池抗議。全身的毛因為羽尾並沒有生氣而高興得刺痛著——羽尾似乎有意要葉池跟鴉羽在一起——但她知道情況其實更為複雜。「我真希望自己能讓他快樂，但我做不到。」

「現在沒有時間談這個，」羽尾告訴她：「有件事需要妳去做。」

葉池豎起耳朵：「什麼事？」

「是蛾翅。」羽尾的表情蒙上陰影，「我有個重要訊息要告訴她，但我無法跟她取得聯繫。」

葉池感覺冰冷的水流過脊椎，使她的毛根根豎立。各族的貓兒第一次來到湖邊時，河族的這隻巫醫就曾坦白對葉池說她並不相信星族。一開始，葉池非常震驚。沒有戰士祖靈的引導，巫醫怎能履行任務？但她同意替她朋友守密，因為她知道蛾翅對河族是全心全意地關懷，對草藥的知識也絲毫不輸其他巫醫。

但她早該知道，星族能夠看穿每隻貓的心。在祂們面前不可能隱藏真相。

一陣警戒的顫抖傳遍葉池全身。星族是否在生蛾翅的氣？祂們會不會中止蛾翅當巫醫？祂們是否也會生葉池的氣，因為她替蛾翅守密？還有她愛上鴉羽的事怎麼辦？

「蛾翅真的很懂藥草的療效，」她告訴羽尾，「而且她當見習生時的確很想相信星族。」

「我知道，」羽尾說：「我們希望她會漸漸信仰我們，但她並沒有；所以我們也無法把河族需要的消息告訴她。」

「可是——」葉池有些遲疑。這個問題她難以啟齒，但她非知道不可。「泥毛在選擇蛾翅當見習生之前，曾經等候過星族的徵兆，結果有天早上他在窩外發現蛾的翅膀。他認為那就是星族贊同他決定的徵兆。難道他錯了嗎？」

羽尾低下頭來舔著胸前的毛，「給另一隻貓的徵兆，旁人是難以了解的，」她再度抬頭時這麼回答，然後又急切地補充：「葉池，我有急事必須告訴蛾翅。我無法跟她聯繫，妳可以把訊息傳達給她嗎？」

「妳要我去說什麼？」葉池知道自己不會拒絕羽尾的要求。只要能幫助蛾翅，她什麼都願意做。

「告訴她兩腳獸將對河族帶來重大危險。」

「兩腳獸？」葉池困惑地歪著頭：「但我們還沒看到任何兩腳獸。牠們不是要到綠葉季才會出現嗎？」

「我不能再多說了，我只能說只有河族會有危險，但我可以保證這是真的。請妳去警告蛾翅好嗎？」

「當然好。」

羽尾在葉池的頭頂舔了一下。她身上的甜香飄動在這隻年輕的貓兒身旁：「謝謝妳，葉池，」她低聲說：「如果可以的話，妳跟我是能成為好朋友的。」

葉池卻不怎麼肯定。在羽尾還活著的時候，她們已隸屬不同的部族——還有鴉羽呢？她們倆都會想跟他在一起嗎？

那股氣味消散了。葉池抬眼看時，那隻美麗的銀色虎斑貓已經消失，而她則在自己的窩裡清醒過來。

黎明的蒼白光芒照耀空地，布滿雲層的天空卻仍是灰濛濛的。葉池打著呵欠伸個懶腰，煤皮探頭出來嗅了嗅空氣。

「要是待會下雨，我也不會驚訝，」她說：「妳最好去找灰毛，看看他頸部的傷好了沒。他復原得很不錯，但仍有感染的危險。」

「沒問題，煤皮。」

葉池動身去找那隻灰色公貓，心裡卻想著該如何才能拖延時間去找蛾翅，並把羽尾的訊息告訴她。河族的領域在湖的另一邊，她不認為自己能在入夜以前來回。她該把羽尾來拜訪的事告訴煤皮嗎？不，這樣就等於出賣了蛾翅不相信星族的祕密，然後蛾翅就得放棄當巫醫，而葉池卻不想讓這種事發生。

她看見灰毛跟黎明巡邏隊隊員正擠身穿過荊棘通道：「嗨，早呀，」他說：「妳在找我嗎？」

「是的，我來檢查你的傷。」葉池用一隻腳掌撥開灰毛的毛，那個深傷痕幾乎已經看不見：「很好。我會請煤皮做確認，但我認為你已經不需要敷藥草了。不過要再觀察幾天。」

「太棒了！」灰毛說道：「被那隻骯髒的動物咬了一口，沒有感染真是走運。」

「如果你覺得不舒服就告訴我們。」

「嗨。」松鼠飛把幾隻歐掠鳥放上獵物堆，朝灰毛和她妹妹跳了過來：「葉池，妳絕對猜不到我們巡邏時發現了什麼！」

「什麼？」

松鼠飛的綠眼睛閃著光，「貓薄荷！」

「不可能！只有在兩腳獸的花園裡才找得到貓薄荷。」葉池的心沉到腳底：「妳不會是在我們領域裡找到兩腳獸的窩了吧？」

「才不呢，妳這個鼠腦袋。還記得棘爪和巡邏隊曾經找到一座荒棄的兩腳獸巢穴吧？」

葉池點點頭。

「就在那裡！那些兩腳獸過去一定有個花園，但現在早已雜草叢生了；而且還有一大片——雖然才剛長出來而已——但確實是貓薄荷沒錯。」

「太棒了！」要治療白咳症以及致命的綠咳症，貓薄荷絕對是最佳藥方。以前在森林裡的兩腳獸住處就有源源不絕的貓薄荷，但葉池沒想到這裡也有。

「我馬上去告訴煤皮。松鼠飛，謝啦。」在走回她的窩的半路上，葉池忽然想到這或許正好能替她解決麻煩。她稍稍停頓以便決定藉口，然後就去找巫醫。

煤皮正在窩裡檢查藥草存量，「感謝星族，新葉季就要來了，」她說：「我們只剩下最後一顆罌粟籽，希望沒有貓會在下個月生病。」

「那妳就會想知道剛才松鼠飛跟我說了什麼。」葉池把發現貓薄荷的事告訴了她。

煤皮發出滿足的呼嚕聲：「妳能去採一些嗎？」

「當然，」葉池回答：「我會在那附近多嗅嗅，看看還有沒有其他值得帶回來的東西。」

她正準備衝出窩外時，煤皮叫住了她：「妳覺得該不該找位戰士陪妳去？」

葉池的心往下沉。她最不想要的就是有人陪同。她想過可以找栗尾，她們以前一起出發冒險過，但這隻年輕的玳瑁色貓卻因為懷孕而必須休息。

「沒關係的，」她對煤皮保證說：「那個老巢穴就在我們領域的正中央，我們也知道狐狸已經走了。」

「好吧。不過還是小心點。要注意有沒有獾的蹤跡。」

「我會的。」

她火速衝過空地，穿過荊棘通道。過去她從未去過荒棄的巢穴，但她知道那就在長草叢生的兩腳獸通道附近，那條通道從石頭山谷通向外頭。棘爪認為兩腳獸把石頭帶出山谷時在峭壁上留下了痕跡，並用那條通道搬運出去。葉池不知道他想的對不對，但這條滿布石頭的通道卻很通暢，使她能夠不受雜草牽絆地往前狂奔。

當她來到兩腳獸巢穴時，晨光在林地裡投下長影。這個巢穴在通道外的稀疏樹木和大叢蕨葉間忽隱忽現。一陣顫抖傳過葉池全身；雖然棘爪已經對她描述過，她直到現在才知道這巢穴給人多麼險惡的感覺。

我寧願面對野狐狸也不願來這裡！她心想。

她小心翼翼地檢查傾頹破敗的牆面以及凹陷的殘木，這些都是曾經用來擋住出口的。一切靜止，她嚐了嚐空氣，也沒有兩腳獸的氣味；不過她卻嗅出貓薄荷的味道，她追蹤著氣味，最後找到了松鼠飛提到的樹叢，就在距離巢穴圍牆不遠處。有幾株莖葉已經可以摘採，到新葉季後期還會有更多。葉池咬下幾株枝梗，離開兩腳獸的巢穴。

她不走回營區的通道，而是繞個大弧穿越樹林，最後來到標示風族邊界的小溪。她告訴自己這是繞湖而行的最佳方式，因為如果在影族的領域上被發現，他們會比風族更有敵意。

在樹叢陰影下急急忙忙行走的她豎起耳朵聆聽其他兩族是否有巡邏隊，葉池順著小溪來到一處淺灘，雷族首次抵達這塊領域時，就是在這裡過河的。

在繼續前行之前，葉池停下來獵食。她很快捕到了一隻正在蘆葦裡覓食的歐掠鳥，她囫圇吞棗地吃著，一面傾聽其他貓兒的聲響，然後踏進風族的領域。

她沿著另一邊的小溪行走，最後來到距離湖泊只有兩個狐狸身長的地方。現在可以放輕鬆些了。她是來執行巫醫勤務的，所以即使風族戰士看到她，也不會有任何麻煩。

她沿著湖畔奔跑，期盼好運會與她同在。剛開始她還焦慮地不時回頭看，就怕被正在這條溪上巡邏的雷族貓兒發現；然後山丘一個起伏將她隱藏其後。她放慢腳步輕快地奔跑，開始思考要如何對蛾翅開口。她陡然停了步，心臟怦怦跳著。

如果蛾翅不相信星族的存在，她會認真看待這個警告嗎？

她一定要，葉池告訴自己，並強迫自己繼續行走。羽尾會在星族看著她實踐承諾。

儘管葉池密切注意沼地的斜坡，那裡卻毫無風族貓兒的蹤影。**不必尋找鴉羽了。就算他在這裡，妳又能對他說什麼？**

馬廄場上也沒有寵物貓的蹤影，但她一跨過新的河族氣味標記，馬上就發現有巡邏隊正從沼澤外的高地向她走來。帶頭的是霧足，另外還有苔皮和另一隻葉池從未見過的見習生。

「嗨，」霧足走到葉池身邊時說：「都沒問題吧？」

葉池放下貓薄荷的枝梗：「我替蛾翅帶一些藥草來。」

霧足仔細嗅著那些樹葉：「是貓薄荷，」她贊同地說：「葉池，謝謝妳。我想蛾翅在營區裡，妳可以跟我們一起走——我們正要回去。」

葉池再次叼起那些貓薄荷，跟著巡邏隊沿著湖邊走，最後來到一條小溪前轉向內地，在迅速奔流的淺溪旁走著，然後有一條更小的溪流從另一端匯入。兩條小溪間的地面邊緣長著蘆葦，還有密集的樹叢。貓薄荷的氣味雖重，葉池仍能嗅出許多貓兒的氣味。

霧足踏著水花躍上對岸，「歡迎。」她說。

葉池在溪水中小心地行走，希望自己在水裡也能像霧足和其他河族貓兒一樣有自信。他們走過一處蕨叢，河族的貓后曙花正在曬太陽，身體一側還有三隻小貓咪，她揮動尾巴跟葉池打招呼；再過去則有幾位見習生正在一堆蕨叢的陰影裡扭打。

葉池發現一堆疊放整齊的獵物，「你們過得很不錯。」咬著貓薄荷的她對霧足說道。

霧足滿意地點點頭：「這地方很好。」

她帶葉池來到一塊突出於狹窄溪流上的蕨叢。河岸上泥土被沖落之處有個邊緣平滑的洞；葉池可以從堆疊的樹葉和野莓之間看進洞裡，這裡一定是蛾翅的窩了。

蛾翅趴在水窪上的岸邊，正在把一堆馬尾草排整齊。

「蛾翅，看看是誰來了。」霧足說。

這隻金色的虎斑貓抬頭一看，發出高興的喵嗚聲跳了起來：「葉池！妳在這裡做什麼？」

「我帶這個來給妳。」葉池往下跳，把貓薄荷枝梗放在蛾翅身前，河族副族長霧足走開時，葉池回望了她一眼表示謝意。

「貓薄荷！」蛾翅驚嘆：「太棒了——我還沒在我們的領域裡找到呢。」

葉池看看四周，確定霧足真的走了，附近也沒有其他的貓兒。這是她把羽尾的警告說出來的機會；但她的毛起了一陣刺痛，嘴裡也乾乾的，這件事好像哪裡不太對勁。

她靠近蛾翅說：「其實，貓薄荷只是我來這裡的原因之一。星族有消息要我告訴妳。」

蛾翅的藍眼睛睜得很大。葉池突然希望自己沒有走這一趟。這麼做好像是在暗示，蛾翅算不上是位好巫醫，因為這警告並沒有直接傳達給她；但蛾翅並沒有說話，只是豎起了耳朵等葉池把話說完。

「我做了一個夢，」葉池告訴她，「羽尾來找我。」

看到蛾翅的雙耳因悲痛而充血，葉池有些遲疑。當然了，既然羽尾曾經是河族的戰士，蛾翅一定跟她很熟。

「她——她跟我說她沒辦法讓妳聽見。她要我帶一個消息給妳。兩腳獸會對河族帶來致命危險。」

有幾個心跳的時間，這位河族的巫醫只帶著深思的眼神靜靜坐著。

「兩腳獸？」她終於開口：「但一直都沒有——」話沒說完她就跳了起來，「葉池，那條小的轟雷路一直非常安靜，所以我們也沒多加注意。或許那裡出了什麼事情。妳跟我一起過去看看如何？」

葉池遲疑了。她的本意只是把消息轉達給蛾翅然後就立刻回家。如果她在河族繼續逗留，恐怕就得在這裡過夜了；但幫忙蛾翅去確認她領域裡有沒有隱藏的危險也很重要。

「當然好，我跟妳一起去。」她同意，把可能會被煤皮責罵的思緒拋到一旁。她感到放心：她傳達羽尾的訊息，又隱含了蛾翅並非真正巫醫的暗示，但蛾翅似乎都沒有責怪之意。這個朋友使她感到一股溫暖，並希望羽尾也在觀察她們，看看蛾翅照顧族貓是多麼用心。

蛾翅帶頭往上游走，來到一處有塊踏腳石突出水面。兩個優雅的縱跳她就衝上了對岸，在那裡等候葉池。

「我還擔心妳會以為我在胡說八道，」葉池一跳過溪就忙不迭地承認，又充滿希望地補充：「這是否表示妳開始相信星族了呢？」

蛾翅抽動鬍鬚：「不，葉池。我不相信戰士祖靈會回來跟我們說話。星星只是夜空裡看不見的光點，而不是死去的貓正在凝望我們。我們可以在記憶中讓舊友重生，但如果他們不在記憶裡，也就不會在任何地方。葉池，這才是我相信的，而妳必須尊重。」

「妳知道我尊重妳。」葉池在一叢薊草中走過時稍微停頓，「但如果妳不相信星族，為何還要理會羽尾的警告呢？」

這隻河族的貓兒放慢腳步，直視葉池的雙眼，「因為我相信妳，葉池。」

葉池搖搖頭，「這是什麼話！若不是星族告訴了我，我又怎麼會知道？」

「因為妳是一隻好巫醫。妳觀察周遭的一切，或許妳看到、聽到或聞到了什麼，而妳知道那代表危險，但妳卻不確定自己是怎麼知道的；但因為妳相信星族的存在，這一切就化成一個有關羽尾的夢。就這麼簡單！」她轉身繼續走。

葉池完全不認為有這麼簡單，但並沒有爭辯。至少蛾翅把羽尾的消息聽進去了。

她們抵達轟雷路時，葉池好奇地四處張望。松鼠飛當然也描述過這裡，她卻從未親眼見到。有片寬闊的地方覆蓋著跟轟雷路上一樣的堅硬物質，角落還有一個小小的兩腳獸木造巢穴。由狹窄木條搭成的半橋突出水面，四周一片寂靜。

蛾翅站在轟雷路邊緣嚐了嚐空氣：「臭死了，是影族，」她說。葉池這才想起這是兩族領域的界線：「還有一種……」

葉池張嘴讓空氣流入，有種淡而刺鼻的氣味，她已經好久沒有聞到這樣的味道了。她感覺頸後的毛豎立起來，「怪獸到過這裡。」她說。

蛾翅看著她擔憂的眼神，「但不是最近。兩腳獸的氣味也很舊了，而且幾乎被影族的惡臭蓋了過去。老實說，葉池，我不認為這稱得上是『致命危險』。」

「那危險會是什麼呢？」葉池納悶。

蛾翅抽動著尾巴尖端，「誰也猜不透兩腳獸接下來會做什麼；或許還沒發生。」

她轉身離開轟雷路，開始沿著湖岸走，不時停下來舔水：「記得有隻死兔子的池塘嗎？」她回頭問：「結果害所有長老都肚子痛？我再也不會犯那種錯了。但這裡的水沒問題。」

她們回到那條溪時，她也檢查了那裡的水，然後再沿著溪走回河族營區。最後她帶葉池回到她的窩，兩隻貓喝著小水窪裡的水。那水清涼有甜味，也沒有任何特殊的氣味。

太陽緩緩下沉，厚重的影子照在水窪上又慢慢伸展到蛾翅的窩。正如葉池所擔心的，現在回家已經太晚了：「妳想在這裡過夜嗎？」蛾翅主動提議：「在入夜以前，妳趕不回雷族的。」

「謝謝，那我就留下了。」葉池知道煤皮一定早就在想念她，也知道回去後必須回答一些麻煩的問題；但在這裡過夜，等明天一早再回家會比較安全，尤其外面可能會有獾出沒。

河族見習生帶來一隻肥厚的魚給蛾翅，足夠讓她倆分享。在蛾翅用苔蘚和蕨葉做成的窩裡，睡在蛾翅身邊的葉池低聲說：「妳會記得羽尾的警告，保持警覺避開危險嗎？」

「什麼？」蛾翅迷迷糊糊地問，「噢，會的，葉池，我當然會。別擔心。」

但葉池沒辦法不擔心。如果她沒有聽到羽尾的警告，蛾翅要忘記此事或認定它不重要都很容易；但葉池很確定麻煩就要來臨，而且可能已經快發生了。

第七章

松鼠飛停在一堆蕨叢旁，深吸一口新鮮綠蕨葉的氣味。草葉上的露水在陽光下閃爍，整座森林似乎正從一場長眠中覺醒。

再深吸口氣卻聞到了貓味。那不是雷族，也不是影族的貓，但卻很靠近這兩族的邊界。松鼠飛立定不動往四周看著。一片蕨葉搖晃起來，她瞥見一隻陌生的虎斑貓，貼近地面正躡手躡腳地爬行。

剛開始松鼠飛以為那是不慎闖入他們領域裡的淘氣貓咪；一個心跳過後她就發現那一定是在她和棘爪第一次到這塊地探險時，遇過的寵物貓。他們的兩腳獸巢穴就在影族的領域裡，但這隻吃烏鴉食物的虎斑貓可不會理睬各貓族的邊界。

矮身成狩獵伏姿的松鼠飛躡手躡腳地開始爬行，才走沒幾步她就聽到己方其餘幾位巡邏隊隊員靠近的聲音：棘爪、灰毛和黑毛。**鼠腦袋！**她想。**腳步重得像馬一樣！**

她揮動尾巴警告他們別過來，但那隻虎斑貓已經聽見了。松鼠飛看見那棕色的身形從蕨葉中閃身而出，她立刻跳上前去追趕。她聽見身後的灰毛在叫著：「嘿，松鼠飛，別追！」但她毫不理會。

她追趕著那位入侵者，決心要好好教訓他讓他知道別再回來，但那隻寵物貓早已走遠，「老鼠屎！」當那身形在一堆樹叢間消逝時，她呸著這麼說。她轉身回去跟巡邏隊在一起。讓她驚訝的是，他們全都站在一起，臉上帶著擔憂的表情瞪視著她。

「松鼠飛，妳這個鼠腦袋！」黑毛大喊。

她尚未來到其他貓面前，棘爪已從樹叢裡擠身而出，身後跟著沙暴。

「妳以為自己在做什麼？」他質問。

「我看到在影族領域裡的那隻寵物貓。」松鼠飛對他不友善的語氣感到既迷惑又憤怒。他又要怪她什麼了？「我們做邊界巡邏不是應該追趕入侵者嗎？」

「沒錯，」棘爪喵道：「但妳卻不應該闖進別族的領域。要是被影族的巡邏隊看見了怎麼辦？」

「可是我沒有……」松鼠飛愈說愈小聲。她突然注意到作為兩族交界標記的一棵枯樹，她一定在追寵物貓時直衝過去，「我並沒有注意到任何氣味標記。」她一面爭辯一面走向前，直到重新回到邊界右方。

「氣味標記非常淡。」灰毛已在枯樹樹根處嗅過，「棘爪，別管她了。其他貓也會犯同樣的錯。」

候。」

沙暴瞇眼看了灰毛一眼：「讓松鼠飛自己來說，」她說：「她很少會有無話可說的時候。」

松鼠飛對灰毛感激地眨眨眼。她並不需要他或其他貓兒替她說話，但他的支持卻很受用，

「對不起，我真的沒注意。」

「這些氣味記號的確很淡，」棘爪同意：「我想影族已經有好幾天沒有重做記號了。」

「他們到底怎麼了？」沙暴納悶著：「影族向來是第一個確保不讓其他貓走進他們領域的。」

松鼠飛聳聳肩：「如果他們不想費心去做記號，那麼有貓不小心越界時他們就不能抗議。」

「我想妳說得對，」棘爪嘆了口氣：「但看在星族的份上，下次請妳小心點。」

「她會的。」灰毛再次挺身為松鼠飛說話，完全沒注意到這次她憤怒地看了他一眼。當她注意到沙暴驚訝的眼神，她感到更憤怒了，好像她母親無法相信她必須仰賴灰毛的保護，「總之呢，棘爪，」這隻灰色公貓繼續說：「你沒有權利告訴她該做什麼。」

「誰都有這個權利，」棘爪駁斥，頸上的毛開始豎起，「難道你想惹上影族嗎？」

灰毛露出爪子：「這不是重點！」

「等一下！」松鼠飛抗議：「我不想——」

「夠了。」沙暴大步走來，面對這三隻爭吵不休的貓，「趁影族貓兒尚未現身看到我們之前，大家回營區吧。」

她大步往營區方向走去。黑毛和刺爪跟在她身後，但棘爪和灰毛卻遲疑著，仍憤怒地瞪視對方。松鼠飛對他們倆簡直氣得不得了。

「你先走。」她對灰毛斥道。

灰毛很訝異：「噢──好吧，營區再見。」他尾巴沮喪地一揮，跟在其他貓身後走了。

「妳不能怪他想要保護妳。」棘爪的本意應該是表示贊許的，但他的語氣卻很尖銳，好像記起了在以前那趟旅程中，松鼠飛每次都因為他想保護她而憤怒不堪。

「至少我知道有隻貓可以讓我全心信賴！」她咬著牙說。

棘爪睜大了雙眼，「只有一隻嗎，松鼠飛？」

「對！」她啐著回嘴。她覺得與他之間的距離遠到她完全想不起來自己曾用溫暖的眼神看過他：「至少灰毛不會總是跟別族的貓──還是隻不可信賴的貓──同行！」

棘爪受傷的眼神消失，取而代之的是憤怒：「妳要的就是這個，對吧？妳要一隻忠誠的戰士跟在身後，把路上所有荊棘都抹平？我以前從沒想過妳是這種貓，我還相信妳更好。」

「你喜歡相信什麼都隨便你！」

棘爪縮起嘴唇正準備咆哮。但他還未開口，松鼠飛身後的樹叢卻發出窸窣聲。她轉身看到灰毛回來了。

「現在你又要幹嘛？」她怒吼。

灰毛一臉的手足無措，「對不起，我在想妳怎麼沒跟上來，所以我回來看看妳有沒有出事。」

松鼠飛嘆口氣，把頸上的毛放平。灰毛一定得學著接受她有護衛自己的能力；但至少他很容易瞭解，他有話就說，而且沒有一隻貓會懷疑他對雷族的忠誠。如果棘爪是被樹影籠罩著的深潭，那麼灰毛就像個閃爍著陽光的湖泊。松鼠飛突然發覺自己很渴望太陽。

「我沒事，」她用鼻子碰了碰灰毛說，「我們走吧。」

她轉身走離邊界，灰毛跟在身邊。但她一直感覺到棘爪琥珀色的眼神停在她身上，直到她走進蕨葉之中，他無法看到她為止。

⚡⚡⚡

松鼠飛回到營區時，整座山谷非常熱鬧。雲尾和亮心剛從戰士窩裡出來；他們的女兒白掌大叫著衝過空地去找他們；長老們已經在擎天架下方的石頭底下各就各位；火星正從窩裡走下石頭通道前往空地。

「發生了什麼事？」松鼠飛問，此時愈來愈多戰士從窩裡出來。

「火星要召開會議。」葉池在她身後說。松鼠飛覺得她仍然一副意志消沉的模樣，彷彿還沒從煤皮因她在河族過夜的激烈指責中恢復過來，「小白樺就要當見習生了。」

「太棒了！」松鼠飛高興地小小跳了一下。她這才注意到在育兒室門口的蕨雲正用力梳理著小白樺的毛，而這隻年輕的貓興奮地扭動著。塵皮就坐在一旁，一副驕傲得快要爆炸的表情。

「新家的第一位新見習生呢。誰要負責教導他？」

「我也不知道。」葉池喵道，她振作起精神，環視著空地好像想猜新導師會是誰。

火星身旁有幾隻貓成半圓形而坐。松鼠飛很想親自教導小白樺，但她當上戰士的時間還不夠久，所以不會被選上，更何況還有更多更資深的貓也都沒有見習生；而且，沙暴跟著火星從窩裡走下岩石，經過松鼠飛身邊時還嚴厲地瞪了她一眼，然後才去坐在蕨毛旁邊。她一定把在影族邊界上發生的事告訴火星了。松鼠飛邊嘆氣邊想，自己以後一定得三思而行，不然絕對得不到指導見習生的機會。

所有貓兒都到齊後，火星揮動尾巴召來小白樺。這隻年輕的灰貓走向前，雖然緊張得發抖，他仍昂頭高豎尾巴站在火星面前。他的毛在陽光下閃爍，雙眼發光。松鼠飛感到一股崇敬油然而生。與他同窩出生的小葉松和小冬青在兩腳獸毀掉那座老森林時挨餓而死，小白樺也因此無家可歸，但他仍表現出身為年輕貓咪的絕大勇氣。

松鼠飛注意到棘爪獨自伏在地上，就在距她幾個尾巴遠之處；他凝視小白樺時，琥珀色的眼睛裡燃燒著渴望。她看得出來他非常想把那隻年輕貓咪收為見習生，也奇怪他為何把他看得比其他戰士還重要。

松鼠飛的爪子緊抓著肚皮，她知道答案了：戰士一定要指導過見習生才有資格被選為副族長。既然灰紋仍存亡未卜，再過不久火星就必須指派其他貓來取代灰紋。如果棘爪想爭取機會，就一定要有個見習生，而族裡並沒有其他小貓。

看著棘爪凝視小白樺的模樣，好像把他當成特別美味的獵物似的，松鼠飛忍不住懷疑，為了滿足那巨大的野心，棘爪會準備付出多少。他是否真會成為像他父親虎星那樣兇殘的貓？

火星等待族貓安靜下來。「今天是雷族的好日子，」他開口：「為見習生命名顯示出我們雷族將會繁榮興盛。小白樺，從現在起你就叫樺掌。」

樺掌熱切地點點頭。

「灰毛，你可以擁有見習生了，」火星繼續說：「由你來當樺掌的導師。」

松鼠飛看見棘爪的眼裡燃燒著不可置信的神色。他全身肌肉繃緊彷彿就要跳起，但他仍靜止不動。就算是最有野心的貓也不會挑戰族長為見習生所選擇的導師。

松鼠飛轉頭看著灰毛。樺掌蹦蹦跳跳地走來時，他眼中閃著驕傲和快樂。

「灰毛，」火星繼續說：「你也曾經歷過喪親之痛，卻找到了面對痛苦的力量。」

他這話是指灰毛的母親斑臉。虎星謀殺了她之後，把她的屍身當成引誘狗群的餌，好把牠們引入雷族的舊營區。這一切都發生在松鼠飛出生以前，但族裡的每隻貓都聽過這個故事。

「我知道你會把這股力量傳授給樺掌，」火星說：「並教導他成為雷族勇猛戰士的技巧。」

雙眼滿溢興奮的樺掌向上伸展，灰毛低下頭跟他碰了碰鼻子。

「樺掌！樺掌！」全族呼喊著這個新名字歡迎這位見習生。蕨雲和塵皮朝他跳了過去；蕨雲不斷發出喜悅的咕嚕聲而說不出話來，塵皮則在他兒子身上迅速舔了一下表示恭喜。

「你從沒說過火星會選你！」松鼠飛對灰毛大聲斥責，心裡卻高興得無法對他生氣。

灰毛的藍眼睛發著光，轉身在她肩上迅速舔了一下，「我想給妳驚喜。」他回答。

儀式結束後，樺掌開始露出困惑的模樣，似乎不太清楚接下來要做什麼。白掌衝過去用鼻子頂著他。「來，」她喵道：「我帶你到見習生窩去。我們去找些苔蘚來鋪你的床，然後我去問塵皮我們明天可不可以一起受訓。」

樺掌看著導師尋求可以跟她同去的允准，灰毛點點頭，他就跟著白掌走過空地，消失在見習生睡覺的蕨叢間。

「我也沒想到火星會選我。」灰毛看著他走遠，低聲說：「我還是不敢相信！」

松鼠飛用鼻子頂了頂他肩上的毛，「你就跟其他貓一樣有這個資格。」她說。

但她的目光掠過他看到棘爪。這隻大虎斑貓已經站起來，也正凝視著她和灰毛，眼裡滿是羨慕和絕望。一陣恐懼的戰慄使松鼠飛全身發抖。他想成為副族長的希望再次落空了，他現在會怎麼做呢？

「松鼠飛。」沙暴從幾個尾巴遠的地方喊她：「過來一下。」

松鼠飛走向她母親：「什麼事？」

「今天在影族邊界上發生的爭執。棘爪和灰毛差點就要打起來了，這對我們部族並非好事。」

松鼠飛感到全身刺痛，「那又不是我的錯，」她小聲地反抗：「為什麼要跟我說這個？」

沙暴甩著尾巴尖端前後搖動：「拜託，松鼠飛，妳清楚得很。大家都有問題要解決，但妳不該讓這些問題妨礙到族裡派給妳的任務。」

松鼠飛強迫自己看著她母親的眼睛，她母親的語氣雖嚴，眼中卻滿是同情：「好吧，」她喵道：「我會盡力；但有時候他們倆都表現得像毛球一樣幼稚。」

沙暴綠色的眼睛裡閃動著饒富興味的神色，「妳該說他們都是公貓。」她把尾巴放在松鼠飛肩上一會兒，然後走向堆放獵物之處。

松鼠飛看著棘爪穿過荊棘枝梗走進了戰士窩。他低著頭，尾巴也拖在地上。

這隻松鼠飛曾經一度熟識的貓本該接受這項打擊並重新出發，放棄當上副族長的希望，專心當一隻雷族的忠誠戰士。

但棘爪已不是那樣的貓了。松鼠飛想著他為了滿足野心究竟會做出什麼事時，又感到一陣恐懼的刺痛。

第八章

葉池和煤皮從湖邊的樹林裡現身，看著一隻弱小身影沿著湖岸走進影族的領域。

「是小雲。」煤皮用尾巴指著說。

葉池放心地微微嘆口氣。太陽已沉落到湖的另一邊，半圓的月亮已經在微暗的天空裡發出蒼白的光。現在是巫醫要在月池聚會的時候。葉池一直擔心如果她和煤皮單獨來到這裡，煤皮就會開始質問關於她上次到河族去的問題。

葉池在兩天前回來時，煤皮憤怒得不得了。她要知道葉池為什麼整晚都在外面。

「妳可知道火星派了巡邏隊去找妳？」她咬著牙說：「妳以為我們都無事可做嗎？老實說，葉池，我以為妳會更有責任感一點。」

「對不起。」葉池的前爪在煤皮窩前的枯葉裡摩擦，「我想帶一點貓薄荷去給蛾翅。她給了我馬尾草。」她指著一堆肥厚的草莖，那是她經過沼地回來時採的。

煤皮發出氣惱的聲音：「葉池，各族都得再次開始獨立生活。我知道蛾翅是妳的朋友，但這並不表示妳可以隨心所欲地交換藥草。下一次要先得到我的准許。」

「是的，煤皮。」葉池很確定她絕對不會得到准許。如果被煤皮知道葉池此行的真正原因，煤皮一定會更生氣。但有精湛技術的蛾翅絕對有資格當巫醫，而如果星族能透過葉池跟她說話，那麼蛾翅是否相信星族就不重要了。

現在她們在湖邊等候小雲，煤皮的藍色眼神又停駐在她身上：「妳確定那天妳只有去河族？沒有其他事情是我應該知道的？」

葉池被刺痛地抬頭看：「沒有，煤皮。我很確定。」

這隻巫醫是否懷疑她偷溜出去見鴉羽？葉池感覺更生氣了，她已經把去河族的實情告訴煤皮，但卻連鴉羽身上的一根毛也沒見到！葉池告訴自己，她的導師不可能確切知道她努力掩飾著的感情；但如果煤皮做出更直接的指控，葉池也沒有辦法護衛自己。

幸好此時影族的巫醫已經來到能夠聽到她們說話的近處，而煤皮不會在他面前提到鴉羽。

小雲涉水走過作為邊界的小溪，把腳上的水珠甩了甩，然後跳上岸到這兩位巫醫面前：「願星族為妳們點亮路途，」他對她們打招呼：「妳們部族都好吧？」

「一切都好，」煤皮回答：「影族呢？」

「噢，很好，很好。」

葉池覺得這隻嬌小虎斑公貓有點心不在焉。就算煤皮注意到了也沒說什麼，這三隻貓就往風族邊界上的河走去，沿著河流就可抵達月池。

「蛾翅沒跟你一起來嗎？」葉池問。

「沒有。」小雲的鬍鬚抽動著，「我想她會從風族過來。」

但河岸旁卻沒有任何河族的貓蹤從另一個方向過來。葉池跟著其他貓穿過林地往上游走，心中的祕密使她腳步沉重。不知道蛾翅是否終於決定不必費心，前來跟那些她並不相信其存在的貓兒互通音訊。或者也可能是羽尾預告的危險已發生，而身為河族巫醫的她無法抽身離開。

他們在樹林開展成一片沼地之處，遇上風族的巫醫吠臉，這更加深了她的焦慮。他也沒看到蛾翅。

「她還是可以趕上我們。」煤皮邊說邊一跛一跛地上山。

繞過風族領域時，葉池掃視著沼地的斜坡，並告訴自己她想看到的是蛾翅金黃色的皮毛，而不是鴉羽灰色的精瘦身形。

「風族的情況如何？」煤皮問吠臉：「一星在大集會時表現得很有自信。」

「一星會是個強勢的領導人。」吠臉的語氣平淡。如果風族內部仍然有問題，他顯然也無意深入談論，更不可能會對其他部族的巫醫說。

「知道我在沼地上找到什麼嗎？」吠臉繼續說，改變話題的他語氣友善許多。

「我怎麼會知道？鼠腦袋！」煤皮的尾巴輕掃過他耳朵：「但我看得出來你很想告訴我。」

「黃花——而且是又高又大的一叢。」這隻年長幾歲的貓發出滿足的呼嚕聲，「對療傷非常有效。」

「這真是好消息，吠臉，」煤皮喵道：「希望你不需要立刻用上它們。」

風族的巫醫發出低沉的喉音表示同意：「不過，知道這些花在哪兒也不壞。」

葉池突然感到一陣涼意。就算把狐狸和獾都算進去，目前為止他們還沒有在新家園遇上敵人。他們不會需要大量的黃花，除非貓兒開始自相殘殺。**不久前我們才一起旅行過**，她絕望地想著。**為什麼現在又得分成四族了呢？**

⚡⚡⚡

四隻巫醫抵達月池時已是晚上，一片黑色岩壁聳立在他們前方，上面滿布蕨葉和粗糙的苔蘚。一條小溪從岩壁中段的裂縫奔流而下；星光閃爍在水面上，也閃爍在冒著泡泡的池水裡。

葉池穿過像屏障般圍繞山谷的樹叢時，感覺冷靜許多。不管未來會怎麼樣，他們都已經在星族的掌握之下。

吠臉退後一步好讓煤皮領先走下圍繞山谷的小徑。葉池忽然聽見身後傳來驚訝的吸氣聲，另一隻貓在樹叢窸窣聲中走了出來。

「蛾翅！」她高興地喊，因為鬆了一口氣而感到有點虛弱，「我以為妳不來了，都沒事吧？」

「我沒事，」蛾翅喘著氣：「只是有點忙。抱歉我來晚了。」

葉池瞥見煤皮瞇起眼瞄著蛾翅，彷彿納悶著會有什麼重要事情必須耽擱在月池旁的聚會。

「妳沒有遲到，」小雲說，尾巴友善地揮動著：「我們還沒開始呢。」

煤皮帶頭往下走到池邊，葉池故意落後好跟蛾翅說悄悄話：「我還以為也許羽尾的預言已經成真了呢。」

「不，領域裡我一再查過，都沒有問題。」蛾翅燦爛的藍眼睛嚴肅地凝視著葉池琥珀色的雙眼，「但我會密切注意。我不會忘記的。」她跟在其他巫醫後面匆匆而去。

最後下來的葉池感覺腳掌滑進了印在小徑堅硬土地上的腳印。在斑葉帶領葉池來到此地之前，這裡已經數不清有幾個月沒有貓兒來過了，但這些陷下去的腳印卻證明他們的祖先來過這裡許多次。想到巫醫的長久傳承，在星族的領導下為各自的部族服務，而自己身為其中的一員，葉池的腳掌一陣刺痛。

五隻貓來到谷底，在池塘邊伏下身子，伸長脖子舔著那池充滿星光、跳躍著的水。葉池感到冰涼的水滑過舌尖，帶著星星和夜晚的味道，她閉上眼準備接受星族要傳遞給她的夢。

她期待會見到羽尾，或許還能收到她對蛾翅提出警告的更多說明，但那美麗的灰色母貓並沒有出現。反而是葉池發現自己正走在一片狂風呼嘯的黑暗裡，許多貓兒的輪廓在她眼角飛舞，又在她來不及動作之前消失。她聽見一聲遙遠的悲鳴，許多貓兒同聲悲哭的聲音在夜裡升起，但她卻分辨不出哭聲裡說了什麼，也辨認不出是誰的聲音。

「你們是誰？」她大喊：「你們在哪裡？你們要做什麼？」

傳回來的只有神祕而遙遠的貓嚎。恐懼乘著脈搏傳遍她全身，又跟著她的心跳律動著。她的腳掌被拉扯著，幾乎要讓她在盲目的恐懼裡衝出陰影奔逃，但她強迫自己緩緩前行，努力往兩邊看著想找出自己身在何處，星族要給她的是什麼訊息。

最後她在遙遠的前方看到一點純白亮光，就像高懸在地平線上的星星。她衝向前。那點光亮逐漸擴大，溢滿了她的整個視野，然後她整個衝了進去，卻發現自己正眨著眼清醒地在月池邊緣。

一股冷顫傳遍她全身，她覺得身上的毛好像全都豎立了起來。她想站起，卻虛弱得又重重趴下，她躺著大口作深呼吸讓自己鎮靜。看看四周，她看見煤皮、吠臉和小雲仍在夢裡深深沉睡著。但蛾翅卻盤據在一塊扁平的石頭上，顯然正享受著一場寧靜的睡眠。

「蛾翅！」葉池悄聲說，伸出一腳戳著她：「蛾翅，快醒來！」

這位河族的巫醫睜開雙眼，眨眼困惑地看著葉池。然後她站起來，姿態優雅地伸展前爪，「說真的，葉池，」她抱怨著：「妳非得叫醒我嗎？我已經好幾個月沒睡得這麼沉了。」

「對不起，但這點妳不希望被其他貓知道吧？」

蛾翅看了看另外三隻快要翻身清醒的巫醫：「不，不希望。葉池，對不起。」

葉池坐起來梳理身上皺亂的毛。她想知道其他貓兒是否也做了同樣令人困惑的夢，想知道他們是否了解這個夢。當煤皮、吠臉和小雲一臉嚴肅又有些困惑的坐起身時，葉池一點也不驚訝。

「那真是最令人困惑的夢了，」小雲開口，舔了舔胸口的毛：「或許我們該討論一下。」

很好，葉池想。**或許他們之中有人能夠理解這個夢的意義，因為我顯然不懂！**

「爪子，」煤皮補充：「我看到又大又白的利爪，正準備撕裂皮毛大肆屠殺。」

吠臉點點頭：「還有很多大張著的嘴。但那些是貓嗎？我沒辦法肯定。」

「還有那個聲音。」小雲打了個顫：「那麼大聲，好像要預告死亡和危險。這些到底是什麼意思？」

葉池愣住了。她的夢境不是這樣！星族為什麼沒讓她也看到這些影像呢？是因為她要保守蛾翅的祕密嗎？**但那是羽尾來找我的呀，**她困惑地想。**如果星族在生蛾翅的氣，她應該會告訴我才對。**

也許這跟蛾翅一點關係也沒有。也許星族注意到了葉池對鴉羽的感情。因為她愛著那隻灰色戰士，她身為巫醫的資格是否會因此被貶抑了？**但這不公平！**她在心裡吶喊。**從山谷的那天晚上起，我就沒跟他說過半句話。**

「葉池，妳認為呢？」煤皮打斷了她的思緒。

葉池嚇了一跳，「我……我也不確定。」**當蛾翅被問及有關星族的問題時，她的感受也是如此嗎？**她心想。**一直都得假裝？**

蛾翅張開嘴打了個特大的呵欠，「星族有事情要警告我們。」她說。

葉池驚訝地看著她。但從其他人說的話裡聽來，這結論並不難猜。蛾翅是否以為那就是羽尾所給的警告？但那個警告卻僅僅針對河族，而現在這個預言卻傳給了其他三族。

煤皮低下了頭。「我們必須好好思考，」她喵道：「如果會有危險，星族一定會多告訴我們一點。」

「等我們下次見面時，再來談論這個吧，」小雲建議：「也許到時候事情就明朗多了。」

「好主意，」吠臉咕噥著：「星族今晚透露的顯然不夠多。」

「別忘記我們的戰士祖靈也跟我們一樣必須辛苦地適應新家，」煤皮補充說：「或許正因如此祂們要跟我們取得聯繫才會有困難。」

那倒是有可能，葉池充滿希望地想；但那卻無法解釋為什麼她的夢跟其他人完全不同。吠臉宣布聚會結束，巫醫們尋著盤旋的小徑走出山谷，擠身穿過樹叢的屏障。他們來到山腳時，煤皮、小雲和吠臉快步往前，焦慮地低語起來，好像難以遵守他們決定等到下次再討論這個夢的協議。蛾翅和葉池並肩跟在他們後面。

「妳有沒有把我的夢告訴豹星？」葉池悄聲問她朋友以免被其他的貓聽見。

蛾翅驚恐地看著她，「沒有，我怎麼能說？我不能承認星族透過其他族的巫醫傳遞訊息給我。」

「但是妳可以說那是妳做的夢。」葉池用尾巴梢輕觸這隻金色虎斑貓的肩膀：「我不會介意的。豹星應該要知道，這樣她才能要求戰士們對任何可疑的事物提高警覺。」

蛾翅的尾巴用力急揮：「葉池，我做不到。在此之前我從未告訴過豹星任何夢境，將來大概也不可能會。那並不是我的夢。我就是不會作來自星族的預言的夢。」她的聲音轉為沉靜，困惑的成分也加深了，她又繼續說：「我必須找出自己的辦法來當一隻巫醫，而不需要星族。葉池，相信我，我唯一想要的就是好好照顧我的族貓，但這必須以我的方式來做。」

葉池懷疑地看著她朋友。在他們上方，一條銀帶橫跨天際閃耀著；蛾翅怎麼能看著這些祖先們閃耀著靈魂而不相信祂們？她知道蛾翅非常努力學習治療的技巧，而且全心全意地關心族貓，但沒有那份信仰，她就不能舔食那股來自星族的力量和智慧之泉。這份信仰對葉池自己非常重要，重要到她想像不出沒有信仰的巫醫是什麼模樣。

「但如果妳不信——」她開口，然後又突然停頓，努力地思考自己真正想說什麼，「蛾翅，妳相不相信我做了一個夢，而在夢裡羽尾對我提出警告，說你們部族會有麻煩？」

蛾翅凝視著葉池，她的雙眼在月光下閃著蒼白的光：「是的，我相信妳作了一個夢。」

這不是答案呀，葉池沮喪地想；但之後她卻了解到，這可能是她朋友所能給的最好答案。而她自己又有什麼權利去批評別人，尤其連她自己似乎也快喪失跟星族的聯繫了？

「沒關係，」蛾翅安慰她，「我會固定檢查所有水源，出外採集藥草時我也會特別注意任何有關兩腳獸的變化。」她尾巴的揮動告訴葉池，她不想再談關於那項警告的事。「雷族呢？你們那裡也都好嗎？」

「很好，謝謝。我們才剛有了一位新見習生——樺掌。我想，再過不久在大集會時妳就會見到他了。」

「太棒了。誰是他的導師？」

「灰毛。」黑暗中的嘶嘶聲使葉池突然住口。她感到危險，皮毛起了一陣刺痛。

「什麼聲音？」蛾翅悄聲說。

她們已經來到風族領域的邊界。沼地從她們周圍往四方開展，其間零星散布著的裸露的岩石和發育不良的刺樹。濃黑的影子映在山谷間。

那個嘶嘶聲又出現了。「葉池！」

葉池鬆了口氣，看到一隻精瘦的灰色身形從最靠近她的岩石後走出，一陣熟悉的氣味將她淹沒。「鴉羽！」她驚喊：「你把我嚇死了！」

「對不起，」這隻風族的戰士悄聲說。他嚴厲地瞪了蛾翅一眼：「如果妳不介意，我有話要對葉池說。」

蛾翅一臉驚訝，彷彿準備要抗議似地遲疑了一會；然後她點點頭，發出一聲輕而理解的喵嗚聲。葉池感到全身的毛都因為難堪而發熱。

「當然，」蛾翅低聲說：「葉池，待會兒見。」她轉身消失在黑暗的山腳。

葉池差點想叫她回來。她不太確定自己想單獨跟鴉羽在一起，在這黑暗的山坡上。「這樣不對。」她開口，並退後一步。

「我知道妳會走這條路，」鴉羽迫切地說：「我跟著吠臉的氣味蹤跡，然後在這裡等妳。葉池，我們得談談，我忘不了在你們營區外的那天晚上。」

「我知道，可是——」

鴉羽打斷了她，「一開始我以為妳的感覺跟我一樣，但後來在大集會時妳一直躲著我，而我卻不懂為什麼。有一天有隻兔子幾乎就跳進了我掌中而我卻沒抓到。我一直在犯錯——」

「我也是！」葉池喊：「我想給火星罌粟籽卻拿成了蕁麻籽，還把耆草膏和鼠膽膏給弄混了。真是蠢！」

這位風族戰士抽動著鬍鬚：「灰足說我簡直跟新見習生一樣糊塗。」

「煤皮對我也很生氣。」

「葉池，我就知道妳的感受跟我一樣，」鴉羽喵道：「我們要想辦法在一起。」

他的氣味、他的親近似乎使葉池體內起了變化，她感覺自己就快像新葉季裡的冰雪一樣融化。「但我是巫醫，」她反駁著，努力壓抑想把臉埋進他毛裡的衝動，「而且我是別族的。鴉羽，我們兩個不會有未來的。」

鴉羽輕柔地把尾巴梢擋在她嘴前，「會有的，一定會有的。」

「怎麼會呢？」

琥珀色的雙眼在她眼前燃燒：「葉池，妳是否像我想跟妳在一起那樣地想跟我在一起？」

葉池心裡知道她應該怎麼回答，但她無法對他說謊。「是的。」

「那就一定有辦法。妳還會再見我嗎？到另一個能夠好好談話的地方？」

葉池把爪子插入地裡。這股鋪天蓋地想跟鴉羽在一起、想照顧他的渴望應該不會是錯誤的吧？星族不能那麼殘酷地連這個也不賜給她：「會的，我會見你，」她輕聲說：「在哪裡？」

「我會想辦法。我會傳訊息給妳。」

葉池突然聽見煤皮的聲音從更遠的山腳下傳來：「葉池，妳在嗎？」

「就來了，煤皮！」然後以更輕柔的語氣對鴉羽說：「我得走了。」

鴉羽的舌頭摩擦過她耳朵，「我會告訴妳在哪裡見面。不會太久的。」

葉池凝視著他，直到她知道在走回雷族營區的路上，自己眼中除了他的臉龐再也看不見其他東西為止；然後彷彿身後有一整群狐狸在追趕似的，她跳躍著匆匆走下山坡。

第九章

「嘿，松鼠飛！」

正在一堆獵物旁吃老鼠的松鼠飛抬眼往上看。一陣冷風把她身上的毛不舒服地翻動著。這幾天的天氣陰鬱又颳著狂風，看來新葉季要提早來臨是不可能的了。

「要不要去打獵？」雲尾踱步上前問她：「蕨毛和蛛足也會去。」

「太好了！」松鼠飛回答。

蕨毛正跟灰毛和兩位見習生在荊棘通道附近說話。他看起來好像在下什麼命令，還揮動尾巴加強語氣。然後灰毛帶著兩位見習生走向長老窩，蕨毛則大步走到松鼠飛和雲尾這裡。

「灰毛會在白掌和樺掌替長老們執行任務時監督他們，」他解釋說：「這兩個一直要求要一起工作。」

松鼠飛可以了解為什麼。自從蛛足在一個月以前當上戰士之後，白掌成了唯一的見習生，而樺掌則是自從他們來到這塊新領域起，就一直單獨待在育兒室裡。松鼠飛記得自己當見習生時，能跟其他人一起受訓是多麼有趣。當時她最要好的朋友是潑掌，但他在前往新家園的旅程中死了；如果可以她也喜歡跟葉池一起受訓，但從還是小貓咪時，她的妹妹似乎就已知道自己的未來將朝巫醫邁進。

松鼠飛嚥下最後一口老鼠跳了起來，「我們要去哪裡？」她邊問邊舔舔腳掌，然後擦了擦嘴抹掉吃獵物的痕跡。

「我在想可以去靠近湖邊的小溪，」蕨毛回答：「那裡有很好的掩護，有很多地方可以讓獵物躲藏。蛛足呢？」他又加了句話。

雲尾還來不及回答，這隻長腳的黑毛戰士就從戰士窩的樹枝中探身而出，跳著來到空地，「我們在等什麼？」他催促。

「等你呀。」雲尾把尾巴揮向蛛足的耳朵，「我們走吧。」

風猛烈搖動著他們頭上的樹枝，在他們走向小溪時還差點把蕨葉都吹平了。風反向吹著松鼠飛的毛讓她發起抖來，但風裡似乎也有些什麼，彷彿能讓她的觸感更敏銳、腳步更迅捷；她漸漸加快腳步，最後在樹林間奔跑起來，尾巴在身後拉成了一直線。

「等等我們！」蕨毛喊。

雲尾跑在她身旁，蕨毛則從她另一邊趕上。蛛足帶著一聲勝利的呼喊閃電般衝過他們三個，他的長腿像是要把地面吃了。

「別跑太遠了！」雲尾喘著氣：「會把所有獵物都嚇跑的。」

松鼠飛慢了下來；這趟奔跑伸展了她的肌肉，她感覺有足夠的體力去做任何事。他們在通往小溪的河岸上方趕上了蛛足；他抽動鬍鬚，警告他們保持安靜，松鼠飛看到他發現了一隻歐掠鳥。他矮身成狩獵伏姿，扭動後半身躡手躡腳地走向那隻歐掠鳥。他正要猛撲而上時，風向卻忽然轉變，吹開了蛛足藏身的長草。歐掠鳥發出高亢的警戒鳴叫。蛛足跳了起來，但那隻鳥卻從他伸長的前爪下拍翅逃走，消失在一棵樹上。

蛛足轉身面對他的族貓，尾巴低垂著，「對不起。」

「不必說對不起，」蕨毛對這位年紀小的戰士說：「風向竟然變了，這只是運氣不好。」

松鼠飛站在河岸上，聆聽著樹枝碰撞聲和下方潺潺流過的溪水。在下游的幾棵樹之間，她看到那個湖面，風吹過時起了灰色的隆起。有一陣子她以為自己聽到了一種聲音，像是苦惱的貓發出微弱的哭喊，但那聲音並沒有再出現，松鼠飛以為那不過是自己的想像。

雲尾過來站在她身邊，「有沒有感覺到什麼？」

松鼠飛搖搖頭。

這隻白毛戰士張開嘴嚐了嚐空氣。松鼠飛看到他豎起了耳朵，張口大喊：「有入侵者！」

「是風族嗎？」蕨毛也走過來，俯視著作為邊界的小溪。就連已經是枯葉季末的現在，山坡上仍長滿了雜草和蕨葉，入侵者能夠像獵物一樣輕易在其中躲藏。

「不，不是風族的。」雲尾又吸了一口那股氣息：「不知道是誰的。」

松鼠飛嚐了嚐空氣；雲尾說的沒錯，那絕對是貓的氣味——或許還不止一隻——但卻不屬於任何一族。那氣味有些刺鼻，帶著淡淡的草香，而且是從附近傳來的。

「你想會是無賴貓嗎？」蛛足開始沿河岸往下爬。

「停住別動！」雲尾斥責他，「難道你想把鼻子伸進蜂窩嗎？我們得先知道面對的是什麼。」他往前踏出一步，然後大喊著：「誰在那裡？快點現身！」

松鼠飛巡視著往下通到小溪的地面，全身肌肉因這第一個危險的象徵而繃緊，「如果他們想找麻煩，就來吧。」她低聲說。

小溪旁的一叢長草分開，松鼠飛驚訝地看到一隻乳白色長毛的母貓走了出來。

「是馬廄場裡的黛西！」松鼠飛驚喊：「妳在這裡做什麼？妳迷路了嗎？」私底下她實在無法相信連寵物貓也會在這裡迷路，畢竟這隻母貓只要沿著湖岸走回她家就好。

母貓退縮進樹叢遮蔭中，伏低身子抬頭看著這群戰士。「請別傷害我。」她說。

「我去把她趕走。」蛛足自告奮勇地伏低身子，好像準備要撲向獵物。

雲尾嗖地揮動尾巴，「站起來，你這個鼠腦袋，」他喝斥：「我們先去看看發生了什麼事。」

他緩步走下河岸，面對面地站在黛西身前。松鼠飛跟在他身後。這隻寵物貓看來可憐極了：她一身的長毛滿是泥濘，還糾纏著樹皮，藍色的眼睛因疲累而茫然。

「怎麼回事？馬廄場那邊出了什麼事嗎？」

黛西眨眼看向她，還來不及回答，另一邊樹叢裡就傳來了小貓咪悽慘的哭叫。

「小貓咪！」雲尾喊。

他越過黛西，擠身走進長草。黛西跟在他後面絕望地說：「別傷害我的孩子！」

松鼠飛低頭走進草叢，看到三隻小貓咪窩在一起，他們張大了小小的粉紅色嘴巴，在飢餓和困惑中哭叫著，其中一隻也有像黛西一樣乳白色的毛，另外兩隻則灰白夾雜，像馬廄場上的公貓小灰。

黛西用她的身體圍繞著小貓，用尾巴把他們拉近些，「請幫幫我們。」她乞求。

「別擔心，我們不會傷害你們的。」蕨毛向她保證。

「妳在這裡做什麼？」松鼠飛問：「妳的孩子還太小，不該長途旅行的吧？」

黛西彎下身舔了舔那隻乳白色的小貓：「絲兒生小貓咪時，無毛獸把他們都帶走了。」

無毛獸一定就是兩腳獸，松鼠飛心想：「牠們幹嘛要這樣？」

黛西搖搖頭，「沒有貓知道。他們還那麼小，連眼睛都沒張開呢。」

雲尾發出憤怒的噓聲：「狐狸屎！要是我在，就把牠們的蠢臉給扒下來。」

「那又有什麼用？」黛西問，眼裡盛滿了悲傷，「小貓咪還是不見了。絲兒再也不會看到他們，也不會知道他們變成了什麼樣。所以等我也有了孩子，」她繼續說，反抗似地抬起了頭，「我決定要在無毛獸發現他們之前離開。我曾看過不少貓兒越過我們家的圍籬往這個方向走，而且我想你們之中應該會有友善的貓。」她一雙充滿希望的藍色大眼睛望著雲尾。

這位戰士低頭嗅著那三個小不點。小貓咪們縮起身子發著抖，喵嗚聲變成緊張的尖叫。

「你會幫我們的，對吧？」黛西繼續說：「在那邊——」她用尾巴指了指風族的領域——「幾隻貓把我們趕了出來。」

「那應該是風族了，」蕨毛說：「別擔心，妳現在在雷族的領域裡了。」

黛西點點頭。「難怪我們一過了溪，他們就不理我們了。但我不想讓孩子們繼續走下去，也絕不會再帶他們回去。如果我這麼做，無毛獸會偷走他們的。」

「我們會幫妳，」雲尾保證說：「妳可以帶孩子到我們的營區。」

黛西對他溫暖地眨著眼：「噢，謝謝你！你真好心！」

蕨毛驚訝地看了雲尾一眼：「四隻寵物貓？」他小聲說：「不知道火星會怎麼說哦？」

「火星那邊沒問題的，」雲尾回答：「他以前就是寵物貓，我也是。蕨毛，你對寵物貓有意見嗎？」

蕨毛抽動耳朵，「當然沒有。我只是不確定現在是否是收容其他貓兒的好時機，這片領域我們還沒探索完呢。」

「對這些小貓咪來說，卻是唯一的機會了，」松鼠飛提醒大家：「難道要送他們經過湖邊進入影族嗎？快走吧！」

「好，我們走吧，」雲尾喵道：「蛛足！」他對仍在河岸上方監視著的年輕戰士喊：「下面這裡需要幫忙！你們三個可以各帶一隻小貓，」他解釋：「我來幫忙黛西。」

松鼠飛啣起其中一隻灰白毛小貓咪的後頸，小貓咪發出恐懼的嗚叫，開始扭動：「閉嘴，我在幫你耶。」她帶著一嘴的毛低聲說。

蕨毛和蛛足各啣了一隻小貓咪，雲尾讓黛西倚靠在他肩上掙扎著走上河岸，然後慢慢走回營區。

松鼠飛穿過荊棘通道時，空地上是一片空寂，但當她走向育兒室時，樺掌跳上前來，帶著一球從長老窩裡取得的苔蘚。

「妳帶什麼來啦？」他問，並放下苔蘚好奇地看著她嘴裡搖晃著的一小團東西，「噢，哇！白掌，快過來看看這個！」

這隻年紀較長的見習生帶著更多苔蘚從長老窩裡出來，「是小貓咪！」她喊著：「從哪兒找到的？」

嘴裡叼著小貓咪的松鼠飛沒空解釋，於是她走到育兒室，兩位興奮的見習生把其餘的族貓都叫出來看。從戰士窩出來的蕨雲看到松鼠飛和其他貓兒帶回的東西，睜大了眼睛。

「可憐的小不點！」她驚呼：「帶他們到育兒室去。白掌，去找煤皮，樺掌去告訴火星。妳是小貓咪的母親嗎？」她對黛西說，雲尾在黛西身側一壓她就滾了下來，「別擔心，我們會好好照顧你們一家的。」

蕨雲搶在松鼠飛身前低頭進了育兒室，開始拉過苔蘚和蕨葉鋪出一個又暖又厚的小窩。松鼠飛輕柔地把嘴裡的小貓咪放進窩中央；小貓咪很早就停止扭動，躺著一動也不動，幾乎沒在呼吸。蕨毛和蛛足也把他們啣著的小貓咪放下，黛西躺在他們旁邊，焦慮地輕碰著他們。

「白掌說這裡有小貓咪，可以看看嗎？」栗尾探頭進育兒室。當她看到黛西和孩子，就撥開枝椏走進來伏在窩旁。「噢，他們真漂亮！」她發出呼嚕聲：「來，我來幫妳。」她開始舔起最靠近自己的那隻貓咪，倒著揉搓小貓的毛讓他溫暖起來。

看到栗尾對這些小貓這麼有興趣，松鼠飛有些驚訝，直到她注意到這隻玳瑁色的貓身形有多麼豐滿，氣味也變得很不一樣。**她一定懷了蕨毛的孩子，**她心想。**太棒了！雷族需要小貓咪。**

在黛西、栗尾和蕨雲的忙碌舔舐下，三隻小貓咪開始翻動身子，發出微弱、嗚咽似的叫聲；但黛西一直到這三隻都被舔夠、把嘴巴伸進她腹部開始吸吮，才抬起頭來。

「你們救了他們的命，」她低聲說：「我以為他們全都會死。」

育兒室的入口又窸窣作響，煤皮走了進來，在她身後是叼了一嘴藥草的葉池。松鼠飛走到她妹妹身邊悄聲說：「妳看栗尾是不是懷孕了？」

葉池把藥草放在躺著的黛西附近，「當然了！」她斥責：「上半個月妳都到哪去了？」

松鼠飛抽動耳朵。葉池以前可沒那麼容易生氣。她感覺妹妹身上發散出一波波強烈的情感，但松鼠飛卻不清楚那是什麼。

煤皮從蛛足身邊擦過，走向黛西和小貓咪，「怎麼，開大集會呀？沒事做的貓都給我出去！這裡擠得連呼吸的空間都沒了。」

松鼠飛回頭看了新成員最後一眼，就跟蛛足和蕨毛一起離開了。他們來到空地時，松鼠飛聽到煤皮說：「黛西，我帶了一些藥草來，能增強妳和小貓咪們的體力。別擔心，你們都會沒事的。」

空地上，見習生們興高采烈地閒聊著，那些苔蘚都被丟在地上。育兒室外頭，雲尾正把經過情形向火星報告，另外幾隻貓則聚在那裡聆聽。松鼠飛瞥見棘爪也在其中，這隻虎斑公貓一臉不悅——不過棘爪這幾天看來都是這模樣。

因為黛西的來臨而感到煩惱的不只是他而已。

「你準備讓他們待多久？」灰毛問族長。

火星抽動著尾巴梢：「要視很多情況而定。他們想要待多久？」

「我不認為黛西還會想回到馬廄場，」雲尾喵道：「兩腳獸已把絲兒的孩子帶走了，所以等她有了孩子，她就決定離開以保障孩子的安全。」

「這是個好理由。」火星說道。

「這表示你會讓他們加入我們部族了嗎？永久的嗎？」棘爪的語氣明顯帶有挑戰意味：「四隻寵物貓？」

松鼠飛感到一股怒吼正在喉嚨深處升起。難道棘爪忘了火星也曾是寵物貓，而她也傳承了他身上寵物貓的血液？

「只要看看黛西就知道她這輩子從沒殺過老鼠，」在松鼠飛來不及挑戰他之前，棘爪又繼續說：「她需要大量協助才能夠在這裡生活。」

「沒錯，」火星承認：「但雷族需要更多年輕的貓。我們只有兩位見習生，就算我們會很歡迎栗尾的孩子，他們也得在好幾個月以後才能開始戰士訓練。」

蕨毛和剛從育兒室出來在伴侶身邊站好的栗尾，驕傲地向對方眨眼。

「但他們是寵物貓，」棘爪反對地喵道：「他們怎麼學得會——」

「你說什麼？」雲尾繞過來面對棘爪，他藍色的雙眼被憤怒撕扯著，「難道你忘了，你的族長也當過寵物貓？還有我以前也是寵物貓？我來讓你看看寵物貓隨時都能把你的耳朵扒下來。」

棘爪退後一步，眼中燃燒著怒火。其他貓兒——包括雲尾的伴侶亮心看來也驚嚇極了。松鼠飛一直不知道這隻白毛戰士仍對自己寵物貓的出身那麼敏感；這些事他的族貓們從未提起，而他在還是小貓咪時就來到了雷族，早在松鼠飛出生以前。

「如果雲尾不扒你，我來。」她咬牙說，走向前來站在白毛戰士旁邊，憤怒地瞪視著棘爪。

「夠了。」火星衝到怒氣勃發的敵對兩方中間，「把爪子收起來。這裡不准打架。」

「謝謝你們替我們挺身而出。」一個微弱的聲音從她身後傳來。松鼠飛轉身看到黛西已出現在育兒室門口：「我沒辦法不聽你們的對話。我離家時原本無意加入你們，只是想讓孩子不要遭受像絲兒的事。如果不方便收留我們，一等到孩子們強壯得可以行走時，我們就會離開。」

「不會不方便。」雲尾立刻對她保證。

「你們要待多久都可以，」火星補充說，走過去站在黛西面前：「但如果妳決定離開，一定要非常謹慎地思考要往哪裡去。獨行貓的生活非常困苦。妳習慣自己找食物嗎？」

「我打賭她一定可以，」黛西還來不及回答，松鼠飛就搶先說了：「大麥和烏掌在他們穀倉裡抓老鼠，所以黛西他們一定也沒問題！」

黛西搖搖頭，有點難為情：「不，我們——」

「不，她又胖又懶，根本跑不快。」黑毛插嘴，聲音大得誰都聽得見。松鼠飛很高興鼠毛對他發出噓聲，又用沒伸出利爪的腳掌在他耳邊虛揮一擊。要是她站得夠近，也會這麼做。

「無毛獸會餵我們，」黛西解釋說，一邊憂愁地眨眼，「有時候我們的確會在穀倉裡捉老鼠，但那裡的老鼠並不多——總之，我想在這裡更困難些。」

「沒錯，是比較難，」火星喵道：「但如果你們決定留下，我們會教妳，也會訓練妳的孩子我們的生活方式。」

「妳不需要現在就做決定，」雲尾也開口：「不如妳現在先回到孩子身邊，妳需要休息。」

「我們也不會在沒跟妳討論過之前就做任何決定，」火星補充說。他轉向見習生們，他們睜著如滿月般大的眼睛在貓群外圍游走，「樺掌，請你從那堆獵物裡拿一塊來給黛西。」

這隻年輕見習生跳著走開了。

「黛西，來吧，」雲尾說：「等妳吃飽休息過以後，會覺得一切都好多了的。」

松鼠飛看到當雲尾用鼻子輕觸黛西身側時，他的伴侶亮心顯得有些局促不安。這隻薑黃色與白色相間的母貓看著他們走回育兒室，然後對白掌小聲說：「妳父親所做的事完全正確。黛西累壞了，而且一定受了不少驚嚇。」

亮心匆忙走向前趕上雲尾和黛西：「需要幫忙照顧小貓咪嗎？」她自告奮勇。

黛西轉頭看了看，發出警戒地輕聲尖叫，「妳的臉怎麼回事？」

松鼠飛早已習慣看到亮心被狗群襲擊的傷痕，因此她根本不會注意；但她可以理解黛西第一次看到那鮮粉紅色的傷痕和缺了一隻眼的眼眶時，可能會受驚嚇。

但她沒必要表現成這樣啊，松鼠飛不高興地想。**可憐的亮心！**

「我被狗襲擊過。」亮心低下頭，轉開受傷的那一側臉。她退後讓雲尾和黛西走進育兒室，然後走過空地朝戰士窩去了。

「想不想打獵？」灰毛的聲音從她身後響起，嚇了她一跳：「聽起來你們這次出巡並沒機會帶回多少獵物。」

「是啊，沒有，」松鼠飛承認：「我們走吧。」

「從現在起我們會需要很多獵物，」他們走向荊棘通道時這麼說：「多了四口要養呢！」

聽到他語氣裡的溫暖，松鼠飛很高興。他歡迎這些新來成員的態度比棘爪好多了，棘爪還說出對寵物貓的刻薄批評。**我也算半隻寵物貓，**她想。**棘爪，難道你認為我也不該當上戰士嗎？**

低下頭跟著灰毛走過蕨葉的她把對棘爪的思緒拋在腦後。不管黛西的背景如何都不重要。太多貓在那次饑荒和前往湖的旅程中喪生，現在的雷族非常需要年輕貓兒。黛西的來臨可能正是他們需要的。

第十章

葉池放下啣著的藥草，看著下面那隻乳白色毛的母貓喵道：「煤皮說妳需要吃下這些草。」

黛西睜開睡意朦朧的藍眼睛對她眨了眨，躺在育兒室那塊厚苔蘚上的她抬起了頭。他們來到營區已有兩天了，她和孩子們幾乎已從那次疲累的旅程中恢復體力。黛西把她的毛梳理回柔軟銀亮的光澤，她的三個孩子發出滿足的呼嚕聲蜷縮成一團。「你們都很好心。」黛西低聲說。她服從地咀嚼著藥草，那刺鼻的味道使她皺起鼻子。

葉池低下頭檢查三隻小貓咪，小心地不要打擾他們，「他們真美，」她喵道：「妳替他們取名字了嗎？」

「取了。那隻像我一樣有乳白色毛的叫做莓莓，灰色較大的那隻叫作鼠鼠，最小的那隻叫作榛榛。」黛西說名字的時候用尾巴輕柔地在每隻小貓咪身上點過。

「這些名字也很適合當戰士名呢，」葉池告訴她：「在這裡他們就叫小莓、小鼠和小榛。我去告訴火星。」

她覺得黛西露出懷疑的神色，彷彿她不是很肯定要孩子成為貓族的一員，但在她還來不及再次開口之前，蕨雲就從門口悄悄進來，嘴裡啣著一隻老鼠。

「我替妳帶了一點獵物，」她對黛西說，把老鼠放在她身旁，然後發出滿足的呼嚕聲坐在小貓咪旁邊的苔蘚上，「他們看起來健康多了。我想妳的奶水一定夠。」

葉池讓她們繼續討論小貓咪，道了再見後來到空地。天氣依舊陰鬱而寒冷，頭頂上的樹在風中互相撞擊。

距離他們在山坡上的會面已過了半個月以上，但仍然沒有鴉羽的任何消息。半數的時間裡，葉池都飄浮在幸福的霧裡，回憶著他的眼神和身上的氣味。

但其他時間裡她卻因為自己同意再次跟他相見而被罪惡感拉扯著。如果她是真正的巫醫，就根本不該想他。她比以前更努力地專心工作，好讓自己能夠成為她一直渴望成為的貓；此外，她也不想被煤皮責難，或讓煤皮懷疑她的思緒被一位風族戰士佔據。

葉池走回自己的窩時，聽到石頭山谷外傳來絕望的叫聲而突然停步。不久，一隻玳瑁色的貓衝出荊棘通道，滑進空地停在中央。一開始葉池以為是栗尾，整顆心都吊了起來，以為她懷著的孩子出了狀況。但在仔細看過之後認出是河族的戰士苔皮。

「葉池！」她喘氣喊著：「感謝星族妳在這裡！」

「出了什麼事？」葉池問。

「蛾翅派我來的。」苔皮的胸口起伏著：「河族發生疫情，情況非常──非常糟。」

「蛾翅要我過去嗎？」

苔皮點頭，「蛾翅說妳會明白出了什麼麻煩。」

葉池吞了口口水，好像有塊難以吞嚥的獵物卡在喉嚨裡。她太清楚了。羽尾曾警告過，兩腳獸會讓河族陷入巨大危險，現在此事成真了。她的夢和她為了告訴蛾翅而展開的長途跋涉，全都是白費力氣。

其他貓兒也開始在空地聚集。火星跟沙暴出現在擎天架上，亮心和其他幾位戰士從戰士窩走了出來。黛西小心翼翼地從育兒室往外凝視，然後跑向雲尾對他急切地說起話來，邊說尾巴邊焦慮地抽動著。

黑毛不友善地瞪了苔皮一眼：「我們幹嘛要派巫醫大老遠地過湖去幫忙河族啊？他們應該到別處去自求多福。」

「噢，拜託！」刺爪爭辯著：「風族不太可能幫忙吧？而影族更從來沒慷慨過。」

看到煤皮走向他們，葉池鬆了口氣。

「怎麼回事？苔皮，妳有麻煩了嗎？」

「整個河族都有麻煩了，」這隻母貓回答。現在她緩過氣來，顯得冷靜許多，把剛才對葉池說的話又重複了一次，「蛾翅的窩裡擠滿了病貓，」她喵道：「目前還沒有貓死亡，但如果我們得不到援助，他們全都會死。」

「我可以去嗎？」葉池請求。滿腔的罪惡感令她痛苦，她認為自己並沒有在探究危險一事上盡心盡力。或許她真的快要失去與星族對話的能力了。「煤皮，求求妳！」

煤皮和火星交換了一個長長的眼神。然後這隻巫醫說：「如果火星同意的話。」

族長點點頭，「我們不能拒絕援助有困難的部族。何況，無論那是什麼病，都有可能會傳染到這裡。葉池，盡一切力量查出病因。」

「我會的，」葉池答應著：「沒有我，妳獨自應付得來嗎？」她問煤皮。煤皮瘸了一腿，因此這隻巫醫仰賴葉池去採集他們所需的多數藥草。

「當然可以，」煤皮回答：「雷族有兩隻巫醫是我們的運氣。」一片陰影從她眼裡飄過。

亮心上前一步：「煤皮，我可以幫妳，」她自告奮勇：「我想我能認出大多數的藥草——至少比較普遍的那幾種。」

「謝謝妳，亮心。」煤皮轉向葉池，「妳沒理由不該跟苔皮一起去，但請盡快回來。願星族與妳同在。」

葉池點頭，跟著苔皮走出營區。一路上已跑過了一大堆她可能會需要的藥草：圓柏、貓薄荷、山蘿蔔根……她搖了搖頭。她得先有機會檢查那些病貓，才能決定需要什麼。**星族，現在我需要祢**，她在心裡默禱。**請告訴我該怎麼做**。

葉池和苔皮走過風族領域時，一陣強風吹攪著湖面，也翻弄著這兩隻貓的毛。苔皮到雷族時一路狂奔，現在只能小跑步而無法更快，葉池配合她的步伐走。就算她用跑的抵達河族營區，如果累得無法幫忙也毫無益處。

他們靠近馬廄場時，葉池聽見上面某處傳來一聲嚎叫。她往四周看了看，發現四隻風族的貓組成的巡邏隊正跳下山坡朝她們而來。看到鴉羽精瘦的灰色身影貼著草地奔跑，她心裡一陣七上八下。

她和苔皮等候巡邏隊趕上。帶頭的是裂耳，在裂耳身後、站在鴉羽兩側的是鴞鬚和網足。

「妳們好。」裂耳微微低頭：「妳們在風族的領域做什麼？」

他的語氣雖客套卻不含挑釁之意，但葉池幾乎沒聽進他的問題。她全副心神都在感受鴉羽的眼神在她身上灼燒，但有這麼多其他的貓兒在旁邊，她不敢跟他說話，更不敢看他。

「我們正要去河族。」苔皮說，卻沒有把原因告訴裂耳。葉池猜想她並不急著讓風族知道河族因疾病而衰弱的事實。

「我們不會離開湖邊太遠，」葉池澄清道：「這是族長們在大集會時決定的。」

「我看得出來，」裂耳喵道：「那就快走吧，然後——」

「你瞪著她幹嘛？」網足怒吼：「難道風族沒有其他貓值得你追求嗎？」

葉池僵在原地。他是在對鴉羽說話。她看著這隻灰毛戰士，發現自己的狼狽也反映在他眼中。

「我的星族呀，網足，」裂耳也開口：「你沒事不要那麼鼠腦袋好不好！她是松鼠飛的妹妹，記得嗎？就是曾經跟鴉羽一起旅行的松鼠飛啊？」

葉池這才鬆了口氣，暗地裡感謝裂耳。

「沒錯，」鴉羽總算吐出一句，「呃……葉池，替我跟松鼠飛打聲招呼好嗎？」

「當然。」葉池點了點頭。

苔皮不耐煩地用爪子抓著石頭，「拜託，我們能不能走了？」

裂耳點點頭，揮動尾巴向葉池和苔皮告別。

葉池才走沒幾步就聽到身後的噓聲，她轉身看到鴉羽跟在身後。

「黃昏時在島上見，」他悄聲說，然後用更大的音量加了句：「記得把我說的話告訴松鼠飛。」

「好，我會的。」葉池回答。罪惡和興奮充塞了她全身，她覺得好像身上的每一根毛都在閃閃發光。這是不對的事嗎？更何況感覺這麼好？

「鴉羽，你到底來不來？」網足吼著。

灰毛戰士奔了過去，沒再看葉池一眼。她沿湖岸踩著小跳步趕上苔皮，感覺腳掌簡直像在地面上飄。

早在她和苔皮還沒到達河族營區前，葉池就能聞到那股疾病的氣味。它沉重地懸在空氣裡，發出像腐肉般的惡臭；然後一個令人恐懼的嚎叫聲從作為營區邊界、水流潺潺的溪水上傳來。苔皮恐懼地看了葉池一眼就往前縱躍，踏著溪水進入營區；葉池跟在後面，完全沒注意到深入她腳掌、浸濕她肚皮的冰水。

豹星從河岸上方的蕨葉裡出現，等候葉池和苔皮到她面前。那恐怖的嚎叫聲仍沒停止。

「春藤尾死了，」豹星宣布。她的聲音雖冷靜，葉池卻能看見她眼中的極度恐懼，「妳想妳能幫得上什麼忙嗎？」

「我不知道，我要先跟蛾翅談談，」葉池回答：「我直接去她窩裡——我知道怎麼走。」

「我會派幾位戰士幫妳的忙。」豹星說。

葉池沿著河岸來到蛾翅在荊棘叢下的窩。所有跟鴉羽有關的思緒都從她腦中消失，現在最重要的就是幫助這些病貓。

在路上她遇見沉步和鷹霜抬著一具了無生氣的屍體，那是一隻她並不認識的棕色母貓。她避到一旁讓他們經過，表示尊敬地低下頭。

「葉池！」那是蛾翅尖銳緊張的聲音。這隻河族巫醫從窩裡飛撲而出，把臉埋進葉池的毛：「我就知道妳會來！」

葉池吸聞著她朋友恐懼的氣味，那氣味比疾病的惡臭還要濃烈，「告訴我究竟怎麼回事。」她說。

「他們快死了！」蛾翅藍色的大眼睛顯得狂亂，「我不知道該怎麼辦！」

「蛾翅，冷靜點，」她命令地喵道：「如果妳的族貓看到他們的巫醫緊張成這樣，就會完全放棄希望的。為了他們，妳一定要堅強。」

蛾翅做了個深呼吸，「對不起，」一會兒後她說：「妳說得沒錯。我現在好多了。」

「告訴我發生什麼事，」葉池重複。

「妳來看。」

蛾翅領葉池進入她的窩。靠近門口處，被彎曲的荊棘樹枝遮蓋著的，是躺在苔蘚窩裡的一隻小黑貓。他的眼睛緊閉，葉池觀察了好一陣子才看出他還有微弱的呼吸。

在黑貓旁邊還有兩隻小貓咪，其中黑色的那隻也跟第一隻一樣失去了意識，但呼吸得更劇烈一些；灰色的那隻則前後扭動著，張大嘴巴發出微弱的哭號聲。

窩外，河岸更遠處有四隻戰士躺在草草鋪就的乾燥蕨葉上，還有一隻看來像是見習生的年輕貓咪。葉池認出曙花灰色的皮毛，還有最近剛當上戰士的田鼠齒。

她在最靠近自己的曙花身邊伏下，伸出一隻腳掌輕拍她肚皮。曙花呻吟著想避開，葉池舔了舔她表示安慰，然後坐回去抬眼看著蛾翅。

「這讓我想起以前長老們喝下毒水而生病的情景，」她喵道：「但氣味不太一樣。不知道——」

「但那次是我的錯！」蛾翅哀鳴：「我早該嗅出池塘裡有隻死兔子。」

「但妳當時四腳都沾了老鼠膽汁所以才聞不到呀，」葉池提醒她：「而這次的疫情也不是妳的錯。」

「就是！」蛾翅把爪子插入地面，「如果我是真的巫醫，就知道要怎麼救我族貓。」

「胡說八道，」葉池嚴厲地喵聲說道：「妳就是真正的巫醫。這次的疾病不是妳造成的，但我們必須找出原因。」

「從第一隻貓生病開始，我一直沒時間去探查領域各處，」蛾翅承認：「所有溪流都很乾淨，湖裡也看不到兩腳獸的垃圾。」她又用爪子扒著地面，「我真是隻沒用的巫醫。泥毛根本不該選我的。」

「又在胡說八道了，妳自己知道的，」葉池更溫柔地說，尾巴輕輕掃過蛾翅身上：「那麼泥毛在他窩外發現的一片飛蛾翅膀又怎麼解釋？那顯然是星族要妳當他見習生的徵兆。」蛾翅看來似乎想要反駁，葉池又急忙說：「告訴我妳對這些病貓們做了什麼。」

「我先是用水薄荷治肚子痛，後來發現無效時就改用杜松莓。杜松莓似乎能稍微減輕疼痛，但貓兒的病情並沒有好轉。」

「嗯……」葉池在腦中快速閱覽一列治療清單：「如果他們吃下了有毒物質，我們就該讓他們嘔吐。妳有沒有耆草葉？」

「有一點，」蛾翅回答：「但不夠給每一隻貓。」

「那就得叫其他貓兒再去採。」

葉池在說話時，看到霧足和另一隻她不認識的年輕黑毛戰士走下山坡朝她走來。霧足揮動尾巴打招呼，「豹星要我們來幫妳。」她說。

「謝謝，」葉池回答：「我們需要耆草葉。」

「我去採，」這隻黑毛公貓自告奮勇。他對葉池點點頭，又說：「妳不記得我了吧？」

看著他修長的身形和小巧的耳朵，葉池覺得自己應該認識他，但卻想不起他的名字。她搖了搖頭，「對不起。」

「我是蘆葦鬚，」黑毛戰士說：「還在森林老家的時候，我差點淹死，是妳救了我。」

「那時候他叫蘆葦掌。」霧足補充。

葉池有一陣子驚訝得說不出話來，她想起霧足從氾濫的河水裡拖出來的那隻貓。當時蛾翅並不曉得該如何讓這隻年輕貓咪恢復呼吸，葉池因此不得不處理。這段時間裡斑葉的靈魂一直都緊靠在她身旁，引導著她的腳掌，直到這位見習生能夠生還為止。

「很高興又見到你，」她短暫地說，不想讓蛾翅想起另一次她緊張的情況，「你能帶回多少耆草葉就帶回多少，而且愈快愈好。你知道在哪裡找得到嗎？」

「馬廄場圍欄附近有好大一叢。」在他還沒回答之前，蛾翅就開口。

蘆葦鬚揮動尾巴，「那我走了。現在我自己也有見習生了，」他又說：「漣掌。我會帶她一起去，能採更多回來。」

「還要杜松莓，」這隻苗條的黑貓戰士轉身跑走時，葉池在他身後喊：「沼地外的山坡頂附近有幾叢。」

蘆葦鬚一揮尾巴表示他聽見了，然後消失在河岸上方。

「好了，蛾翅，」葉池在他走了以後喵聲說道：「妳的耆草葉在哪裡？在等蘆葦鬚回來的時間裡，我們可以先開始。」

「先告訴我我能做什麼，」霧足說：「還需要其他什麼藥草嗎？」

「現在不用，」葉池回答：「但妳可以去檢查領域裡有什麼可能導致大家生病的東西。」

霧足一臉困惑：「那我應該找什麼？」

葉池搖搖頭，小心不說出任何會洩漏河族巫醫得不到指示的事：「只可惜我說不出來。任何不尋常的──尤其是聞起來怪怪的東西。去找可能被兩腳獸碰過或留下的東西。」

「兩腳獸？在這裡嗎？」霧足偏著頭：「但我想妳最清楚。我會派出河族所有的貓。」

她對躺在河岸旁的一排病貓投下悲傷的一眼，就消失在河岸上方。

此時蛾翅已回到她窩裡，又帶著一束耆草葉放在葉池腳邊。葉池對如此稀少的數量失望地眨眨眼，但至少這些還算新鮮。

「好，我們先治療小貓咪，」她說：「這些草夠這三隻貓咪用，運氣好的話蘆葦鬚很快就會回來。」她用鼻子頂了頂那隻痛苦扭動並發出虛弱喵嗚叫的灰色小貓咪；一陣涼意竄過身體，她發現就從她第一次看到他起的這段短時間裡，他又變得更虛弱了：「幫我把他弄到這裡來，」她指示蛾翅，「別讓他嘔吐在要睡覺的地方。」

這兩隻母貓盡量輕柔地把小貓咪移到靠近岸邊之處，把他放在柔軟的苔蘚墊上。葉池咀嚼著一根耆草葉，小心把每片碎屑都吐出。然後她把這團葉渣塞進小貓咪張大的嘴裡。

「吞下去。」她命令著，但她不敢肯定小貓咪聽得見。

貓咪小小的喉嚨抽搐著想吐出這團帶有苦味的葉渣，但一定有些已吞了進去，因為不久之後他開始吐出幾口發出惡臭的黏液，漸漸停止哭叫，虛弱而發顫地躺著，眨眼望著葉池。

「做得好。」葉池用一腳撫摸他的頭，「現在我要你吃一顆杜松莓，然後你就可以去睡了。蛾翅？」

這隻河族巫醫已經拿著杜松莓站在她身邊。她小心把莓子壓碎，捧著好讓小貓咪可以舔乾淨，按摩他喉嚨來確定他都吞了下去。她發出撫慰的呼嚕聲——與她之前的緊張截然不同——使那隻小貓咪安靜了下來，等葉池和蛾翅把他移回到巢穴時，他已經睡著了。

「我想他會好轉的，」葉池把內心無聲的祈禱傳達給星族。「我們來治療下一個。」

下一隻小貓咪還在睡覺，但當兩隻巫醫把她移到岸邊時，她清醒過來。

「我肚子痛。」她呻吟著。

「吃下這個會好一點。」葉池向她保證，把另一團耆草葉塞進小貓咪嘴裡。

貓咪立刻把它吐了出來：「噁，難吃死了！」

「小鱗，乖乖聽話把它吃下去。」蛾翅嚴厲地說。

「我不——」貓咪的抗議聲被微弱的悲鳴中斷，另一次痙攣攫住了她肚子。

蛾翅逮著機會把耆草葉塞回她嘴裡，葉池則揉著她喉嚨。小鱗又發出悲鳴，就像第一隻貓咪那樣很快就吐出了臭黏液。

「現在妳可以吃一顆杜松莓。」蛾翅說，趁小鱗張嘴想抗議時迅速丟了一顆進她嘴裡。

「杜松莓最難吃了。」小鱗咕噥著，聲音愈來愈微弱，一面抱怨一面意識飄忽地進入夢鄉。

葉池和蛾翅把她拖回窩裡，開始檢查第三隻小貓咪，她是裡面看來最虛弱的。

蛾翅的大眼睛裡滿是憂愁，「我想她已經死了。」

葉池低頭靠近那隻小貓咪，感到鬍鬚被一股微弱的氣息吹動：「不，她還活著。」她盡量讓語氣充滿希望，即使她私底下也害怕這隻小貓咪早已啟程加入星族的行列。**我一定要救活她**，她決定，「但我認為我們不該移動她，」她警告：「去找片酸模葉，她可以吐在上面。」

蛾翅匆忙來到長有酸模草的溪邊，咬下一片大葉的葉梗。同時葉池也咀嚼了更多耆草。她怎麼努力也無法叫醒小貓，蛾翅只好撥開小貓的嘴，好讓葉池把耆草盡量放入她喉嚨深處。

小貓咪虛弱地嘔著，在酸模葉上吐出了混合著黏液的幾塊耆草渣，然後躺著動也不動。

「這樣不夠。」蛾翅憂慮地說。

「是不夠，但總比什麼都沒有好。我們讓她休息一下，然後再試一次。」

只剩下兩片耆草葉了。

「接下來應該治療田鼠掌了，」蛾翅決定，用尾巴指著躺在一排病貓最後的一隻年輕貓咪，「除了那幾隻小貓咪，最虛弱的就是他了。」她用嘴啣起剩下幾株耆草走了過去。葉池正要跟隨，卻看到霧足又出現在河岸上方，身子兩側起伏著。

「葉池，」她喘氣說：「我找到一點東西。妳過來看看好嗎？」

葉池看了蛾翅一眼，她也知道河族副族長來了，於是轉身聆聽，「去吧，葉池，」她鼓勵著：「我在這裡沒問題的。」

葉池匆匆檢查過睡著的小貓咪，就爬上河岸走向霧足。看到蘆葦鬚和一隻銀灰毛色的見習生走過營區，嘴裡都是耆草，她鬆了口氣。

「太好了！」她喊道：「請直接交給蛾翅。」

「沒問題，」滿口草梗的蘆葦鬚含糊地說：「我們待會兒再去採杜松莓。」

河族副族長帶著葉池沿河岸上方行走，來到蔓生在兩條溪流間，阻隔外人進入營區的一列荊棘圍籬。兩隻貓擠身穿過狹窄的通道，霧足循著較小的那條溪走上影族邊界方向的一處陡坡。

陡坡很快變成陡峭的沙壁，有可以攀爬的岩石，小溪在她們身邊如瀑布般奔流而下。葉池慢下腳步，小心不要在潮溼的石頭上滑倒。溪水從山腰長滿苔蘚的大石間迸流而出，霧足就在那上面等她。

「就快到了。」她保證。

葉池停下來喘口氣，又嚐嚐空氣。她聞到一縷淡淡的氣味，那是作為河族和影族邊界的轟雷路，但怪物的氣味卻微弱而陳舊，彷彿已經有好幾天沒出現了。她想辨別另一股氣味時耳朵一陣刺痛——那氣味並不熟悉，卻讓她想起那股疾病的臭味。她看了霧足一眼。

「往這邊走。」副族長說。

她們愈靠近影族邊界，那股惡臭就愈濃烈。葉池正開始納悶究竟是不是河族領域裡出了問題時，霧足突然轉過一叢榛樹走回她自己的領域。就在幾個狐狸身長的不遠處有一小塊被荊棘圍繞的空地，鷹霜和黑爪就在那裡等候著。鷹霜撲過來面對逐漸靠近的她們，頸上的毛全部豎起，等看清她們倆是誰後又鬆懈下來。

「沒有異常，」他爽快地喵聲說道：「自從妳離開起，一切都很安靜。」

「沒有影族的蹤跡。」黑爪補充說。

葉池不懂河族戰士為何如此擔憂影族。他們還沒跨過兩族領域的邊界呢。或許他是想把這場疾病怪到影族頭上。

「這跟影族一點關係也沒有，」霧足嚴厲地喵道：「是兩腳獸害的，葉池，就跟妳說的一樣。過來看看，但別靠得太近。」

鷹霜和黑爪往旁退開，露出一個光滑的圓形物體，約有一隻獾那麼大，就在空地的另一端，一半隱在荊棘叢內。那東西就像兩足怪物那樣堅硬而光亮。葉池小心翼翼地走過去，看到那光滑表面上有一處凹損。另一邊草地上留下的液體痕跡顯示有貓或者其他動物曾踩進這個水坑，並且腳掌上沾到了一點這種黏液。

葉池張嘴想說話，卻因為惡臭進入喉嚨而咳嗽起來：「一定就是這個！」她喊：「這東西能讓貓死亡！連模樣都邪惡得很。」

「味道更是惡劣。」鷹霜粗暴地說，噁心地皺起鼻子。

「但我不懂，」黑爪有意見，「哪隻貓會蠢到去喝那東西呢？」

「你才蠢呢，」霧足喝斥他：「難道你看不出是貓兒的腳上沾到了嗎？你不小心踩了進去，又把自己舔乾淨，事情就發生了。」

「其他動物也會踩到，」葉池同意：「比方說，老鼠。如果貓兒吃了那些老鼠，也會因此吃下毒物。」

霧足一臉驚恐，「那表示搞不好整塊領域現在都有了！」

「我想沒有那麼糟，」葉池告訴她。「妳必須警告每隻貓遠離這地方一陣子，不過所有感染到這東西的獵物應該都在還沒走遠之前就死了。我想獵物出現在其他地方的機率不大。」

霧足點頭，「我立刻去告訴豹星。」

「也該是時候了，」鷹霜低聲對黑爪說：「要是有好好組織巡邏隊，我們早就發現了。」

葉池愣住了。巡邏隊是副族長的職責，鷹霜竟然當著她的面批評霧足。她想起以前在舊森林時，霧足曾被兩腳獸逮住，她不在的時候就由鷹霜暫代她河族副族長的職位。對鷹霜來說，在霧足回來後變成一名普通戰士一定很難適應，但在其他貓兒面前暗損霧足的權威仍然不可原諒；他的話甚至不是真的——貓族的領域大到巡邏隊不可能立刻發現每一處危險的地方。

黑爪同意地點頭，飽含敵意地看了那隻灰毛母貓一眼；他是否認為鷹霜才該當副族長呢？葉池心想。鷹霜是否想擁有只對他而非對河族忠誠的追隨者？

霧足已開始走遠準備回營區。就算她注意到那段對話，她也沒表現出來。

「我們會去找些刺藤把那東西圍起來，」鷹霜在她身後喊著提議：「來吧，黑爪，」他語氣輕柔地補充：「我們可不想讓其他動物靠近那裡，不管是貓還是獵物。這個部族總得有貓來照顧呀。」

他跳到最近的樹叢，開始扒起一株枯藤枝幹。黑爪跟過去，幫忙把枯藤拉到有個臭水塘的兩腳獸物體那裡。

「弄好之後要洗腳掌，」葉池建議，想假裝自己沒聽到鷹霜剛才說的話，「千萬別舔。」

「妳想得真周到。」鷹霜回答，又去找另一叢樹枝了。

「我該回去了，」葉池對霧足說：「蛾翅還需要幫忙呢。但有一件事我不懂，」霧足帶頭走回營區時她繼續說，那股嗆喉的惡臭逐漸在身後消失：「那些小貓咪是怎麼生病的？他們那麼小，應該不可能跑到離育兒室這麼遠的地方啊？」

霧足發出一聲惱怒的嘆息：「他們有一天跑出營區，想自行探險，是小鰷出的主意。她可以想出比銀毛星群還多的辦法去惹麻煩；看來愈早找到導師來管她，我會愈高興。」

「他們還太小，不可能在這裡捕到獵物，所以他們一定找到了那個兩腳獸物體。」想到小貓們把爪子伸進那池骯髒的綠水，葉池起了一陣顫慄，「他們找到那東西卻從沒跟其他貓兒提起？」看到霧足點了頭，她又說：「其他貓兒一定是吃了有毒的獵物才生病的，否則他們一定會把兩腳獸物體的事稟報豹星。」

「小貓們一個字都沒說，」霧足同意：「我發現他們偷偷潛回營區時氣得半死。他們大概是想自己惹的麻煩已經夠多了。」她突然住口：「曙花是他們的媽媽，他們回來後她還仔細地把他們舔乾淨，而她是第一隻生病的成貓。」

「很合理，」葉池喵聲說道：「小貓們醒來後我得跟他們談談。」

「他們會醒來？」

「我想會的。」葉池沒提那隻對耆草沒有反應的黑毛貓咪。要拯救這些虛弱的生命，蛾翅絕對需要別人的幫助，「願星族幫助我們。」她小聲地說。

當她們回到河族營區時，這一天已經快結束了。暗紅色的夕陽從雲層空隙中透出光來。葉池幾乎沒注意到時間的流逝，感覺上從苔皮衝進石頭山谷起只不過幾個心跳之久。

至少營區是安靜的，沒有代表另一個死亡的恐怖悲鳴。大多數的貓兒都回到自己窩裡過夜，只有兩三隻貓仍伏在獵物堆旁。

「這倒提醒了我，」葉池喵聲說：「去檢查獵物，把有那氣味的東西全都丟掉比較好。」

霧足點頭，「我去巡視營區，以免有貓腳掌上沾著那東西進來。每隻貓也都該檢查自己，如果沾到了就把那氣味沖到下游去。」

她走向豹星的窩去對族長稟報。葉池看她走遠，匆匆爬過河岸頂端再往下行，來到蛾翅伏身照顧病貓之處。

「怎麼樣？」她問，並跟這位河族巫醫一起檢查曙花。

「我想應該還好。沒有貓死亡，不過沉步卻病倒了。」她用尾巴指著蜷伏在河岸上的一隻大虎斑長老：「我已經給了他耆草，他看來不像其他貓那麼糟。」

葉池想起沉步就是她剛來時抬運死貓的那位。或許他是因此才沾上毒物的。鷹霜當時也在，但他看來卻沒事，而且他也知道要小心別讓黏稠的兩腳獸黏液沾上身體。

「我們找出問題根源了。」葉池告訴蛾翅，並描述了那發亮的兩腳獸物質，和從裡面流出的綠油油液體。

蛾翅打了個寒顫：「那麼這場災禍的確是兩腳獸帶來的！」她的藍眼睛定定地注視葉池。然後又揮動尾巴：「來檢查一下這些貓。」

葉池還沒開始嗅曙花，眼角就瞥到有東西在移動。一隻小貓咪正在那排病貓最後，在暮色中葉池只勉強看出她有身淡灰色的毛。一開始她以為那一定是曙花正在復原的其中一個孩子，但這隻貓咪看來更年長些，而且看起來完全沒生病。

「蛾翅，來這裡！」這隻小貓急切地喊。

「妳是誰？」葉池問，跟在蛾翅身後的她繞過睡著的貓兒。

「是小柳，」蛾翅回答；她眼裡閃著溫情來到這隻淡灰色小貓面前，低頭看著她：「她是苔皮的女兒。她常常來幫我忙，幾乎已懂所有藥草。小柳，這位是雷族的葉池。」

小柳微微點頭。「蛾翅，我想妳最好看看田鼠掌。」她要求著。

這隻見習生四肢張開地側躺著，爪子虛弱地抓著地面，胸口上下起伏，掙扎著要呼吸。他張大的眼睛一片朦朧。

「他怎麼了？」小柳問，睜大滿是憂慮的眼睛：「其他貓都沒有像他這樣。」

蛾翅遲疑著，葉池卻先開口了：「妳給了他杜松莓嗎？」

「對，治療肚子痛，」蛾翅回答：「應該也能幫助呼吸順暢。真希望我們有款冬花，」她尾巴絕望地一甩，「款冬花在河上游，我們需要的是葉子，但卻得再等一個月才會有。」

葉池不認為期待非當季的花有什麼用。田鼠掌想要呼吸的掙扎已經變弱；再不想點辦法他就會死在他們面前。

如果這不是兩腳獸的問題引起的呢？也許這根本是截然不同的狀況，但田鼠掌卻沒留給他們多少時間去找答案。

「會不會是有什麼東西卡在他喉嚨裡？」她猜測。這樣子看來不像普通被嗆到的狀況，但那毒物已讓田鼠掌變得更衰弱，他可能沒有辦法把阻塞物咳出來。

蛾翅撬開這位見習生的嘴巴，在他扭動著想要移開時仍牢牢抓緊。葉池看進他喉嚨深處，「裡面有東西，可是很深……」

「我試試看。」小柳纖瘦的腳掌立刻伸進田鼠掌的喉嚨，她滿足地輕叫一聲，一團只咀嚼了一半的耆草葉團塊就勾在她爪子上拿了出來。

「幹得好！」葉池說。

蛾翅一放開田鼠掌，他就癱了下來，一面發抖一面大口吸氣。

「小柳，替他拿點水來。」蛾翅命令道。

小貓衝到溪邊，把垂吊著的苔蘚撕下一小塊，放進水裡沾了沾。不到一個心跳的時間她就回來了，把幾滴水擠進田鼠掌嘴裡。他身體兩側漸漸停止起伏，也不再發抖，挪動身體呈更舒服的蜷伏姿勢，閉上了眼睛。

蛾翅用尾巴輕觸小柳，「妳救了田鼠掌的命，」她喵聲說：「等他醒來我一定會告訴他。」

小柳眼裡發出喜悅的光芒，「這就是當巫醫的感覺嗎？」她問道，「這感覺棒透了！」

「我知道。」葉池發出同感的呼嚕聲，「我還記得第一次把牛蒡根敷在鼠咬傷口上的情形。當傷口開始癒合時，我簡直不敢相信！」

「別忘了妳還在蘆葦鬚快淹死時救了他，」蛾翅喵聲說：「當時妳還只是個見習生呢。」

葉池溫暖地對她朋友眨眨眼，感激蛾翅這樣提醒她的寬容，「能夠幫助族貓的感覺是獨一無二的，」她對小柳說：「我想不出比這樣更好的生活了。」

「但妳不能天天拯救生命，」蛾翅開玩笑說，一邊親切地瞥了小柳一眼：「也有每天例行的工作要做。」

「但那些工作很重要，對吧？」小柳說。

「當然了，」蛾翅很確定地喵道：「現在我要妳替我做一件很重要的工作。留在這裡陪田鼠掌，他的呼吸有任何變化就立刻叫我。」

「是，蛾翅。」小柳在見習生身旁坐下，尾巴圍住了腳，雙眼定定地注視他。

蛾翅和葉池離開去檢查其他貓兒。葉池忍不住納悶蛾翅是否已找到了一位最佳見習生，然後又在心裡自問如果蛾翅無法傳達任何星族的知識，又該如何訓練見習生呢？

她強迫自己把這問題拋開，跟蛾翅一起檢查著病貓。他們全都睡了。儘管曙花仍舊非常虛弱，葉池開始相信他們全都會復原。

最後她們來到睡在苔蘚巢穴裡的三隻小貓咪。那隻灰色的小公貓還在睡覺，但小鰷已經張開了眼睛，「我好餓！」她哀鳴著。

「這是好現象，」葉池對蛾翅說：「這表示體內的毒素已經去除了。」

「妳母親現在還不能餵妳，」蛾翅看了曙花靜止不動的身體一眼，喵聲說道：「願意的話，妳可以喝點水。」

小鰷看來又想抱怨的樣子，然後搖搖晃晃地站起來，踉蹌走了幾步來到河邊，伏下來舔著水。葉池注意著她，以免她一個失衡跌入水裡。

「葉池。」蛾翅的語氣低而緊繃。

葉池看過去。蛾翅低下頭來嗅著最虛弱的那隻小貓，她抬起頭，藍色眼睛因悲痛而變得黯淡。「我們的耆草一定餵得太遲了。她死了。」

葉池嗅了嗅那個小身體，但蛾翅說得沒錯。這隻小貓咪已經加入了星族。好好照顧她，葉池祈禱著。她還這麼小。

小鰷喝完水，又搖搖晃晃地回到岸邊。

「什麼都別說，」葉池匆忙對蛾翅低語，邊拉起一層苔蘚遮住那具動也不動的身體，「到早上他們會更堅強，或許曙花會醒過來安慰他們。小鰷，」這隻黑色的小母貓又在柔軟苔蘚中趴好時，她繼續說：「妳和其他小貓從營區溜出去的那天，有沒有發現什麼不尋常的東西？像是兩腳獸留下的東西之類的？」

小鰷睜大雙眼，「妳已經知道了？」

葉池點點頭：「我也看到了。妳有沒有碰那個黏稠物質？」看到小鰷有些遲疑，她又說：「別擔心，說出來不會有事的。」

這隻黑色小貓咪又遲疑了一個心跳的時間。「嗯，我們有碰過，」她承認：「我們在玩衝過去然後在草地上留下腳印的遊戲；然後我又問小礫敢不敢喝一點。」

蛾翅驚訝地吸了口氣：「妳怎麼會這麼蠢？」

「那他喝了嗎？」葉池迅速看了蛾翅一眼，打斷她的話問。

「我們全都喝了。」小鰷在噁心中皺起了鼻子。「難喝死了。」

「妳知道就是那個讓妳生病的，對嗎？」蛾翅說。

小鰷驚慌地瞪著她：「我們當時都不知道！」

「這就是為什麼妳永遠不該觸碰陌生東西的原因，」葉池告訴她：「等妳成為見習生，獲准獨自走出營區時，無論發現什麼都一定要告訴妳的導師。即使是在自己領域裡，也不表示一切就都安全。妳答應嗎？」

「好，」小鰷說。她閉上眼睛然後又眨了眨，然後她睜開眼，「這些都是我的錯嗎？」

葉池搖搖頭。等她發現妹妹已死，有得是時間責怪自己，「不是，小不點。去睡覺吧。」

「我真不知道妳怎麼能對他們這麼好！」蛾翅在小貓咪睡著後低聲說：「我真想把他們耳朵抓下來。所有這些麻煩，還有貓兒的死！」

「妳知道自己也不會真的傷害他們，」葉池回答：「他們不過是孩子，根本不知道自己在做什麼，何況這也不全是他們的錯。曙花或許是從他們身上中了毒，但其他的貓都是自行染上毒，或是吃了沾上了毒的獵物。」

「我知道。」蛾翅嘆口氣，「但他們應該理智點！」她張開嘴打了個大呵欠。

「妳累壞了，」葉池喵道：「妳也去睡覺吧?我來照顧大家，月亮高升時再叫妳起來。」

蛾翅又打了個哈欠。「好吧，謝謝妳，葉池——謝謝妳做的一切。」

她走進自己在樹叢根下的窩。葉池看了生病的小貓咪最後一眼；他們全都安靜地睡著，包括田鼠掌。

「他沒事，」她悄聲對小柳說：「我來照顧他——妳可以回育兒室找妳媽媽了。記得告訴她妳做得多棒。」

小柳的雙眼發亮，點點頭衝上河岸。葉池在熟睡的見習生身邊坐定，腳掌縮在身下。她頭上的銀毛星群綻放著光亮，散布在形狀鼓脹的月亮旁邊，就快月圓了。葉池對星族說出無言的祈禱，一股感激之情油然而生，河族的疫情總算控制住了。

這時候她才想起來，自己完全忘記該在黃昏時去見鴉羽。

第十一章

松鼠飛在樹下停步，傾聽著。除了風吹過樹枝的沙沙聲，樹林裡一片寂靜。她嚐著空氣，那氣味非常淡薄；寒冷的天氣已經把所有獵物都驅趕回洞穴裡了。

她離開營區並不是要來狩獵的。她跟灰毛和樺掌正在前往亮心發現的那塊苔蘚空地的半路上。但當他們從荊棘通道出來時卻遇見了棘爪，他剛結束對蛛足和雨鬚的訓練。

「妳要去哪裡？」他問松鼠飛，示意另兩位年輕戰士們先走。

「灰毛要教樺掌一些打鬥動作，」松鼠飛說，故意忽略這隻虎斑戰士的挑釁語氣，「我想我可以幫得上忙。」

「那妳就想錯了，」棘爪反駁：「樺掌的導師是灰毛，又不是妳。如果妳想找事情做，長老們需要幫忙抓身上的蝨子。」

松鼠飛縮起嘴唇準備咆哮，「你少命令我！」

「那就不要這麼不負責任，」棘爪回嘴說：「就算有了新見習生，要做的事情還是很多。」他憤怒地揮動尾巴消失在通道裡。

「我們還是自己去好了，」灰毛說。他看了樺掌一眼，這段對話讓樺掌聽得睜大了眼睛，眼裡滿是驚嚇，「沒必要惹麻煩。」

「惹麻煩的是棘爪！」松鼠飛澄清，但她不得不承認灰毛說的或許沒錯。他們在舊家時，導師和見習生通常是單獨訓練的。「待會見。但我不會去替長老抓蝨子，」灰毛和樺掌走向空地時她又補充說：「我可不想讓棘爪以為我會聽他的話。」

隨著她走離營區愈來愈遠，棘爪的作為也變得愈來愈有理可循。他一定在嫉妒灰毛被選為樺掌的導師。**也或許是因為我一直跟灰毛在一起，而不是他，**她突然想到。**但他顯然清楚傳達了對我的感覺，因此根本沒有權利表現得像隻被蜜蜂螫到的獾一樣！**

她決定去狩獵一陣子，替獵物堆作點良好貢獻。她可不會讓棘爪稱心如意地斥責她沒盡到戰士之責。

突然一陣影族的惡臭向她襲來。原來她隨意漫步竟來到了邊界旁，就在枯木不遠處。一個心跳過後她聽見一聲激烈的嚎叫，之後又傳來打鬥中貓兒的尖喊。她凝住不動。難道她不小心走過了邊界？

在她前方幾個尾巴遠的影族那邊，一處樹叢猛烈搖動起來，兩隻貓兒嚎叫著纏扭成一團滾出來到空地上。其中一隻是褐皮，另一隻則是毛色黑白相間的大公貓，他住在影族領域中兩腳獸巢穴裡。

松鼠飛聽到褐皮發出痛苦的尖叫，原來那隻寵物貓用牙齒緊緊咬住了褐皮的喉嚨。她不能就這樣眼睜睜地看著她的朋友被殺，於是她衝過邊界，飛身撲向那隻公貓。

「放開她！」

她的爪子朝他身側掠下，然後趁他想扭開身體時用力咬了他尾巴一口。他發出一聲混合了痛苦和憤怒的吼叫，褐皮於是從他口中脫身，在他身邊團團轉著好對準耳朵出爪。寵物貓翻過身用強有力的後腿對這兩隻母貓一輪猛攻，然後跳著逃進樹林。

松鼠飛連忙上前看他在眼前消失，不久褐皮也趕過來氣喘吁吁地站在她身邊。

「謝謝，」她喘著氣說：「我沒想到他會襲擊我。」

「不客氣，應該的。」

褐皮眼中露出驚恐的神色，目光小心翼翼地左右移動，好像認為每棵樹後面都有敵人似的。松鼠飛跟她靠得很近，可以察覺發自她朋友身上的恐懼氣味。她實在不懂，褐皮是隻勇敢的戰士，而且還在她自己的領域裡，「有什麼問題嗎？」她問。

警惕的神色在褐皮眼中一閃而過，然後她搖了搖頭，「什麼問題我們都可以解決。」

「是哦，刺蝟還會飛呢，」松鼠飛駁斥：「拜託，褐皮，我看得出來妳在煩惱。絕不會是因為那個臭傢伙吧？」

「松鼠飛，少管閒事行不行？」褐皮厲聲說：「妳根本不該來這裡的。巡邏隊沒發現妳，妳就該謝天謝地了。」她跳開走入影族領域深處。

一陣焦慮傳遍全身，松鼠飛確定附近沒有其他貓，然後趕上她的朋友：「褐皮，等等！」

褐皮在一棵松樹樹影下止步，「松鼠飛，妳這鼠腦袋！」她低聲說：「快回去！如果巡邏隊在這裡逮到妳，他們會把妳耳朵都扒下來的，而我讓妳闖進來這麼遠也會惹上大麻煩的。」

松鼠飛不理她。她仔細審視著她，發現她朋友變得很瘦，胸前的肋骨像樹枝般明顯可見，毛皮也粗糙不整。看起來剛才這場打鬥並不是讓她如此疲累的唯一原因。「我不回去，」松鼠飛頑固地說：「除非妳告訴我發生了什麼事。」

褐皮嘆口氣，「妳就是不死心，對吧？」她悄悄走回松樹樹蔭下，讓長在低處的樹枝掩蓋住她們以免被巡邏隊看見。

松鼠飛在她耳旁安慰地舔了一下，「說吧，妳可以告訴我的。」

「妳知道那隻黑白相間的公貓是從哪來的吧？」褐皮開口：「就在我們領域裡的兩腳獸巢穴內。這裡還有另一隻寵物貓，是隻虎斑貓。」

松鼠飛的尾巴捲了起來，「妳以為我會忘嗎？他們差點把我毛都扒掉了！」**要不是棘爪來幫忙，我就逃不開了，**她對自己補充。

「呃，影族跟他們有點麻煩。」褐皮不情不願地解釋。

「跟寵物貓有麻煩？影族？」松鼠飛重複道：「妳是說一整族的戰士都解決不了幾隻寵物貓嗎？」

「一點也不好笑，」褐皮回嘴：「昨天他們逮著了單獨出遊的爪掌，襲擊他後就一走了之；雖然爪掌勉強拖著受傷的身子回到營區，但他最後還是死了。」她低頭看著自己的腳掌。

「噢，褐皮，對不起！」

褐皮繼續說著，她的語氣淡漠，彷彿累得無法認同松鼠飛的恐懼，「花楸爪是爪掌的導師，他帶領巡邏隊要去復仇，但寵物貓一看到他們就逃回巢穴。兩腳獸還對巡邏隊丟擲硬物，杉心的腿受了重傷。」褐皮皺起嘴脣：「那些寵物貓懦弱極了，他們只追擊衰弱或落單的貓。」

松鼠飛把臉靠向褐皮身側，「雷族會幫忙的，」她保證：「我馬上回去告訴火星。」

褐皮凝視著她，「別這麼鼠腦袋了！這是我們影族自己的問題。」

「那又怎樣？雷族絕不會讓你們被攻擊而坐視不理。」

褐皮的難過轉為反抗，「妳這是在說我們影族不夠強大，連幾隻寵物貓都解決不了嗎？」

「噢，你們最後會有辦法解決的，」松鼠飛同意道：「但在那之前還要死傷多少隻貓呢？兩個部族團結起來，合力想個辦法好好教訓那些臭傢伙，叫他們不敢再放肆，這樣又有什麼錯？你們要是拒絕送上門來的援助，那就太蠢了。」

有一個心跳的時間褐皮的雙眼燃燒著，松鼠飛想起她是個極難對付的鬥士，勉強克制自己不要畏縮；然後這隻玳瑁色毛的戰士又放平了她的毛：「那得讓黑星來決定。」她說。

松鼠飛在她耳旁保證似地舔了一下，「我馬上回來。」她答應她。

她衝過邊界跑回雷族營區，毫不理會是否有別族的貓看到了自己。雷族一定要幫忙！他們辛苦了這麼久可不是為了要看別族被幾隻寵物貓給趕走的。

看到荊棘圍籬時她慢下腳步，讓自己緩過氣好清楚告訴火星發生了什麼事情。幸好在她擠身穿過通道時，第一個看見的就是她父親——他蜷伏在一堆獵物附近，正跟沙暴共享一隻田鼠；塵皮和灰毛坐在不遠處，正交頭接耳地談論著；再過去幾個尾巴長的地方是自顧自吃著的棘爪，狼吞虎嚥地吞食著一隻林鴿。

松鼠飛跑了過去，「我剛才看到褐皮。」她把剛才那位影族戰士所說的事告訴她父親，「那兩粒狐狸屎把他們搞得恐懼不安。」她上氣不接下氣地說完，「我跟褐皮說我們會過去幫忙。」

「妳又沒有權利對她說這種話。」塵皮咆哮。

松鼠飛氣得豎起了毛，但火星揮動尾巴要她保持安靜，「每個部族都應該自我防衛，這點是沒錯的，」他同意地喵道，「這是戰士守則的一部分；但如果我們在兩腳獸對森林大肆破壞之時還遵守這項守則，還會有今天嗎？搞不好兩腳獸的怪物早就把我們全都殺死了。」

「那麼你會讓我們去支援了？」松鼠飛熱切地詢問：「別忘了我是先在我們領域裡看見那個虎斑臭傢伙的。如果我們不設法阻止他們，我們自己也會惹上麻煩。」

「我去。」

棘爪在她身後開口，把松鼠飛嚇了一跳。她完全沒注意他已走來聆聽。

火星對這隻虎斑戰士抽動耳朵，「我還沒說有哪隻貓可以去。」

「我想我們不該去，」塵皮喵聲說道：「我們還沒從那次旅行中完全恢復，我們的一隻巫醫又到別族去幫忙了……火星，你不能把每隻貓的麻煩都攬在肩上。」

「不，但我們可以盡力，」沙暴表示，同時用她淡綠色的眼睛凝視了他好久，「松鼠飛說有位見習生被殺了。如果死的是樺掌呢？」

這問題讓塵皮沉默了。

「那你會派出巡邏隊嘍？」棘爪問：「難道你忘了褐皮是我姊姊？我為了她連命都可以不要，更別提幾隻寵物貓了。」

「我也是，」松鼠飛加了句，「我們曾經跟褐皮一起旅行過，不能坐視不管！」

棘爪瞇起眼睛注意著她身後的某樣東西，她轉身看到灰毛正在走近。他看來有些困惑，走上前與她碰了碰鼻子。

「我們一定要幫忙影族，」她喵聲說著，擔心他會反對。「你一定會了解的，對吧？」

「我了解妳為何有此感受，」他回答：「妳對朋友很忠實，我也不希望妳這點會有任何改變。」

松鼠飛感覺喉嚨裡正升起一陣咕嚕聲。她緊靠著灰毛的肩，心裡很清楚棘爪正四肢僵硬地站在她另一邊。

「很好，」火星喵聲說道：「我們就派巡邏隊。棘爪，由你來領隊，但你必須先跟黑星談過才能有任何行動，如果他不要你出現在他們領域裡，你就得立刻回來。這樣懂嗎？」

「是，火星。」

「松鼠飛，妳最好跟他一起去。」這位族長的鬍鬚顫動著，「反正妳是一定會去的，還不如直接答應妳。」

松鼠飛的尾巴捲了起來，「謝謝你，火星！」

「棘爪，多找幾隻貓陪你一起去，」族長繼續說：「然後就可以立刻動身。」

棘爪點點頭跑過空地朝戰士窩奔去，消失在樹枝間。

「我也去。」灰毛自告奮勇地提議。

「不，我不同意。」火星喵聲回答，然後在這隻灰毛戰士垂頭喪氣的當兒又接著說：「我聽說你答應要帶樺掌去狩獵。你不想讓他失望吧？」

灰毛嘆口氣，低聲喵道：「當然不會，火星。」松鼠飛這才想到棘爪大概也不會選他加入巡邏隊。在等待這隻虎斑戰士回來的時候，她的爪子在地上不耐煩地刮著。

「我猜要妳小心點大概也沒用。」灰毛意氣消沉地說。

松鼠飛用尾巴梢輕觸著他的肩，「別擔心我，」她說。她想起這一次跟寵物貓打鬥的情景——她早該想到他們會惹出更多麻煩的！想到要復仇，她肩上的毛豎了起來。「我們不會有事的，」她對灰毛承諾說：「我們會讓那些寵物貓希望自己從來沒聽過貓族的名號！」

第十二章

棘爪再度從窩裡現身，身後是蕨毛、刺爪、雲尾和雨鬚。松鼠飛衝過去加入他們。

「祝妳好運！」灰毛喊道。

松鼠飛揮動尾巴道別。一走過荊棘通道，她就跟上棘爪走在巡邏隊前方。

「褐皮應該就在我離開的地方等著，」她喵聲說道：「她可以跟我們去見黑星。」

棘爪點點頭，「好，那就請妳帶路。」

他跟著她小跑步走過樹林，只為了保留體力在抵達時備戰。

「你有什麼計畫嗎？」刺爪問道。

「完全沒有，」棘爪回答：「我們會告訴黑星我們是來幫忙的，要我們赴湯蹈火都在所不辭；如果他要我們留下，我們就跟他們一起籌劃對策。」

褐皮就坐在邊界旁，蜷伏在一處枯黃的蕨葉下，隱藏住一身淡黃色的皮毛。看到弟弟和他所帶來的巡邏隊，她立刻跳了起來，眼神看來放心了許多。

「看吧？」松鼠飛喵聲說：「我就說火星會幫忙的。」

棘爪和褐皮碰了碰鼻子，「帶我們去見黑星。」棘爪命令道。

褐皮轉過身，迅速走過樹叢深入影族領域。不久光禿禿的樹木就被一片深色松樹所取代，遮蓋住大部分的光，掉落的松針鋪蓋著他們腳下的地面，愈走地面愈軟。他們涉水走過一條小溪，冰冷的溪水在淺淺的河床上流過，溪的兩邊各有平緩的山坡。影族的氣味愈來愈濃烈，松鼠飛才發覺他們已經接近了營區。

這裡的地面坡度比較陡，掉落的松針間有著突出的岩塊，上面山坡的樹木生長得更為茂密，遙遙守著一塊寬而淺的下坡地邊緣，坡地上幾乎滿是樹叢。松鼠飛認得這裡是她和朋友們第一次探索這塊領域時來過的地方。那時候沒有貓兒預料得到，寵物貓會成為麻煩，但現在她開始懷疑影族的營區是否距離兩腳獸的巢穴太近了。

儘管從營區飄來一股恐懼與傷痛的氣味差點讓她無法呼吸，松鼠飛一開始仍然沒看見任何貓兒，反而當他們在空地邊緣等待時，下方的樹枝發出沙沙聲，黑星出現了。他幾個縱跳就走上來，全身的毛都豎立著。

「這是怎麼回事？」他嚴厲地質問：「影族裡有雷族貓？褐皮，妳跟這件事有關嗎？」

褐皮在她族長面前低下了頭：「松鼠飛幫我趕走了一隻寵物貓，我告訴她這些貓造成的麻煩，她就帶了雷族巡邏隊來支援我們。」

黑星喉嚨裡發出一陣怒吼，「妳竟然把我們族裡的問題告訴別族的戰士？」

褐皮毫不畏縮地凝視著他：「我告訴了松鼠飛，她是朋友。」

「褐皮是我姊姊。」棘爪補充說，往前踏一步站到她身邊。

黑星輕蔑地哼了一聲，「褐皮優先的效忠對象應該是她的部族——至少應該如此。」

這隻玳瑁色的戰士豎起全身的毛，「黑星，你完全沒有理由懷疑我的忠誠。」

影族族長的眼神掃過六隻雷族貓，「妳把這幾位戰士帶入營區，難道還期待我會相信？」

「如果你有任何異議，我們會立刻轉身回家，」棘爪喵聲說道：「只要你開口。」

「黑星，別傻了。」這是杉心的聲音。這隻灰毛公貓從樹叢掩映間吃力地爬出來，攀爬上坡站在族長身邊。松鼠飛看到他有隻腳跛了，然後想起褐皮曾經說過他在跟寵物貓打鬥時被兩腳獸弄傷了，「只靠自己，我們無法解決問題的。」

「杉心說得不錯。」花楸爪也並肩而站，「那些寵物貓殺了我的見習生，任何能幫我扒出他們內臟的貓兒我都歡迎。」

黑星遲疑了一會兒，眼光從一位戰士身上轉到另一位，注意到他們燃燒著憤怒的眼神和豎立的毛，「很好。杉心，你去找枯毛。我們也派出巡邏隊跟這幾位雷族戰士一起到兩腳獸巢穴去。可是你不能去，」杉心正要退回樹叢時他加了句，「你還沒復原到可以打鬥的程度。」

杉心憤怒地瞪他一眼但沒有回嘴，然後消失了。

「黑星，我想我們還是不要殺掉那幾隻寵物貓，」棘爪在他走了之後喵聲說道：「甚至也不要把他們打成重傷。」

「什麼？」花楸爪在他族長還未回答之前就呸了一聲，「他們殺了我的見習生耶，我要報仇！」

「如果我們殺了寵物貓，兩腳獸就會來報仇。」棘爪用他冷靜的琥珀色眼睛凝視著這位影族戰士，「牠們一定知道你們在這裡。」

「沒錯。」雲尾一掃尾巴，「兩腳獸也有自己的小族群。」他繼續說時還打了個顫，「我被困在裡面過一次。如果牠們的寵物貓死了，除非把你殺掉或趕走，否則牠們絕不甘休。你也看到牠們在舊森林裡對我們所做的事。難道你想要那情況也在這裡發生嗎？」

「那要怎樣才能阻止寵物貓來煩我們？」花楸爪挑釁地問：「光是跟他們講道理就行嗎？」他不屑地噴氣。

「如果能逮住他們，就能逼他們答應不可以侵犯，」松鼠飛提議：「看到我們這麼多貓在一起，應該會把他們嚇得屁滾尿流。」

「這個主意不壞。」棘爪低聲說。

松鼠飛看了他一眼，開始對他的贊同感到高興。

「這值得一試。」黑星下了決定，他的副族長枯毛閃身從藏身的樹叢間走出，加入影族族貓的行列。另一隻體型較小的影族公貓橡毛跟在她身後。

「好，我們的計劃是這樣，」黑星喵聲說道：「到兩腳獸巢穴，逮住寵物貓然後逼他們答應別再來找我們麻煩；告訴他們如果敢再動我們一根毛，就把他們殺了。」他看著棘爪的目光又加了句：「我是認真的。只要能保護我的部族，我什麼事都做得出來；但這一次，如果沒有必要就不必傷害他們。花楸爪，這樣你清楚嗎？」

這隻薑黃色的公貓低了低頭，嘴裡叨唸著不知什麼話。

「那就出發吧，」黑星繼續說道：「枯毛，妳來帶路。我留在這裡守衛營區。」

他們一定很怕寵物貓，松鼠飛心想，**竟然需要族長留下來守衛營區！**然後她看見黑星斜眼懷疑地看著棘爪。她猜或許他是擔心被雷族的貓兒騙，認為他們其實是想趁他的資深戰士們全都遠離在外時，攻擊他的營區。**真是標準的影族作風啊！**她不滿地哼著。**以為所有貓兒都像他們一樣不可信任。**

「願星族與你們同在。」黑星說完就退回樹叢遮蔭裡了。

影族副族長揮動尾巴把巡邏隊隊員集合起來，帶領他們走過空地邊緣，往下來到另一邊的山坡；棘爪對他的族貓們點點頭，揮動尾巴示意他們跟在後頭。

兩腳獸巢穴就在長滿蕨葉的河岸隱蔽處，枯毛帶他們來到距離那巢穴幾個狐狸身長的遠處停下腳步。兩腳獸巢穴外面圍著一道粗糙的石牆，兩隻寵物貓都坐在牆頭凝望著牆外的樹林。松鼠飛認出其中一隻毛色黑白相間、有一隻耳朵被扯破了的公貓，他就是曾跟褐皮打鬥的那隻；另一隻體型較小，則是幾天前被她趕出雷族領域外的淡褐色虎斑貓。

「他們在那裡！」她說。

枯毛惱怒地抽動一隻耳朵。「安靜！」

這兩隻貓看起來飽足而慵懶，不久後，那隻大公貓開始清潔身體，舌頭無精打采地舔過肩膀。

「他們不知道我們來了，」花楸爪悄聲說：「我們攻擊！」

「不！」枯毛出言斥責：「他們只要一看到我們，就會跑回窩裡找兩腳獸出來。我們根本不是那些動物的對手，就連我都知道。」

「看來我們得把他們引到我們這裡來。」刺爪也出了主意。

「聽著，」說話的是棘爪，他走上前站在枯毛身邊，「假設我們有誰走到那裡——」他對著他們藏身的蕨葉和巢穴圍牆中間的空隙點了點頭，「然後假裝受了傷或生了病，事情就好辦了。如果你們說得沒錯，他們絕不會放過攻擊虛弱受害者的機會；同時，我們有些貓也該搶到他們和圍牆中間，不讓他們逃回窩裡去。」

「好主意！」蕨毛熱切地喵道：「那我們就可以撲過去，好好警告他們別再惹麻煩。」

「妳認為呢？」棘爪問枯毛。

這位副族長的耳朵抽動著，「我的星族呀，」她低聲說：「這隻雷族的貓竟然會動腦筋呢！」在她做下決定之前，松鼠飛不耐地上下跳動，「好，我們就照棘爪的計劃去做，」她這麼決定，「我們需要一隻貓過去當餌。」

「我來當。」松鼠飛和褐皮異口同聲地說。

「褐皮去，」枯毛對松鼠飛揮動尾巴，然後又接著說：「如果他們聞出不一樣的味道，或許會猜出這是陷阱。」

也對啦，松鼠飛心想。

棘爪的鼻子按向他姊姊身上，「別擔心，」他喵聲說：「我們不會讓他們傷害妳的。」

松鼠飛看著褐皮一跛一跛地走到空地，然後彷彿累得再也走不動般身體一傾，倒了下來。

或許那隻黑白相間的公貓會以為她是之前在雷族邊界附近與他打鬥時受重傷的。**才怪呢！**

枯毛決定讓花楸爪、橡毛、棘爪和雲尾偷偷往反方向走，準備在寵物貓一有行動時就截斷他們回到巢穴的退路；其餘的貓兒則留在原地。

「愈安靜愈好，就連在打鬥時也一樣，」枯毛命令大家，「別讓兩腳獸聽見了。」

松鼠飛爬回樹葉裡，雙眼緊盯住寵物貓。他們在褐皮才剛現身時就坐了起來，抽動著雙耳。黑白相間的公貓對同伴喵嗚了幾句什麼，然後兩隻貓就從牆頭一溜而下，大步走過空地，朝褐皮而來。

枯毛立刻用尾巴發出信號，戰士們分成兩隊散開，肚皮緊貼地面躡手躡腳地繞著大圈向中央逼近。兩隻寵物貓都沒注意到；松鼠飛猜想，**他們一定不習慣辨別預料之外的氣味，而且，他們對眼前的獵物太過急切了。**

褐皮側身躺著，胸口上下起伏發出痛苦的喘息聲。寵物貓更逼近時，她還抬起頭來驚慌地喊著：「求求你們別傷害我！」

大公貓把臉湊到她面前，「我們不會傷害妳的，小辣妹！」他嘲諷地說：「我們只不過要扒妳幾塊皮。」

「讓妳嚐嚐闖進我們地盤是什麼滋味。」這隻公貓咬牙說完，在褐皮眼前虛揮一掌。

褐皮畏縮了。松鼠飛聽見棘爪吸了口氣，然後看到這隻身形碩大的戰士把爪子插進地裡，好像完全忘記他姊姊其實並沒有看起來那般無助。

同一時間枯毛也從樹叢裡跳了出來，「攻擊！」

松鼠飛衝進空地，棘爪和其他巡邏隊員也跟著她奔跑。兩隻寵物貓驚恐地看著貓兒如浪潮般湧上要將他們淹沒，嚇得挾起尾巴想逃回巢穴；但另一隊戰士早已等在他們身後，肩並肩地圍成一片貓牆向他們挺進。那隻較小的虎斑寵物貓發出驚恐的尖叫，但大公貓卻毫不遲疑地對著雲尾一個猛衝，讓這隻白毛戰士腳步一晃。他們在地上齒爪並用地扭打成一團，花楸爪跳到他們身上。

褐皮爬了起來撲向那隻虎斑貓。雨鬚和枯毛也加入戰局幫忙，於是松鼠飛衝向那隻正想從對手爪下逃往空地的大公貓。她憤怒地咬著牙，對他的臉用力揮一掌，溫暖而黏稠的血濺上了她的毛；他還擊一掌，她低頭避過，用頭猛撞他胸口，他搖搖晃晃地撞上正從後面趕來的棘爪；松鼠飛搶到他上方，避開那連續揮擊的後腳；一個心跳過後，棘爪就用後半身把他牢牢地壓在地上，花楸爪趕上來，對準那狂揮的黑白尾巴一口咬落。

「這下知道要少惹我們戰士了？」松鼠飛沉聲在他耳邊說。那一刻，她的話是為全部四個貓族說的，如果他們之中有任何貓損傷一根毫毛她就要大開殺戒。

她轉頭往身後一看，褐皮和雨鬚已把那隻虎斑貓緊壓在地上。枯毛對他低吼著說完話，轉身大步走向這隻大公貓。她一語不發地垂眼看他，他也用充滿憤恨的黃色眼睛回瞪著。

「你是寵物貓，屬於你的兩腳獸，」她厲聲說，語氣飽含輕蔑：「現在森林是我們的了，如果你再找我們麻煩，你自己知道會發生什麼事。」

松鼠飛的爪子刺向那隻公貓身上，「懂了嗎？」

這隻黑白相間的貓對她呸了一聲。

「你懂了嗎？」松鼠飛重複說：「還是要我現在就把你喉嚨咬斷？」

「我懂了。」那隻公貓咆哮著說道。

「放開他，」枯毛命令道，又對這隻大公貓說：「回到你的兩腳獸那裡去好好待著。」

松鼠飛和另外兩位戰士不情不願地放開寵物貓。他搖搖晃晃地站起，甩掉身上的血滴。虎斑貓跳到他身邊，垂著頭，尾巴拖在地上。

「快走！」枯毛兇狠地露出牙齒，「滾！」

兩隻寵物貓各自退後幾步，然後轉身逃回巢穴。他們倉皇爬上石牆，消失在花園裡。松鼠飛聽見巢穴的門打開和兩腳獸驚訝的呼喊聲。

枯毛抽動尾巴，結合影族和雷族的這隊巡邏貓跳躍著走進松樹林的影子裡，直到看到營區才停下來。

「我去找黑星。」枯毛邊說邊走到空地邊緣。

褐皮走向棘爪，鼻子湊到他身上，「謝謝你，你們太棒了——你們大家都是。」她抬起頭又加了句。

「是我們的榮幸，」棘爪呼嚕地說：「應該的。」

「這樣不是很棒嗎？」松鼠飛喵聲說道：「我永遠不會忘記那兩隻寵物貓看到我們走來時臉上的表情；還有棘爪，我攻擊那個大惡棍時，你來得正是時候。你簡直棒透了！」

她心頭漸升的溫暖遇上了棘爪把她從耳朵到尾巴梢掃視一遍的眼神，霎時化成了冰：「妳打得也很好。」他冷漠地說，好像不過是在讚賞另一隻見習生。

松鼠飛的爪子陷進鋪滿樹葉的地裡，努力忍住要憤怒駁斥的衝動。她不要在影族貓兒面前跟自己的同族伙伴起爭執，但這份冷漠卻比打鬥而得到的傷口還要更痛。

空地的樹叢發出沙沙聲，黑星出現了，「枯毛說，你們讓寵物貓答應不再來犯。」

「你們應該不會再有麻煩了，」棘爪喵聲說道：「但是如果有，請告訴我們。我們樂意幫忙。」

「謝謝。」黑星的語氣冷靜，「不過我想我們現在可以自己來了。」

他的話有解散之意，而棘爪並沒有嘗試要他改變主意。他尾巴一揮集合起自己的同族伙伴，與褐皮短暫地碰了碰鼻子。「再見，」他對黑星說：「下次大集會時再見。」他轉身，循著來時留下的氣味蹤跡往雷族領域走去。

松鼠飛走在他身後，步伐因滿腔的憤怒而變慢。興奮感已經消失，那股跟棘爪很親近的短暫感覺也結束。他們為何不能當朋友？這種敵對關係無用至極，尤其他們在打鬥時搭配得那麼好。想到棘爪能為影族把舊恨拋在一旁，卻不能為她這麼做，她的肚皮因痛苦而抽動著。

「好，如果他想要這樣，」她低聲說，聲音小得不讓其他貓兒聽見。「我才不關心呢。」

但她跟著同族伙伴回到山谷時，不僅肩膀痠痛，尾巴也在滿地的松針上倒拖掃過。

第十三章

「真希望新葉季快點來，」蛾翅邊說邊用腳掌翻弄著杜松莓，「我們很缺乏藥草。」

「雷族的情形也一樣糟，」葉池告訴她，用尾巴末端同情地輕觸她肩膀，「這個禿葉季這麼長，而我們還不知道該去哪找補給品最好；至少妳的族貓兒們快要康復了。」

「對，這要感謝妳。」蛾翅發出咕嚕聲，然後轉向在巫醫窩外不斷換腳站著的小柳：「讓每隻貓吃兩顆杜松莓——除了小鰷和小礫之外。給他們各一顆就好。妳還記得杜松莓的功用嗎？」

這隻小灰貓一腳半舉在空中，正準備用爪子戳取幾顆莓果。「肚子痛，」她開口，瞇著雙眼努力回想著，「可是他們快康復了，肚子也已經不痛啦。」她遲疑地說，表情困惑；然後雙眼開始發亮，「體力！」她勝利地叫著：「妳要給他們吃杜松莓好讓他們恢復體力。」

「非常好！」蛾翅呼嚕地說著。她看著這

隻小貓用三隻腳離開，把杜松莓拿給曙花。「她幫了好多忙——葉池，妳也是。沒有妳，我的族貓全都會死。」

「我可不認為，」葉池，對朋友的讚美有些難為情，「妳一直都知道該用什麼做治療。」

她在河族的第三個夜晚即將結束。陽光斜照在露水上，使每片葉子利如刀鋒的邊緣都閃閃發亮，葉池確信這陽光比以前更溫暖了。新葉季就快來了。

不再有河族貓兒生病。霧足組織一群最健壯的戰士，去清理營區附近所有的銀綠色液體痕跡，而鷹霜也在那兩腳獸物體周圍做好了屏障，並確保每隻貓都知道該對那裡避而遠之。

同時，所有曾中毒的貓兒也都逐漸康復。沉步已經返回了長老窩，小鱒和小礫也再度有足夠體力去惹麻煩。他們現在正在溪邊，把一隻腳伸進水裡好像正在假裝抓魚。

「離水邊遠一點！」蛾翅喊著：「如果你們掉進去我可沒時間救你們。」

兩隻小貓互看了一眼退後了幾步，然後又開始繞著圈子互相追逐。

「他們得回到育兒室去，」蛾翅嘆口氣：「曙花的體力還管不動他們，但我會請苔皮幫忙。他們留在這裡只會惹麻煩。我就看到小鱒昨天在我藥草堆裡嗅來嗅去的。」

葉池發出饒富興味的喵嗚聲：「他們大概嫌肚子痛得還不夠，想多吃錯一些藥草。」

她站了起來，從容地伸展身子。溪岸上的病貓們開始清醒：曙花翻身側躺好清洗她肚皮的毛，田鼠掌張開嘴打個超大的哈欠坐起身來。沒有一隻貓看起來不舒服或有病痛。

「我差不多該走了，」葉池喵聲說道：「妳這裡不需要我了。」

蛾翅眼中閃過一絲不捨，但她還是點了點頭，「能跟另一隻巫醫合作的感覺真好。但我知道妳必須回去。」

「妳要走了嗎？」小柳跳上前想再拿幾顆杜松莓，「葉池，我們會想妳的。」她又遲疑地對蛾翅加了句，「妳還需要我幫忙嗎？」

「當然需要。」蛾翅向她保證。

小柳翹直了尾巴，雙眼發亮。

葉池沿河岸走著，跟那些已經醒來的貓兒說再見。回到蛾翅的窩時，她看見豹星出現了。

「蛾翅跟我說妳要走了，」這位河族族長說：「葉池，請帶著全河族的謝意回去吧。」

葉池低下頭來，「任何巫醫都會這麼做的。」

「我們永遠不會忘記，」豹星告訴她：「祝妳旅途平安，也代我向火星道謝。」

葉池向朋友道別，沿著小溪下行來到湖邊，在淺灘處涉水到對岸，走過樹橋。沒有遵守承諾去見鴉羽，她希望他不會太生氣。在她徬徨趕去救助病貓的第一天她就把他忘了，而之後的兩個晚上她實在太累；而且，在這一次讓他失望後，她也不知道他以後還願不願意再等她。

她抵達風族領域時一直注意著沼地，既期待看到他精瘦灰黑的身形向她奔來，同時也擔憂著；或許這樣結束比較好，讓他以為她並不感興趣。她似乎無法讓他了解，這件事對她來說有多麼嚴重。

但唯一注意到她的風族貓兒卻是高高在半山坡上的巡邏隊；因為距離太遠，她辨認不出他們是誰，只能確定裡面並沒有鴉羽。她感覺自己似乎能夠從湖的這一頭認出他黑亮的身軀。

接近山谷時，雷族貓兒的溫暖氣味充斥在她身邊。她喉嚨裡發出高興的咕嚕聲，帶著回家的高興心情，熱切地穿過荊棘通道。

火星正在育兒室門口跟雲尾說話，「我看不出黛西怎麼能夠成為戰士，」葉池走近時聽到他這麼說：「但你要教她一些打鬥動作當然沒問題。如果要在野地裡生活，她就要有能力保護自己和孩子。」

雲尾眼睛發著光，「她不會有問題的。」他一口答應，就消失在蕨葉中趕著去告訴她。

火星懷疑地搖著頭，看到葉池時又站直身子，「歡迎回來，」他高興地呼嚕呼嚕叫，並用鼻子碰著她耳朵，「河族那邊怎麼樣？」

「我剛到的時候情況非常糟糕。兩腳獸在他們領域裡留下一些有毒的黏稠物。」葉池描述起她所發現的事，以及她如何幫忙蛾翅照顧病貓，「但現在都沒事了。」她說完。

「妳做得很好，我就知道妳是優秀的巫醫。」她父親低下頭舔了舔她的耳朵，「我非常以妳為傲。」

葉池歡喜地全身刺痛，「我該去找煤皮了，」她喵聲說道：「少了我幫忙，她一定忙得不可開交。」

她跳著走過空地，進入煤皮在蕨葉屏障後的窩：「煤皮，我回——」來到窩入口處的她忽然住口。雨鬚伸出一隻腳掌躺在沙地上，而亮心正努力替他舔著肉掌，「這就對了，」她喵聲說：「現在我應該可以把刺弄出來了。」

雨鬚的肉掌上有一根刺。亮心小心翼翼地用牙齒咬住往外拉，刺輕易地被拉了出來，接著噴出鮮紅的血。

「看來沒事了，」亮心低聲說，用鼻子頂著那根刺來檢查腳掌裡沒有殘留的碎屑，「好好舔舔你的腳掌，你很快就能正常行走了。」

「亮心，謝謝妳。」雨鬚說。

葉池身上的每一根毛都因驚嚇而豎起。雷族需要幾隻巫醫？她知道亮心自願在她不在時幫煤皮採集藥草，但卻從沒想到亮心會擔當起巫醫的其他職務。

亮心抬起頭，「噢，嗨，葉池。妳回來啦。」

葉池還來不及回答，煤皮就從窩裡現身，啣了滿嘴的琉璃苣葉，「這些給妳，亮心，」她說著放下藥草：「這些應該能夠治療鼠毛的高燒。」

亮心立刻跳起來，「謝謝，我馬上拿去給她。」她張嘴叼起藥草，匆匆走到長老窩去。

葉池在跟刺一樣尖利的嫉妒中掙扎著。看來這裡已經不需要她了！接著她告訴自己不要反應過度，她應該感激亮心讓她能夠去幫助河族。

溫暖的舌頭舔過她耳朵，「歡迎回來，」煤皮喵聲說道：「告訴我全部的事情經過。」

葉池坐了下來，尾巴整齊地放在腳掌上，努力把亮心拋在腦後。幫忙取刺和拿藥草並不能就算是巫醫吧。

我回家了，一切很快會恢復正常的。

向煤皮報告完後，她走到獵物堆找東西吃；她的肚子咕嚕叫著，因為自從離開河族她都還沒吃過東西。當她正要咬下一隻胖田鼠時，松鼠飛和灰毛嘴裡叼著大量獵物出現。

「嗨，」松鼠飛說，在獵物堆上放下嘴裡的東西，「又見到妳真好。妳絕對猜不出來妳不在時發生了什麼事！」

「發生了什麼？」松鼠飛的眼裡閃著滿足的光芒，所以應該不會是壞事。

灰毛的鼻子掃過松鼠飛身上，「妳把事情全部告訴葉池，」他喵道：「我回去拿妳抓到的那隻松鼠。」

「謝謝。」松鼠飛對他抽動耳朵，「待會見。」

葉池心不在焉地聽松鼠飛說著影族寵物貓的事，嫉妒的刺痛再度攫住了葉池。她姊姊和灰毛相處得這麼融洽，他們合作無間，在戰士窩裡並頭而睡。為什麼她和鴉羽就不行？**因為妳是巫醫**，她提醒自己。就算鴉羽是雷族的貓，她也沒有愛的權利。他們要在一起完全沒有希望。

「妳沒事吧？」松鼠飛說到一半便住口，擔憂地看著葉池：「河族那邊都沒事吧？」

「對，現在都沒事了。」葉池真想對姊姊傾訴內心的苦悶，但卻不敢相信任何貓兒。她只好強迫自己坐下吃起田鼠，並對寵物貓突襲事件恰當地表示敬佩。

星族呀，為什麼事情非得這麼困難不可？

⚡⚡⚡

夕陽西沉時葉池仍然感到困惑，但她才在自己的小窩裡躺下，卻幾乎立刻就睡著了。她發現自己蹓躂在樹林深處，一個她經常與星族戰士們一起散步的地方。

「斑葉？」她喊。她渴望能跟她談談，想確定這位戰士祖靈沒有因為她思念鴉羽而對她施加懲罰，「妳在嗎？」

但那裡卻沒有巫醫的那股甜香。一叢蕨葉成拱形覆蓋在她頭頂，她抬眼想看上面的星光戰士，粗大的樹枝卻擋住了她的視線。樹枝發出淒慘的吱嘎聲響，吹動樹枝的風用冰冷的爪子刺探著她的皮毛。

「祢們在哪裡？」她突然感到驚慌，「斑葉、羽尾，別拋下我！」

她想起在月池邊作過的夢，她無法弄懂戰士祖靈所說的話。她直覺地認為戰士祖靈現在不在這裡；也許她永遠失去祂們了。她開始奔跑，爬過交錯的樹根，強迫自己走進荊棘叢裡。

最後葉池在樹木間看到一點微弱的光。她朝光亮跑去，一直來到空地邊緣才停步大口喘氣。透過樹葉灑下的光卻是灰白而暗淡的，並不像她所熟悉的銀色燦爛星光。那光沉重地落在厚厚的一層枯葉和微微發光的一叢蕈上。

空地中央是塊灰石，斜置在由枯葉堆成的腐土上。一隻巨大的虎斑公貓蜷伏在石頭上，四腳收在身體下，目光定定注視著坐在石頭下方的兩隻貓，這兩隻貓也朝向他。

葉池發出一聲驚喊，聲音之大使她以為這三隻貓一定聽得見，於是她驚恐地縮回最靠近的樹幹後面。她立刻就認出了地上的那兩隻貓——一隻是跟她同族的棘爪，另一隻則是他同父異母的弟弟鷹霜。從這兩隻貓的組合看來，她可以猜出石頭上那隻巨大公貓的身分，他跟這兩隻貓非常相似。

他一定是他們的父親虎星！

第十四章

全身發抖的葉池凝視著空地。如果虎星往這邊看，她覺得他琥珀色的眼神彷彿能把這塊樹幹燒掉，讓她無處藏身，不過，虎星的目光卻停駐在他的一對兒子身上；但這是夢啊！是他在他們熟睡時把他們叫來，就像巫醫跟星族一起夢中同遊那樣？他把他們帶到葉池從未來過之處，而這是活著的貓絕不會踏入一步的永夜之地。她猜想，就連星族也從未呼吸過這林子裡的潮溼空氣，或在林子裡暗淡的光線下行走。

「勇氣勝過一切，」虎星正在說：「你們當上族長之後別忘了這點。」

鷹霜說了句什麼話，葉池沒聽清楚；虎星不耐地抽動尾巴。

「戰鬥時的勇氣當然很重要，」他暴躁地說著：「但我指的是處理族裡事務時的勇氣。他們必須接受你的領導，如果有任何異議，你就用你的尖牙利爪來加強決策。」

葉池不敢置信地睜大雙眼。火星可從沒攻擊過族裡的任何成員，就連朋友與他意見不合時也沒有過。

「軟弱很危險，」這隻大虎斑貓繼續說：「你必須把心裡的懷疑隱藏起來——最好根本就不要有絲毫懷疑。你必須永遠確定所做的一切都是對的。」

葉池猜想，在虎星殺害紅尾、設計謀殺藍星好當上族長時，他的感想就是如此嗎？當他率領狗群進入雷族營區展開報復，又把血族帶入樹林幫他強迫其他貓族屈服時，都確定自己是對的嗎？

鷹霜冰藍色的眼神定定看著他父親，顯然聽進了他說的每一個字。棘爪背對著葉池，因此葉池無法看到他的表情，但他的耳朵卻抽動著。冰冷的爪子抓住了她的心。虎星在訓練他兒子，就像戰士訓練見習生去戰鬥那樣！他想讓他們成為跟他一樣的冷血暴君。

「但我們怎麼當上族長？」棘爪問：「我想火星永遠不會讓我當副族長。我甚至連見習生都還沒有。」

虎星肩上的毛豎了起來，「你打獵時難道會期待有老鼠自己跳進嘴裡嗎？」他咬著牙說：「不，你感覺獵物、跟蹤牠，然後突襲。權力也是這樣，你不去追求就永遠得不到。」

棘爪低聲說了什麼，葉池看到虎星頸上的毛又放平了。

「別擔心，」他說：「你們兩個都有真正的戰士精神。只要緊緊跟隨我的腳步，我知道你們一定會成功的。」

「會的！」鷹霜跳了起來，「你怎麼說我們就怎麼做。」

他的熱切使葉池全身冰冷。這隻嗜血的貓會要兒子們做出什麼事？她顫抖著退後幾步，雖然她覺得自己沒有弄出聲音，大虎斑貓卻開始左右張望，並且注視著她藏身的陰影。

驚恐至極的葉池轉身狂奔，在樹根和垂地的蕨梗間跌跌撞撞地跑，用追趕的聲響和掐上她脖子的大爪來激勵自己快些。陰暗的樹林沒有往外的小徑，四周都是無盡延伸的樹林，沒有鳥鳴、沒有獵物移動的沙沙聲，更沒有任何動物在這些陰暗樹叢裡行走的痕跡。

我在哪裡？葉池無聲的哀號沒有得到回答。是什麼帶她來到這個星族也沒踏入一步的地方，還有嗜殺貓的鬼魂在夢裡召喚兒子？

在驚慌中狂奔的葉池沒有注意自己的去向。腳下的地面突然空了，她恐懼地大叫一聲跌入了黑暗。她的身體砰地一聲跌落地面，讓她一時喘不過氣來。

她眼睛驀然張開，發出驚恐的尖叫。一隻虎斑貓的頭就在離她只有一隻老鼠身長之外，琥珀色的眼珠凝視著她。

「妳沒事吧？」棘爪喵聲問著。

葉池連忙坐起，苔蘚塊掉了一地。她在自己的巢穴裡。黎明乳白色的光漸漸染白了樹梢上的天空。

「葉池？」棘爪的語氣充滿擔憂。他身上的毛凌亂不整，還黏了幾片蕨葉，彷彿才剛從戰士窩裡的巢穴爬起來，「發生什麼事？我聽到妳尖叫。」

「是嗎？沒——沒事，我沒事。」葉池懷疑地看著棘爪。他是來說他曾在自己夢裡看到她？

「今晚火星要選去大集會的貓兒，」他喵聲問：「妳可以去嗎？我知道妳昨天走了很遠的路。」

葉池全身從耳朵到尾巴都鬆懈了下來。如果棘爪真做了相同的夢，那麼他並沒有注意到在暗處的她；但想到不知他是否注定要在陰暗樹林裡會見他父親，她突然又緊張起來。虎星究竟要他做什麼以確保能當上族長呢？

她站起來，仍然感覺有些不安但她決定要隱藏住，「我沒事，」她重複地說著：「告訴火星我想去。」

棘爪點點頭，轉身離去。葉池深呼吸了幾口，開始迅速梳理身子。她完全忘記今夜是滿月；雖然全身都因恐懼而刺痛著，她仍然想親眼看到鷹霜和棘爪在一起，他們睡覺時會不會洩漏祕密呢？在此之前，虎星在夢中和他們見過幾次面？

葉池知道沒有其他貓能給她建議。火星和煤皮都嚴肅看待星族給她的夢，但這個夢卻不同，她不敢把這個夢告訴他們；她不敢想這個夢代表的意義，因為她從未聽過有其他任何巫醫到過那個地方。在那樹林裡，她感到距離戰士祖靈更遠了；如果她完全失去與祂們的聯繫，是否會被貶入那個陰暗的地方，永遠在裡面遊蕩而再也無法回到光明呢？

雖然現在還早，但她知道自己沒有辦法再回去睡覺。煤皮還在窩裡，因此葉池決定出去採集藥草。多找一些琉璃苣葉應該不錯，尤其現在鼠毛還發著燒。

她知道有一叢琉璃苣長在靠近兩腳獸棄穴的地方。葉池躡手躡腳地走出營區，沿著廢棄的小徑走著。陰暗多雲的天空出現陽光，溫暖地照在她身上。地上到處是剛萌發的綠芽，樹上滿是花苞，鳥兒在頭上鳴唱，這表示新葉季來臨時將會有許多獵物。這座樹林更與她夢中去過的陰暗之地截然不同，但葉池卻無法擺脫那股恐懼，而且每走一步就回頭張望。

當她看到這座崩塌的巢穴，周圍陰暗的洞孔彷彿一對對眼睛凝視著她時，全身都起了雞皮疙瘩；但她鼓起勇氣更大步走進樹林，嗅著尋找她要採集的琉璃苣。有什麼好怕的，不過是一隻走進虎星樹林裡的貓罷了？

帶著滿意的芳香琉璃苣葉正準備回去的她，在蕨葉叢之後瞥見有個蒼白的身影一閃而過。她好奇地繞過蕨葉，發現自己來到貓兒做打鬥訓練的苔蘚空地邊緣。雲尾和黛西在那裡，雲尾豎著耳朵站在黛西身前。

「不，」他喵聲說：「妳要打我，要很用力。」

黛西澄澈的藍眼睛對他眨了眨，「但我不想傷你。」

雲尾的尾巴捲了起來，「別擔心，不會的。來，再試一次。」

這隻來自馬廄場的貓懷疑地看了他一眼，然後向他衝去，邊跑邊迅速揮出一擊。雲尾低頭避開，從下方勾住黛西腳掌，使她跌在草地上，四腳打結尾巴凌亂。

「不公平！」她哀嚎著：「你又沒說會這樣。」

「是沒錯啦。」雲尾語氣裡忍不住透出一絲笑意：「但難道妳認為打鬥的時候，敵方戰士會走上前來說，『小心了，我現在要把妳推倒』嗎？」

黛西尾巴一揮，「我又不是非要打架不可。」

「妳錯了。」雲尾的眼神變得嚴肅，「如果別族來攻擊我們——或遭到狐狸或狗等其他動物攻擊——妳必須知道怎麼保護自己。如果妳做不到，就很可能受重傷。」

「噢，好吧。」黛西舔了舔胸前乳白色的毛，「再示範一次我該怎麼做。」

葉池心想，雲尾若真想把這隻寵物貓教成訓練有素的戰士，看來只有好好地下一番苦功了。黛西看來完全沒有任何打鬥細胞，這隻白毛戰士卻很有耐心地教她。葉池想起在亮心被狗群攻擊後，必須從頭學起如何打鬥和狩獵時，他也對她展現出無比的耐心。或許他也有辦法讓黛西成為戰士。

想到亮心，葉池就想趕快回營區去。她還是不喜歡那隻黃白毛的母貓做著屬於她的工作。走過雲尾和黛西身邊時，她揮動尾巴打招呼；離開空地時她聽見雲尾在說：「這次妳就假裝我是一隻獾，正準備吃掉妳的孩子。」

「但我的孩子非常喜歡你啊。」黛西抗議道。

等葉池回到石頭山谷，更多戰士起來走動了。她對正帶領蛛足和棘爪展開狩獵巡邏的沙暴點了點頭，就回窩裡去找煤皮；但從窩裡出來見她的卻不是煤皮，而是亮心。

「琉璃苣！」這隻黃白毛夾雜的母貓大喊：「謝謝妳，葉池。我們簡直一片也不剩了，而鼠毛的高燒卻還沒退呢。」葉池才剛把琉璃苣放在窩門口，她就抓起幾根匆匆跑向一叢荊棘，長老們就睡在彎曲的榛樹叢下。

葉池不滿地發出噓聲，腳掌朝最靠近的蕨葉用力一揮。亮心表現得好像她才是巫醫，而葉池只是她的助手。

「怎麼啦？」煤皮從她的窩口現身，對剩下的琉璃苣表示贊同地嗅著，然後一跛一跛地走向葉池。

葉池聳聳肩，「這裡的巫醫也未免太多了點，」她低聲說。

煤皮的藍眼睛凝視著她。葉池抬頭在她眼裡看到智慧與同情，還有一些她不懂的深刻東西。「對亮心多點耐心吧，」這隻巫醫喵道：「她的世界全變了。」接著又壓低聲音補充：「我們能要求的最大禮物，就是能夠有勇氣接受星族的賜予。不管看來有多難，我們都要習慣。」

葉池驚訝地在導師臉上看到一絲悲傷。她想問煤皮是什麼意思，但又怕聽到答案。她只是在說亮心，以及亮心在接受自己變形的臉一事上所表現出來的勇氣？還是她想告訴葉池，既然亮心已接手巫醫一職，這裡就不需要她了？

在她鼓起勇氣開口之前，煤皮就消失在她窩裡了。葉池正想跟過去，卻看到雲尾走過荊棘通道而來，黛西跟在他身後。黛西的孩子們原本正在育兒室門口玩翻滾，這下都翻身跳起，蹦蹦跳跳走過空地撲向雲尾。這位白毛戰士側躺下來，小心收起爪子，跟貓咪們玩起扭打遊戲。

「嘿，小莓，放開！」他一面喘氣一面輕輕拍擊一隻乳白色貓咪的耳朵，「小鼠，這樣我會癢啦。是誰在咬我尾巴啊？」他翻過身，身上還帶著一隻最小的貓咪，「小榛，對戰士要尊重點！」

「他對他們真的很好。」亮心回來，站著凝視她的伴侶，那隻完好的眼睛流露出留戀的神色，「他會是很棒的導師，」她繼續說：「我受傷時他對我很有耐心，替我想出各種打鬥動作好讓我再度當上戰士。」

葉池出乎意料地感到一陣同情。也許煤皮說對了，亮心要習慣的變化比誰都多。要她眼睜睜看著雲尾花這麼多時間跟黛西和她孩子在一起一定很困難；但當鼠毛走上前跟亮心說話時，她的同情心又消失了。

「我忘了問妳，」這隻棕毛的長老說：「我可不可以拿一點罌粟籽？這場高燒讓我兩天沒睡。」

「我不確定，」亮心回答：「我認為妳吃了那麼多琉璃苣就不該再吃罌粟籽，我們去問煤皮看她有沒有其他更好的辦法。」

她帶著長老走進那叢圍住煤皮窩的蕨葉，把絕望得不可置信的葉池留在身後。**到底誰才是這裡的巫醫啊？**如果鼠毛或亮心肯費心問問她，她就會建議去嚼點蒲公英葉而不是罌粟籽，但她們的表現就像葉池根本不在那裡。

也許煤皮要讓亮心當巫醫見習生。**但我還是她的見習生啊，**葉池難過地想。即使她已得到了正式名字，她還是會繼續跟煤皮學習好幾個季節。過去從來沒有一隻巫醫能同時擁有兩位見習生的。**而且，**她又對自己說，**亮心已經有伴侶和孩子了。她不能當巫醫。**

她覺得好像肚裡吊了塊大石頭，正拖著她往下沉。**或許這就是星族給的徵兆，**她想。**這個徵兆就是雷族再也不需要我了。**

第十五章

空中飄過幾縷雲朵，但滿月仍高懸雲上，此時雷族貓兒走過樹橋來到島上。葉池跳上湖岸的碎石，已經看到灰足和吠臉正在往圍住小島中心的一列樹叢走去。

風族在這裡，那麼鴉羽呢？她要自己別再找他，但看不到他時，她的肚子又因失望而絞痛起來。她在樹根陰影處停步，嚐著空氣尋找他的氣味，但在這許多混合的氣味中要找出一個簡直難如登天。

她垂著尾巴，腳步沉重地往樹叢圍籬的上坡走去。她看到棘爪和鷹霜走向對方碰了碰鼻子，琥珀色的眼睛凝視著冰藍色的雙眼；他們之間傳遞了某種無言的訊息，然後一起轉身消失在一堆樹枝裡。

葉池感覺到一股寒意穿透了她。這時小島彷彿消失了，她又回到那座陰暗的森林，而虎星正在那裡教導兒子們如何取得權力。鷹霜和棘爪究竟在盤算些什麼呢？

她聽到樹叢發出沙沙聲，兩隻虎斑公貓從中走上空地。她的腳掌因為感到危險而刺痛著。棘爪是否密謀覆滅雷族，就像他那嗜血的父親在好幾個季節前所做的一樣？

她走出樹叢，明亮皎潔的月光使她睜不開眼，月光清楚勾勒出每片樹葉和枝梗。棘爪和鷹霜並肩坐在她面前，就在大橡樹樹根附近不遠處；葉池剛好看到松鼠飛先向他們瞪了一眼，才走過去坐在灰毛身旁；褐皮和枯毛走了過去，這四隻戰士友善地互相打招呼，看來似乎還記得就在不久前，他們曾肩並肩地對抗寵物貓。

蛾翅把腳掌壓在身下，舒服地蜷伏在空地邊緣。葉池朝她走了過去。

「一切都還好吧？那個兩腳獸東西沒再給妳帶來麻煩吧？」

蛾翅搖了搖頭：「一切都好，謝謝妳。曙花和她孩子們回到育兒室，有苔皮負責照料；黑爪又開始訓練田鼠掌了。」

「真是好消息，」葉池發出咕嚕聲，同時小雲也發問：「什麼兩腳獸東西？」於是蛾翅開始敘述那外洩的銀綠色液體，葉池則環視著空地。當她認出鴉羽那精瘦的灰黑身形，正跟風族其他貓兒坐在一起時，她瑟縮了一下。她原本很確定他沒來的！她凝視著他過了幾個心跳的時間，等到他抽動耳朵，好像知道有人在看他時，葉池才轉開目光。

大橡樹樹幹處傳來一聲貓叫。她抬頭看到黑星正站在突出空地的一根樹枝上。火星就坐在他上面的樹幹上，豹星則在他身旁。一星在幾個尾巴長之外，蜷伏在樹幹和一根粗大樹枝的交叉處。灰足和霧足已經坐在樹幹上，枯毛也跳過去加入她們，這時黑星跨前一步。

「各族的貓兒們，」他開口：「在這個滿月的月光下，星族再度領導我們到這裡集會。火星，你先報告如何？」

雷族族長站了起來，對黑星點了點頭，「雷族有一位新見習生，」他說：「灰毛是樺掌的導師。」

不遠處，葉池看到灰毛很有自覺地在胸口舔了幾下，在他身邊的松鼠飛驕傲地凝視著他。樺掌卻未獲選來參加這次的大集會。

「黛西原本來自馬廄場，把她的孩子也帶入了雷族，」恭喜的喵喵聲漸小，火星就繼續說：「我已經准許他們要待多久都可以。」

空地上一片此起彼落的驚訝低語，還夾雜著一兩聲抗議的嚎叫。影族的花楸爪跳了起來，「這個決定是睿智的嗎？」他質問：「寵物貓有什麼長處？」

葉池看到她父親頸後的毛豎起又放平，似乎他正在極力克制怒氣，「黛西並不算真正的寵物貓，」他平靜地說：「她跟馬住在一起，而不是在兩腳獸巢穴裡；而且她很有勇氣地把孩子帶到我們這裡，以免被兩腳獸搶走。」

花楸爪抽動尾巴：「他們永遠當不成戰士。」

「不要驟下結論，」火星邊說邊看了雲尾一眼，雲尾就坐在大橡樹根部附近：「一位好戰士不一定要在森林出生，正如在森林出生的也不能保證就能當好戰士一樣。黛西適應得很不錯，等她的三個孩子年紀夠大時就會當見習生。他們都會學戰士守則。」

「或許吧，」花楸爪不滿地說完又坐了下來。就在不遠處的葉池聽到他對橡毛悄聲說：「果然是臭味相投啊。用不著多久火星就會把整座森林都塞滿寵物貓了。」

橡毛抽動耳朵，「你最好尊重火星一點，」他喵聲說道：「你以為黑星會放棄讓貓族再多三位戰士的機會？」

花楸爪哼了一聲。

葉池只顧著聽這兩位影族戰士說話，而錯過了她父親接下來的報告內容。等她再開始注意聽時，豹星站了起來。

「兩腳獸在我們領域裡留下毒物，」她喵聲說著，「春藤尾和一隻小貓死了，但我們其餘的貓兒都在康復中，這都是蛾翅和從雷族來幫我們的葉池的功勞。」

她的目光掃過空地停在葉池身上；這位河族族長對她表示感激地點了點頭然後才坐下。在大庭廣眾下受到讚美，葉池不好意思地假裝在研究自己的腳掌。

「影族也有理由要感謝雷族，」黑星開口了。葉池知道要他承認自己的族群竟然需要雷族協助才能解決問題這點有多困難，但至少他並沒有試圖隱瞞欠下的這份情，「後來寵物貓就都待在兩腳獸花園裡了。」他說完。

一星跳著站起，雙眼燃燒著月亮寒冷的火焰，「你算是什麼族長？」他怒吼：「需要別族的協助你難道不覺得羞恥嗎？你也是，」他又對著豹星說：「河族自己也有巫醫，何必去苦求雷族？」底下響起一片鼓譟的嗡嗡聲，他置之不理而轉向火星，咆哮著：「雷族也該停止多管別族的閒事了吧。你的戰士忽視各族疆界，自以為能對大家發號施令；來到這裡的旅程是大家合作達成的，雷族並沒有比任何一族還要強盛。」

雲尾在火星還沒開口之前就跳了起來。他一身白毛根根豎立，尾巴膨脹成兩倍大，「風族差點餓死時你卻很高興有雷族的協助嘛。」他咆哮。

「那次不一樣。」一星反駁。

「沒錯。」火星的聲音沉穩，卻充滿權威，「那時候，我們得團結合作才能在慘遭兩腳獸破壞的森林中存活。我不認為星族會希望我們現在停止互相幫助。」

「如果這表示能讓各族獨立，我想星族就是這麼希望，」一星堅持，「我們向來是四個部族，隨便哪隻貓都知道。」

抗議聲更大了。「要是沒有我們，風族早就毀了！」灰毛叫著。

一星上前一步，爪子刮著樹皮，「抬頭看看月亮！」他的聲音刺耳，「看到月亮被雲遮住了嗎？沒有，月亮明亮得很——那就表示星族同意我說的話。」

「從沒有貓宣稱不該有四族啊，」火星替自己辯護，「但這並不表示星族要我們在有難時自掃門前雪吧？」

「我知道你為什麼會這樣說，」一星咬牙說：「你用盡一切理由只求雷族能領頭，削弱他族的勢力。」

「老鼠屎！」黑星怒吼道：「雷族只幫過我們一次。如果他們膽敢擅自踏入我們領域一步，就會見識到我們有多麼強盛。」

葉池把爪子插入地裡。為什麼別族的族長看不出火星是對的呢？就算有四個貓族，也不表示他們不該在有難時互相幫助。她轉向煤皮，但還來不及向導師詢問意見，就感到肩上被人輕輕觸碰。她迅速吸了口氣，轉頭看到鴉羽在空地邊緣的影子中伏著。

「我必須跟妳談談！」他低聲說，扭頭往樹叢方向指了指。

煤皮正凝視著族長們。葉池躡手躡腳地退後直到陰影也將她身子吞沒。他們走進環繞的樹叢中，往小島岸邊退了幾步，直到有塊突出的岩石橫隔在他們和大集會場地之間。

「妳出了什麼事？」鴉羽的眼神燃燒著痛楚，「那天晚上妳為什麼沒來見我？」

葉池緊張地吞了口口水，「別生我的氣，」她哀求著：「我不能去，我得去幫忙蛾翅。」

鴉羽尾巴揮動著。「用偷來的片刻相聚真不好，」他悄聲說：「我永遠見不到妳。」

「我知道。我也這樣覺得；但是鴉羽，我是巫醫……」葉池知道告訴鴉羽愛她不會有結果的機會來了，但當她站在他身旁，她身上的毛髮拂過他的，淹沒在他的氣味裡，她就是找不到適當的字眼開口。

有一陣子她的罪惡感和焦慮都消失了。她感到只要能待在他身邊，凝視著他灼熱的琥珀色眼睛，一切都不再重要。

「我知道會有困難，」鴉羽繼續說，邊用爪子刮著地面，「妳是巫醫，我們又屬於不同的部族。整部戰士守則都跟我們作對，但一定會有法子的。」

葉池對他眨眨眼，「什麼法子？」他們之間的所有困難又都湧了回來，她覺得自己深陷在其中，就像以前曾被困在兩腳獸的一個小窩裡一樣。

灰黑毛戰士全身緊繃，她幾乎能看見綠葉季的閃電在他身旁。「真希望我們能逃離這一切！」他大喊了出來：「貓族啦、傳統啦、那些巫醫規則……我真想把這些統統擺脫掉！」

「逃離？」葉池重複著：「你是說——私奔？」

鴉羽真認為他們能離開各自的部族，離開他們自小熟悉的生活嗎？她得先告別父母，跟松鼠飛和栗尾，還有導師煤皮說再見；更何況，她還必須放棄巫醫生涯。痛苦在她肚子裡抽動著。再也不跟星族一起夢遊、再也聞不到斑葉的甜香、再也不能在戰士祖靈的協助下治療族貓，這一切她要如何面對？

鴉羽輕碰著她，「葉池？」

她不開心地搖搖頭，「我們不能離開貓族。這不是解決之道。」

「我不知道解決之道是什麼；但如果不試試，我們永遠也不會知道。」他咬著牙喊道。

葉池突然發覺空地上的爭執聲已經減弱了，他們剛好聽見黑星宣布大集會結束的致詞。

「該走了，」鴉羽咕噥著：「明天日正當中時，到踏腳石附近的溪邊採集藥草，我會在那裡跟妳談。妳一定要來。」

他沒等她回答就轉身繞過樹叢，趕上剛走出來的族貓前往樹橋了。

葉池等了幾個心跳的時間才躡手躡腳地穿過樹枝走回空地。看來她離開去跟鴉羽說話一事完全沒有受到注意。樹叢邊緣的那群巫醫仍圍在一起，葉池走去加入他們。

「我一直做同樣的夢，」小雲焦慮地說著：「危險即將來臨……可是星族從沒告訴我危險是什麼。」他焦慮地看看這隻貓，又看看那隻貓，「你們誰有更清楚的指示嗎？」

葉池並沒有看蛾翅。現在有兩隻巫醫的夢境失去跟星族的聯繫了。她的戰士祖靈可沒有傳送任何夢境給她，她更不能讓其他貓兒知道自己並沒有接收到小雲所描述的夢境，她也希望煤皮不會直接問她。

蛾翅打破靜默開口了，「我不曉得這些夢境有什麼意義，」她說。葉池注意到她是多麼小心地避免洩漏她對星族缺乏信仰的祕密，「但我們應該警告各自的族長，對危險保持警惕。」

煤皮贊同地點點頭，「好主意。」

「但究竟是哪種危險呢？」吠臉抽動著鬍鬚問道：「自從我們搬進來起，風族並沒有遭遇到多少威脅，除非把狐狸也算進去，但那件事也很快就被擺平了。」

「我們發生了兩腳獸毒物的狀況，」蛾翅說。她看了葉池一眼，又補了句，「但這件事星族曾特別給過警告。」

「我們也有寵物貓的麻煩。」小雲對煤皮點點頭，「雷族協助我們解決了，所以星族沒必要託夢。」

「一定另有危險，」煤皮這麼結論，「某件尚未來臨、對各族都會有影響的事。」

「我們大家都必須注意徵兆，」吠臉的聲音低沉，「也許等到半月之時，星族會透露更多消息給我們。」

他的話告訴大家該離開了。當最後一隻貓穿過樹叢而去，空地幾乎只剩一片寂靜。葉池來到樹橋旁的岸邊時，卻發現那裡的樹根附近擠滿了貓兒，正徘徊等著輪到他們過橋。

葉池的目光在他們之中梭巡著；她一眼看到鴉羽時，那感覺彷彿有道閃電撕裂她全身。

這隻風族戰士敏捷地跳上樹幹，用尾巴輕鬆自如地保持平衡，慢慢走向岸邊。儘管他們身邊圍滿了各族的貓，葉池簡直不知道自己是怎麼阻止四隻腳不跟在他身後衝過去的。

星族救救我！她哀求著。**我不知道該怎麼辦！**

第十六章

「黛西！黛西，妳在哪裡？」

聽到巫醫窩裡傳來一聲怒吼，松鼠飛停下來張望。不久後亮心就出現了，嘴裡叼著黛西其中一個孩子的後頸，這隻小貓咪淒慘地哀叫著，四腳在空中亂揮。他的兄弟們悄聲跟在他們身後走出來，全都低著頭拖著尾巴，在遮擋巫醫窩的蕨葉旁圍成一團。

這隻馬廄場來的貓在營區已待了不少時間，她的孩子們長得更壯也更有自信，並開始在營區裡探險。而這很可能意味著麻煩；松鼠飛想起自己和葉池在成為見習生之前所惹出的麻煩，抽動著鬍鬚。

亮心放下了嘴裡的小貓——松鼠飛仔細一看，認出來是小鼠。黃白相間的母貓亮心完好的那隻眼裡燃燒著憤怒，「黛西！過來！」

育兒室裡沒有回音，但沒過多久，黛西卻從荊棘通道裡現身，她奔過營區來跟亮心對質。雲尾稍慢地跟在後面。

「怎麼回事?妳對我的孩子做了什麼?」黛西質問。

「妳自己問他們在煤皮窩裡做出了什麼事，」亮心反駁，「不准再發出那聲音，」她又對剛剛放下的那隻小貓加了句，那隻小貓仍在哀嚎，小小的粉紅色嘴巴張得老大，「我又沒弄痛你！」

「怎麼回事?」黛西的藍眼睛燃燒著憤怒，那身乳白色的長毛再也藏不住繃緊的肌肉。一時間松鼠飛以為她會用雲尾剛剛教過的打鬥動作撲向亮心。松鼠飛知道亮心能夠保護自己，但黛西卻難以全身而退。她走了過去，以便在有必要時阻止她們打鬥。

「妳的孩子進入煤皮的窩裡，把藥草弄得亂七八糟，」亮心解釋道。「你吃了什麼?」她逼向小莓和小榛，咬牙切齒地說：「誰吃了東西?」

小貓咪們嚇得說不出話來，全都搖著頭。松鼠飛知道亮心的怒火來自於擔心小貓們可能吃下了危險的東西，雖然煤皮不會把死莓放在藥箱裡，但其中卻有不少具療效的藥草，而如果吃得太多也會引發肚子劇痛。

亮心身上的毛開始放平，但那股不滿仍像綠葉季的閃電在她身旁閃動：「妳自己去看看他們弄成什麼樣子，」她對黛西說：「妳為什麼不好好看著他們?」

「她剛才跟我在一起。」雲尾說。

「所以她的孩子就可以去亂弄煤皮的藥草嗎?」亮心挑釁地說。

「他們還不懂事。」

「那現在該懂了!」亮心對她伴侶吼了回去：「你以為除了幫他們收拾殘局，我們沒別的事情可做嗎？我昨天一整天都在採莓子耶。」

「呃，我很抱歉，」黛西說，目光不安地從雲尾轉到亮心又轉回來。她輕碰小鼠要他站起，然後用尾巴圈住另外兩隻小貓，「我保證不會再發生了。」

「最好如此。」亮心不滿地說。

這隻馬廄場的貓走回育兒室，把孩子趕在身前。松鼠飛聽到小鼠在抱怨：「那隻醜貓好恐怖哦！」

「那你就不該惹麻煩。」黛西回答。

松鼠飛看到小鼠的話讓亮心縮了一下。她和雲尾面對面，尾巴末梢來回抽動著。

「我能幫忙嗎？」松鼠飛自告奮勇，走回蕨葉附近。她可不想捲入亮心和雲尾的爭吵。

她一轉身才明白亮心為何這麼生氣。窩口附近散落一地的莓子，藥草也凌亂地散成好幾堆。有些葉子被扯脫了枝梗，上面滿是塵土，可能只有被丟掉一途。

松鼠飛開始把還能用的莓子滾到一處堆起，一邊想著葉池和煤皮不知道到哪裡去了。不久，她聽見身後有貓走近。

「找到妳啦！」灰毛邊說邊用鼻子碰了碰她肩膀，「我以為我們要去打獵呢。雲尾和亮心幹嘛像兩隻獾似地張牙舞爪的呀？」

松鼠飛一面解釋，一面繼續整理莓子。

「在族裡長大的貓咪都知道不該做出這種事，」灰毛表示意見：「也許那些小貓咪永遠沒辦法適應這裡的生活。」

「你說什麼？」松鼠飛轉身面對著他：「難道你忘了，我父親也曾是寵物貓？」

灰毛眨眨眼：「對不起，但火星是個特例。大多數寵物貓沒辦法適應我們這種生活，他們需要兩腳獸的照顧。」

松鼠飛發出憤怒的噓聲，並伸出了爪子。她花了極大的努力才收起爪子，繼續整理莓子。**灰毛竟敢用貓兒的出身來判斷他們？**她怒氣勃發地想。這是否意味著他也看不起她，因為她是半隻寵物貓？難道他看不出，她和葉池、雲尾和他的孩子白掌對雷族的重要性，就跟在樹林裡土生土長的戰士一樣？

灰毛還來不及說任何話，蕨葉屏風就搖晃起來，葉池和煤皮走進來。這兩隻巫醫都帶著一大叢石竹草。

「這裡是怎麼回事？」煤皮放下了嘴裡的草問道。

松鼠飛再次解釋剛才發生的事，葉池則開始檢查散落的樹葉，把要丟掉的放成一堆。

「小貓咪！」煤皮發著牢騷，用鼻子頂著一束滿是泥濘、皺巴巴的耆草。「不過，如果他們什麼也沒吃，就沒多大損害。」

「只不過增加了工作量。」灰毛說。

「這不是問題，」葉池尖銳地說，松鼠飛驚訝地看了她一眼。「我把這些受損的藥草丟掉，再去多採一些回來。」

一股強烈的情感使松鼠飛身上的毛豎立起來。她凝視著她妹妹。**葉池的感覺是罪惡感嗎？**她為什麼要因為採集藥草而感覺愧疚？更神祕的是，混合在愧疚中的還有一股強烈的期待，而在這兩種情緒之下則是一層尖銳的不快樂。

松鼠飛告訴自己她妹妹只不過是累了，昨晚是半月之夜，也是葉池和其他巫醫定期拜訪月池的日子；但在內心深處她其實知道，葉池正承受著遠超過那趟旅程和睡眠不足的痛苦。也許這隻巫醫已接收到星族警告麻煩即將來臨的徵兆，不過葉池表現不尋常已經有好一陣子了；事實上，自從上次大集會起，葉池就暴躁得跟蟋蟀沒兩樣。

「我來幫妳，」松鼠飛說道，「灰毛，你還是自己去打獵好了。待會如果有空我再去找你。」

灰毛意味深長地看了她一眼，「好吧。」他對煤皮點了點頭就離開了。

松鼠飛張開嘴想叫他回來，希望自己沒那麼兇地對他說話，但她想跟葉池說話的慾望卻更強烈。何況，經過上次的爭吵，兩人之間多一點空間也許會更好。

「我們要丟掉哪些藥草？」她問她妹妹。

「這些。」葉池用尾巴末梢指了指，「我想剩下的都還可以。」

松鼠飛把那堆被壓損且骯髒的樹葉分成兩堆，然後拿起了其中一堆。煤皮開始把值得保存的藥草和莓子拿回她窩裡，葉池則拿起剩下的藥草跟著松鼠飛走出營區。她們帶著樹葉來到距離入口幾個狐狸身長的粗糙地面，也就是貓兒解決私事的地方。

「能離開那裡真好，」松鼠飛吐完嘴裡味道嗆烈的樹葉殘渣後說。她本想把灰毛傷人的評語告訴葉池，但現在看到葉池如此緊繃而難過，那場爭吵似乎也沒那麼重要了，「妳都好吧？」她問。

「有什麼不好的？」葉池扒著前方的地面，對某個葉面伸展的蕨叢哼了一聲。「煤皮提議要採集更多藥草時，我覺得妳……呃，有點怪。」一個念頭突然閃過，她又說：「妳不是在擔心亮心吧？我是說，妳才是煤皮真正的見習生，亮心只不過是個助手。」

葉池眨了眨眼，「不，我當然不是在擔心亮心。松鼠飛，」她繼續說：「我們最好分頭去採集藥草，否則就得花上一整天。我知道煤皮想要更多貓薄荷。妳想妳能否從荒棄的兩腳獸巢穴那裡多找一些來呢？」

松鼠飛瞪視著她。葉池想要擺脫她，這點再明顯也不過了，「妳要去哪裡？」

「噢……也許到影族邊界附近吧。」

又一陣愧疚與不耐從她身上透出，讓松鼠飛身上的每一根毛都刺痛起來。她非常確定葉池在說謊，只能緊咬牙齒不讓自己發出憤怒的吼叫。**我們從來不向對方撒謊的！**

「對了，」她盡量讓聲音冷靜，「妳這幾天真的很怪，好像哪裡已經變了。」她開玩笑地說出這些話，試著想恢復與妹妹間似乎已不復存在的親密感，可是葉池不但沒有覺得有趣，反而縮了縮身子，好像被蜜蜂螫了一口似的。她瞇起了眼睛。

「我要去採藥草了，」她冷漠地說：「我是巫醫，妳不能期望我跟妳共享生命裡的一切。」她轉身背對她的姊姊，大步走進樹叢裡去了。

有幾個心跳的時間，松鼠飛真的很想跟蹤她，但如果被葉池發現，她一定會更加憤怒；可是松鼠飛對妹妹的不快樂卻無法坐視不管，尤其她們向來是如此看重對方。她只有繼續保持警覺，等待機會去發掘事情究竟哪裡不對。

貓頭鷹的咕咕聲叫醒了松鼠飛。黯淡的月光透過戰士窩的樹枝射入，映照出族貓們盤捲身子的輪廓。整座窩裡充滿著他們呼吸的溫暖。

松鼠飛張開嘴打了個哈欠，但她好像已經睡不著了，現在她覺得四隻腳都充滿活力。她從窩裡出來，小心翼翼地不要吵醒就睡在一個尾巴以外的灰毛，躡手躡腳地穿過倒懸著的樹枝走到空地。

月亮現在已成極細的一道弧線，彷彿是靛藍天空上的一道爪痕，灑下剛好足夠看清山谷輪廓的光芒。一叢叢的荊棘和蕨葉在山谷邊緣投下深色的影子，在她對面的荊棘通道入口旁邊，松鼠飛勉強能辨認出雲尾那身蒼白皮毛的身影，正坐著擔任守衛。

她伸縮著爪子，正不知道是否該告訴這位白毛戰士自己想來趟夜獵，眼角卻突然捕捉到有東西在閃動，她轉頭看見葉池從巫醫窩裡出來。

松鼠飛差點要出聲呼喚，然後才想到她妹妹的行為有多麼怪異。葉池謹慎地四處張望，然後才躡腳走出蕨叢，但她顯然沒注意到她姊姊那身深黃色的皮毛就在戰士窩的陰影裡；然後她走向空地邊緣，擁抱著黑暗彷彿成了一隻被追獵著的老鼠，她的緊張像陣顫抖似地從耳朵到尾巴梢傳遍了松鼠飛全身。

之前松鼠飛所有的不安又都回來了，她跟在妹妹後頭走進陰影，悄然無聲地在地上踏出每一步。在不知道葉池想做什麼之前，她並不想驚動雲尾或其他戰士貓。葉池似乎惹上了什麼麻煩，而這是松鼠飛挖掘事情真相的機會。

這隻年輕巫醫並沒有走荊棘通道通往山谷的出口，以免被雲尾看到，反而在那之前就急轉彎進入一叢蕨葉裡。一陣短暫的刷刷聲傳來，松鼠飛立刻停住不動，雲尾轉過頭，但靜聽了一陣子之後，這隻白毛戰士就抽動著尾巴末梢，又轉頭去守望通道了。

松鼠飛的心怦怦跳著，跟著葉池悄聲走進樹叢。這裡是山谷的角落，因為生滿長草而被當成睡覺或儲放獵物的地方。松鼠飛驚訝地看到這裡的石壁有一部分已經傾頹了，任何一隻動作敏捷的貓都能輕易地爬上峭壁頂端。葉池找到了走出營區的祕密通道！松鼠飛突然想到她妹妹一定對這條路很熟悉，才會一晃身影就不見了。她之前走過這出口幾次？

松鼠飛開始往上爬，奮力走過蕨葉的捲鬚，並把爪子插入從裂縫裡長出來的蔓生樹叢裡；最後她終於爬上山谷邊緣，立刻閃進最近的一叢蕨葉裡以求掩護，豎起耳朵聆聽山谷下是否傳來任何聲音，表示她已被其他貓兒發現。

但一切寂靜，只有風吹過樹枝的沙沙聲。松鼠飛的心跳逐漸緩了下來，她也敢從蕨葉間探出頭往四周看看。

葉池不在這裡，但過不了多久松鼠飛就嗅到了她的氣味。那氣味環繞著山谷頂端，然後進入了樹林。

松鼠飛跟了過去，不時停下來嚐嚐空氣。她很想相信葉池是因巫醫的事而離開山谷，可是據她所知，沒有什麼藥草必須在月光下採集；何況，從葉池躡手躡腳走出營區的樣子，以及松鼠飛從她身上感覺到揉合著愧疚與興奮的感覺看來，都顯示她一定是在做一件不該做的事。

妳可以告訴我呀，松鼠飛不滿地想。**或許我可以幫得上忙**。

葉池的氣味蹤跡繞過了榛樹叢和蕨葉。不久松鼠飛就發現她可以聽見作為雷族和風族邊界的小溪傳來的潺潺流水聲。她停下來想了想。葉池有沒有可能是到月池去呢？如果是，松鼠飛干擾她的巫醫儀式一定會使她火大；但如果真是如此，又何必躡手躡腳地走出營區呢？就算族裡每隻貓都知道葉池要去聽取星族的消息，她都沒什麼好擔心的。

松鼠飛繼續走，盡量想跟蹤氣味，但樹林裡充斥著初生新芽和樹葉的味道，葉池的氣味也與獵物剛走過而留下令人垂涎欲滴的氣味混合，松鼠飛簡直沒辦法一一辨別這許多將她淹沒的氣味。好幾次她還得停步，大口做深呼吸才能繼續走。有一次在一塊寸草不生、岩石近乎裸露的光禿地上，松鼠飛還追丟了那氣味，但後來又在對面重新聞到。之後那味道在一塊沼澤地上又消失無蹤，儘管松鼠飛到處都嗅遍了也毫無頭緒。

「哼！」她嘀咕著：「我這樣怎能算獵貓？」

她聽得見流水聲，於是靜悄悄地走過樹林來到溪邊。微風吹來了風族的氣味；葉池是否可能跨過邊界進入風族領域了呢？一時松鼠飛也想跨過邊界，看看能否在另一邊找到妹妹的氣味；但誰知道會不會有風族貓兒突然想在晚上狩獵。如果她在風族領域裡被發現，麻煩可就大了，尤其在風族與雷族關係如此不好的時候。松鼠飛決定往回走到山谷外面等葉池回來，這樣也許更容易找出葉池在搞什麼鬼。

她在峭壁傾頹處上方的蕨葉間伏下，猜測葉池應該會走同樣的路回來。肚子餓得咕咕直叫的她卻不想狩獵，免得與她妹妹錯身而過。

黎明時分，天空漸漸轉成了魚肚白，她聽見樹叢間有貓兒接近的聲音，也嗅到她妹妹的氣味；松鼠飛站起身，看到葉池走近，葉池低著頭，尾巴掃過雜草。

「妳到哪裡去了？」她質問。

葉池猛然抬頭，不高興地看著她的姊姊：「妳在這裡做什麼？妳一直在偷看我嗎？」

「才沒有，妳這個愚蠢的毛球。」松鼠飛走向妹妹，想與她摩擦身體表示安慰，但葉池卻後退了一步，眼裡滿是警惕。「我只不過是昨晚看到妳離開而已，而且有點擔心妳。我知道有事情不對勁，可以跟我說嗎？」

葉池情感的強烈波動差點讓松鼠飛跌在地上。她感覺得出，妹妹很想對她傾訴，但一堵比荊棘還厚實的圍籬卻擋住了她。松鼠飛的肚子絞痛著，葉池的麻煩一定比她想像中更嚴重。

葉池搖搖頭，「一切都很好，別管我。」

「我怎麼可能不管妳嘛，」松鼠飛嘲弄地說：「葉池，這一點也不像妳，偷偷溜出——」

「偷偷！」葉池低喊，尾巴在憤怒中膨脹起來，「妳還好意思說！那為什麼妳偷偷溜出來跟蹤我就可以？」

「我沒有！」松鼠飛抗議道：「我只是想知道出了什麼事。」

「這跟妳無關！如果妳信任我，就不會問這麼多問題。」

「很好！」松鼠飛回嘴：「當我的妹妹惹上麻煩，我應該坐視不管嗎？」

「如果我要妳幫忙，難道我不會開口嗎！」葉池也不甘示弱。

「妳明知道妳需要幫忙。」松鼠飛用盡力氣才把怒火控制住，「如果這是巫醫的事，妳為何不跟煤皮說？」

「煤皮又不會聽我的。」葉池的語氣冰冷，琥珀色的雙眼瞇成了一條縫：「現在有亮心在幫忙，她根本不需要我。」

「這簡直是我聽過最鼠腦袋的事了！」

葉池發出噓聲。「妳突然就聰明睿智起來了是吧？我想這件事妳一定也會告訴火星嘍。」

松鼠飛的憤怒平息了。妹妹看來如此絕望，她簡直沒辦法繼續跟她頂嘴下去。無論她去了哪裡，做了什麼，那一定不是件能讓她快樂的事。

「我不會說的，」她安靜地喵道；「妳最好快回窩裡去，免得被人發現。」

葉池點點頭與她擦身而過，然後轉頭看了她一眼。那眼神如此悲傷，松鼠飛也感到心裡一陣如刺般的尖銳疼痛。

「對不起，」她低語，聲音低得松鼠飛幾乎聽不見：「如果可以，我會告訴妳的。」

她沒等松鼠飛回答，就消失在山谷邊緣了。

松鼠飛留在原地，身體像風中的樹葉一樣顫抖著。她知道沒必要回窩裡睡覺了。肚子又咕嚕叫了起來，她這才想到距離上次吃東西已經是好久以前的事了。她可以去打獵：也許替自己抓一隻田鼠，然後再多補充一些獵物到獵物堆。她轉身踏步走回樹林，卻被一陣沙沙聲嚇了一跳，棘爪從樹叢間走了出來。

「剛才那是葉池嗎？她到哪裡去了？」

「我也不知道，」松鼠飛回答時全身都刺痛著，「她要離開營區又不需要批准。」

說。

棘爪瞇起了眼睛；他顯然猜出松鼠飛有事情瞞著他，「晚上貓兒獨自漫遊並不安全。」他

「我想是巫醫的事吧。」憤怒在松鼠飛肚子裡攪動著，都是葉池害她不得不說謊，「你也知道，他們要找藥草。」

棘爪眨眨眼；松鼠飛並不確定他是否相信這番話。他可能已經注意到葉池走回營區時，身上並沒有帶任何藥草；而且她又何必放著通道不用，從峭壁爬下來呢？松鼠飛的尾巴在急切中抽動著，她想在這隻虎斑戰士繼續質問以前趕快脫身。

「我要去打獵了。」她輕快地說。

「我也是。」棘爪遲疑了一下，似乎想要提議他們一起行動。

但這卻是松鼠飛最想避免的：「哦，我要走這邊。」她一個大轉身，往影族邊界的方向走去，邊走邊轉頭加了句：「待會見。」

她可以感覺到這隻虎斑戰士的眼神一路跟著她衝進樹叢裡，她抑制不住肚子深處傳來的一股悔恨之痛。以前的她會把一切跟葉池有關的事都告訴他，並且信任他會盡力幫忙；現在她卻一點也不信任他——尤其不能讓他保守她妹妹的祕密，不管那祕密是什麼。松鼠飛實在無法想像那會是什麼，但她對妹妹的擔憂卻像壓在頭頂的一片沉重烏雲，而且很快就會下起暴風雨。

第十七章

葉池在樹叢間擇路而行，同時豎起耳朵聆聽身後的聲音。自從上次跟鴉羽會面回來發現她的姊姊在等她之後，她就一直很怕被跟蹤。只要想到被其他族貓發現自己所做的事，她肚子就有一陣飢餓般的尖銳疼痛。一個聲音在她體內說，**他們遲早會發現的。**

跟松鼠飛的爭吵仍困擾著她。失去她和姊姊自小就有的親密，葉池感覺自己非常孤獨；但她不能把實話告訴松鼠飛，也不能不再跟鴉羽見面。現在鴉羽是她唯一的說話對象了。

她想鼓起勇氣告訴煤皮，但這隻巫醫似乎全心都放在補充藥品存量，以及在領域裡搜尋任何初生新芽的蹤跡；此外，葉池也怕煤皮已經猜到她的祕密，才會用倉促漠然的態度來表現她的不滿。葉池好懷念以前在樹林裡，她倆一起談天，忙著整理莓子和樹葉的下午。現在這位導師卻顯得疏遠而挑剔，**不再如過去像個朋友一樣了。**

絕望的葉池也想過把這件事告訴母親。某天傍晚她想靠近獵物堆旁的沙暴，但她正跟灰毛討論著最佳狩獵地點，只對女兒友善地點點頭，就又回頭繼續爭辯了；至於葉池的朋友栗尾因為即將臨盆，因此幾乎所有時間都在育兒室裡跟黛西和蕨雲在一起。除了受煤皮之託，要她把增強體力的藥草帶去給貓后之外，葉池都與她們保持距離。看到跟孩子在一起的黛西和體態臃腫的栗尾，總讓她感覺如刺般的羨慕刺痛著全身。

樹枝啪地斷裂聲使葉池停下腳步，但那只是一隻松鼠，剛跳下橡樹衝往另一個方向。葉池深呼吸後繼續走。就在不久前的黃昏，傾盆大雨還從雷電交加的烏雲落下，現在天空卻清朗起來，每片蕨葉和草莖都盛滿了雨水，反映著蒼白的月光；葉池身上早就濕透了，寒冷透進了她的皮膚，她停下來抖抖身子，抬頭看著那彎月亮。要等到月圓之時，她才能再到月池去，然而她多麼希望能趴在水邊，在夢中與星族交換訊息。可是如果星族拒絕再與她溝通呢？

「噢，斑葉，」她低語：「真希望妳能告訴我該怎麼辦。」

疲憊在葉池腦中盤旋。每隔幾天就去見鴉羽導致她睡眠不足，又在離開他後感到焦躁不安。白天，她必須在煤皮和其他族貓面前裝模作樣，表現出自己全心投入想成為巫醫，並把尋找杜松莓或者阻止黛西孩子們惹麻煩視為頭等大事。

妳不能繼續這樣下去，一個微弱的聲音警告著她。

鴉羽也說過相同的話，「我們不能繼續這樣下去，葉池。除非我們離開貓族，否則永遠不能好好在一起。」

葉池當時驚恐地凝視著他。在他們經歷過的所有困難裡，即使她的恐懼與愧疚感不斷與愛情激戰，她都從未想過他們必須離開貓族。「鴉羽，不行啊！」

鴉羽臉一沉，「只有這個辦法了。請妳考慮一下，好不好？」

葉池很勉強地點點頭，「好吧，我會想想。」

可是她怎能放棄她的巫醫生涯、她的部族、家人還有朋友呢？不管她做出什麼決定，她都害怕自己無法承受必要的損失。

靠近作為邊界的小溪時，她嚐了嚐空氣，聞到了鴉羽的氣味蹤跡；她身上的每根毛都在興奮中豎立，一個心跳過後她看到那灰黑毛的精瘦戰士，正在小溪另一邊，風族領域裡的樹叢陰影下等著她，「鴉羽！」她邊喊邊往前縱躍。

「葉池！」鴉羽一看到她就立刻站起，尾巴豎得筆直。

她在溪邊停步。鴉羽爬下河岸踏水而來，好像完全沒注意到腳下踩的是水。他在雷族這邊爬上河岸，走向葉池，抖著身子甩起了許多小水珠。他的氣味圍繞著她，她歡喜地閉上了眼。

「真高興你來了，」葉池發出呼嚕聲：「離開營區時沒出問題吧？」

鴉羽正要回答，卻突然定住不動，豎起耳朵。就在同一個時間，葉池也聽見身後樹叢傳來窸窣聲。雷族的氣味淹沒了她五官，她跳著轉身。

「好了，松鼠飛，出來！」她喝斥：「我知道妳在那裡。」

一陣短暫的沉默。然後她面前的蕨葉分了開來，走出來的不是松鼠飛，而是煤皮。

「妳……妳在這裡做什麼？」葉池結結巴巴地問，一邊苦惱地轉頭往鴉羽瞥了一眼。

這隻巫醫一跛一拐地走上前，冷靜的面對著她，「葉池，妳知道我在做什麼，我只是想確定妳沒做傻事，還要告訴妳該適可而止了。」

葉池全身僵硬，「我不懂妳的意思。」

「葉池，別對我撒謊，尤其眼前明明有位風族戰士在這裡。難道謊話說得還不夠多嗎？」她的藍色眼睛裡沒有憤怒，只有擔憂。她堅定的眼神像爪子般盯住了葉池，最後葉池只得轉開目光，「是松鼠飛要妳來跟蹤我的吧？」她咕噥著。

「松鼠飛？不，我在採集藥草時聞到了妳的氣味，旁邊還有一隻風族的貓，所以我過來看看是怎麼回事。何況，妳真以為妳晚上偷溜出去我都沒懷疑過嗎？」

驚恐如閃電般穿透葉池全身，「妳一直在監視我！」

「沒那個必要，」煤皮說：「妳顯然累得沒辦法好好工作。妳昨天甚至沒把水薄荷拿給肚子痛的黑毛，反而拿成了琉璃苣葉；至於見到鴉羽，我也用不著驚訝，你們以為在大集會時我沒注意到你們兩個嗎？葉池，我又不是瞎子。」

「等等，」鴉羽來到葉池身邊：「這是我跟葉池的事。妳別誤會，她並沒有背叛部族。」

煤皮眼神嚴厲地盯著他，「我根本沒想過背叛，但是她不應該來這裡見你，這件事你跟我一樣清楚。」

鴉羽全身毛皮豎起。葉池的肚子抽搐，害怕這隻衝動的年輕戰士會伸出利爪撲向巫醫。

「鴉羽，沒關係，交給我吧。」她很勉強地說：「你還是先回營區好了。」

「就留下妳被她扒下耳朵嗎？」

「煤皮不會那樣的。求求你。」葉池懇求著。

鴉羽又遲疑了一會兒，四隻腳因憤怒而僵硬，嘴唇向上縮準備發出吼叫，然後他轉身往回跳過小溪；葉池的目光一路跟隨，直到他消失在另一邊的樹叢裡。

葉池轉身面對她導師，爪子插進土地，「我們沒有做出傷天害理的事。」她喵聲說。

「葉池！」煤皮的語氣變得嚴峻，還猛揮一下尾巴，「鴉羽是別族的貓，但是這只不過是開始。妳是巫醫，不能有伴侶，不管是鴉羽或是其他貓兒。妳明知道這點。」

我知道，葉池在心裡哀嚎著，**但我從來不知道那是什麼意思！**

「這樣不公平！」她喵聲說：「我跟其他的貓兒一樣，我也有七情六慾。」

「妳當然會有！但身為巫醫就得控制這些感情，這是為了部族好；我們遵循的這條路也有回報，對星族給我的命運我從不覺得受到欺騙。」

她所說的每一個字都像獾爪般撕扯著葉池。狂怒有如一股滾燙的紅流在她體內奔竄。「妳根本不會懂！」她啐道：「妳從來沒有談過戀愛！」

煤皮的藍眼睛停在她身上，眼中無言的思緒像鰷魚般閃爍著。

「妳說來容易，」葉池繼續苦澀地說：「妳從來不想要伴侶或孩子。」

這隻巫醫屈伸著爪子，頸後的毛開始豎立，「妳怎麼知道我想要什麼？」語氣裡有潛藏的怒吼，「妳又知道我放棄了什麼企盼，才得以遵循星族為我鋪下的道路？」

葉池瑟縮了。她從沒見過煤皮這麼生氣。

「妳跟我回營區去──現在就走！」煤皮怒氣沖沖地說：「再也不准做這種事。葉池，這是為了妳自己好。如果妳必須撒謊、必須在陰影裡偷偷摸摸地走路，那麼跟鴉羽見面就不會是正確的。我花了這麼久時間訓練妳當一隻好巫醫，可不是要妳這樣浪費掉。族裡需要妳！」

「不！我不回去！」一陣愧疚和憤怒掃過葉池全身，「我隨時想見鴉羽就會繼續跟他見面，而妳阻止不了我。只因為有一隻貓愛著我，妳就嫉妒！」

煤皮眼光一閃就伸出爪子向葉池撲了過去；葉池轉過身開始逃跑。跑著跑著，她只知道自己必須逃離那興師問罪的眼神和那些揮擊而下的爪子。樹林在她身後一晃即過，彷彿有陣風捲住了她，等她累得跑不動而停步時，她完全不知道自己究竟在哪裡。

她站在一處狹窄山谷的邊緣，兩邊都長滿了荊豆和蕨葉。山谷盡頭處似乎更深，葉池只能遙遙聽見水聲。她突然感到放心，她已經遠離雷族領域，正在往月池的半路上！

葉池認為她現在最需要的就是那裡的寧靜與安慰。在那裡她是完全孤獨的，既沒有鴉羽懇求她離開，也不用害怕自己的祕密被發現。她祖先的閃亮靈魂會告訴她該怎麼做。

她減緩步子繼續走著，來到一條閃爍著星光的小溪，潺潺地往月池所在的山谷流去。等她終於爬上頂端的樹叢圍籬，已經累得腳步搖晃，但看到下面閃閃發光的流水，她又生出了力氣。她順著盤旋的小徑走到水邊，腳掌輕易就滑進了好幾個世代以來貓兒所留下的足印，她紛擾的情感平靜了下來。她在池邊伏下，舔了一口水，然後閉上眼睛。

「葉池！葉池！」一個輕柔的聲音在她耳邊響起，柔軟的毛擦過她身體。葉池睜開眼，坐在她身旁的是那有一身美麗玳瑁色毛的斑葉，身周圍繞著星光。

「噢，斑葉！」她發出高興地呼嚕聲，「我好想祢，我以為祢拋下我了。」

「親愛的，千萬別那麼想，」斑葉說著低下頭來，用舌頭舔了舔這隻年輕貓兒的耳朵，祂身上的甜香飄向葉池，「我怎麼能看著妳多次在情感中掙扎呢？」

葉池全身因愧疚起了一陣疙瘩。「祢知道鴉羽的事？」

斑葉點點頭。

「我深愛著他，再也不能當巫醫了！」葉池無助地脫口而出。

斑葉用頭輕觸葉池的肩，然後低聲說：「我知道愛上別人的感覺，即使我的命運跟妳不同。誰知道呢？如果我沒死，也許現在也跟妳一樣在受苦呢。」

「請告訴我該怎麼辦！」葉池懇求著：「我受不了了！我不覺得雷族還需要我，煤皮也不要我，她有亮心在幫忙。」

「亮心現在的生活需要個重心。」智慧像月光般在斑葉眼中閃爍：「幫助煤皮就是她的生活重心。親愛的，妳要對她好一些。」

「可是她一直都在，」葉池咕噥著。她知道自己的話不理智，「我會盡量去瞭解的，」她答應時歎了口氣，「但是亮心並不是我認為雷族不再需要我的唯一原因；我也跟松鼠飛吵架了，而我們是向來不吵架的。」

斑葉在她兩耳間輕輕舔了一下，「妳的姊姊很愛妳，一次爭吵並不會改變這份愛。」

「那鴉羽呢？」葉池說著就感覺到心跳愈來愈快，就像每次她想起這位風族戰士時一模一樣：「他想要我跟他私奔，我是那麼的想跟他在一起，但是我真該為了他離開我的部族嗎？」

「沒有貓能替妳做決定，」斑葉回答，尾巴末梢輕輕地掃過葉池的肩。「在妳的內心深處，妳知道怎麼做是正確的，而妳也該追隨自己的心。」

葉池坐了起來，感覺好像有道光亮直直照進她腦中。她的心一定是在她對鴉羽的感情那兒吧？斑葉真的能夠了解。「祢是說我可以愛鴉羽了？噢，斑葉，謝謝妳！」

這隻美麗的玳瑁貓身形變得模糊，逐漸融入星光裡。祂的氣味卻還飄盪在空氣中，最後說出的那幾句話也逐漸轉為寂靜。「別忘了，妳知道怎麼做是對的。」

葉池眨眨眼，鼻子差點碰到月池閃亮的水面，四腳也因為在冰冷的石頭上躺了太久而抽筋；但是當她一跳起身，那感覺就彷彿能跑上一輩子似的。

一定要追隨自己的心。

斑葉已經說她可以順從愛情的要求，跟鴉羽一起離開貓族。她放棄當巫醫的事無足輕重，因為有亮心在幫忙；何況，煤皮仍然年輕而健康，還有的是時間去訓練其他見習生；那股雷族不再需要她的感覺也不重要了，她的命運遠在這片領域之外的他方，而且身邊會有鴉羽的陪伴。

她的心輕得像片葉子，她跳著奔上盤旋的小徑，在樹叢間奔跑著，然後衝下山丘去找鴉羽。從月池到小湖的這段長路似乎在幾個心跳之間就一掠而過，儘管當她抵達雷族與風族邊界的小溪時，天邊已開始泛白，星星也一個一個開始消失。

剛開始她還擔心自己得等到下次大集會時才能見到鴉羽，畢竟是她叫他回營區以免跟煤皮吵架的。也許他氣得根本不想再見到她了。

然後她就在風族領域裡幾個尾巴長度不遠處的荊豆叢底下，發現鴉羽坐在那裡。他看來好寂寞，尾巴盤在腳掌上凝視著湖面。葉池的心都快跳出嘴巴了，他們都是族裡的獨行俠，但現在他們可以永遠在一起了。

「鴉羽！」

他一跳轉身。葉池踏著溪水走向他，他在溪對岸迎接她，雙眼閃著光，把臉埋進她的肩，尾巴捲住了她的尾巴。

「我想了想你剛才說的話，」她喵聲說道：「就是有關離開的事。」

「結果呢？」鴉羽的眼神燃燒進她眼裡。

「鴉羽，我一直很怕——怕離開部族與親人；但我剛才去月池，斑葉來跟我說話了。」看到鴉羽一臉困惑，她又解釋，「斑葉曾是雷族的巫醫，但現在加入星族，祂常來夢中找我。」

鴉羽還是一副迷惑的樣子；葉池不確定他是否相信她，或者他是否認為她與斑葉的相遇不過是一場夢。

「祂怎麼說？」他問。

「祂叫我追隨自己的心。」

鴉羽的雙眼睜大了。「葉池，妳是巫醫。那難道不是妳追隨自己的心的結果嗎？」

「以前是。」葉池的心怦怦跳著，了解到原來鴉羽以為她是要拒絕他：「可是雷族已有一隻巫醫。煤皮還年輕且健壯，還可以為族裡服務好幾個季節；而且有亮心在幫忙，我走了之後，煤皮還可以訓練另一位見習生。」

鴉羽痛苦地吸了口氣，「妳走了之後？葉池，這是什麼意思？」

「是的，我會跟你一起走。」

葉池幾乎無法看著鴉羽眼中快樂的光輝。他真的這麼愛她嗎？她的肚子因恐懼而抽動著，現在她不能讓他失望，只有做到底了。

「我也很害怕，」鴉羽承認：「我並不想離開部族和朋友們。我還希望自己有天會當上族長呢；但更重要的是，我不想失去妳，葉池。而如果我們留下，就絕對不可能在一起。」

葉池側著身體靠向他，她凝視著突然變得黑暗而可怕的未來，但他身上的溫暖給了她安慰：「我們要去哪裡？」

「不要走舊路，這樣會進入山區，或走到有太多兩腳獸的地方。風族領域外有幾座山丘，我們能在那裡找到住的地方。葉池，我會照顧妳的。」有一段時間他的眼神變暗並從她身上飄離，裡面充滿了回憶。「我發誓我會照顧妳，」他更堅決地重複：「妳準備好了嗎？」

「你要我們現在就走？」葉池驚訝地說。

「這裡還有什麼值得留戀的嗎？」

但我還想道別呢！葉池差點哀號出聲，但她知道那是不可能的。道別只會造成憤怒、痛苦和困惑，而且或許他們的部族會阻止他們離開。

「不，沒有了。」她盡量讓自己的語氣聽來勇氣十足且樂觀：「我準備好了。」

鴉羽用鼻子碰了碰她頭頂，「謝謝妳。我保證會盡一切力量，讓妳不會後悔做這個決定。」

他們轉身背對著湖，並肩走上山丘。在他們前方，逐漸上升的太陽把天空染成一片火紅，他們離開了各自的部族，也離開了一切熟悉的事物。

第十八章

松鼠飛與灰毛和棘爪正在做黎明的巡邏，檢查影族邊界。一切都很寂靜。影族在枯木腳下做的氣味記號依然濃烈而新鮮。

「你有沒有聞到那些寵物貓的氣味？」灰毛趕到她身邊時，她這麼問。

「完全沒有。」灰毛的藍眼睛裡閃爍著滿足，「妳一定嚇走他們了。」

松鼠飛抽動著耳朵，「希望如此。就算我一輩子都不會再看到他們也不成問題。」

灰毛揮動尾巴叫來雨鬚，他正在更遠的邊界上做新的雷族氣味記號，然後巡邏隊就準備回營區了。他們從荊棘通道出來時，太陽正往上升，金黃色的陽光斜照在石頭山谷裡，把地面上的新生草葉照出斑斑駁駁的影子。松鼠飛一進門後就停步，弓起了背伸了個大懶腰，讓溫暖透入身體。

「松鼠飛！」煤皮在營區另一頭喊著她，這隻巫醫跛著腳迅速走來。「妳今天早上有看到葉池嗎？」

松鼠飛的肚子燃起了警戒，「沒有，」她回答：「我們剛剛在影族邊界那裡。」她差點想說，**而且葉池只會往風族的方向走**，但她及時阻止了自己。

煤皮點點頭，松鼠飛發覺她沒說出的話這隻巫醫已經知道了，「我昨晚看到她——」煤皮的話只說了一半，抽動著耳朵。松鼠飛凝視著她，這巫醫為什麼沒告訴她這件事？

「我起床時，她的窩是冰冷的，」煤皮繼續說道：「她的氣味也很淡薄。她整晚都沒回來這裡。」

「可是她向來會在黎明前回來的！」松鼠飛衝口而出。

煤皮瞇起眼，松鼠飛瑟縮了。這隻巫醫會不會因為松鼠飛早就知道她妹妹的祕密而生氣呢？「煤皮，對不起。」她開口。

煤皮不高興地一揮尾巴阻止了松鼠飛繼續說話：「沒關係，我知道她總是去找鴉羽。」

「鴉羽？」松鼠飛感覺全身毛都豎立起來。她只知道葉池有不可告人的原因，才需要在晚上偷溜出營區，然而，她從來沒找出葉池究竟去了哪裡、或者為了什麼。「這不可能是真的！鴉羽愛的是羽尾啊。」

「羽尾已經死了。貓的一生中當然可能愛上不止一隻貓。松鼠飛，妳從來沒注意到大集會的時候，他們是如何凝視對方嗎？這些晚上妳都以為她去了哪裡？」

松鼠飛瞪著她，驚嚇得說不出話來。**葉池是巫醫啊！**接著她就想起她妹妹融合了愧疚與興奮的混亂感覺，也明白煤皮說得一點沒錯。罪惡感將她淹沒，她與灰毛的新友誼使她大為分心，竟然沒有更努力地去找讓她妹妹煩惱的原因。

「妳認為她已經去了風族，跟鴉羽在一起了嗎？」她聲音沙啞地問。

煤皮的鬍鬚抽動著，「也許吧。」

「風族會接受她嗎？」

「妳說呢？」巫醫的聲音乾澀，「葉池對任何部族來說都是不可多得的貓。但我們也不能肯定，」她又補充說道：「昨晚葉池離開營區時，我跟蹤了她。她看到我，我們就吵了起來；我們兩個都說了不該說的話，或許她正在雷族領域的某處，等到情緒冷靜下來就會回到營區了。」

煤皮輕快地說著，沒有透露太多情感。松鼠飛不知道她的冷漠來自於對葉池背叛的憤怒還是失望；但當煤皮轉身而去，松鼠飛聽到她的喃喃自語，「願星族保佑，讓她平安歸來！」那語氣中的痛苦，顯示出葉池的消失使她大受打擊。

在她們周圍，營區裡的貓開始甦醒。黛西出現在育兒室門口，在陽光下慵懶地眨眼，然後把孩子們叫了出來。三隻小東西在她面前快樂地打滾尖叫，用軟軟的腳掌互相拍打遊戲。空地的另一頭，沙暴輕步走出戰士窩，呼叫雲尾和塵皮一起去打獵巡邏；這三隻貓小跑步走過空地進入通道，經過松鼠飛和煤皮身邊時還揮動起尾巴。不久之後白掌和樺掌也從見習生窩裡出來，爭辯著該輪到誰替長老拿鼠膽汁以去除他們身上的蝨子。

松鼠飛知道，要不了多久貓兒們就會發現葉池已經消失，並且開始詢問。

「我去告訴火星。」煤皮的語氣突然變得好疲倦。

松鼠飛追上她：「不，先別告訴他或其他貓兒。我去找葉池，也許能在其他貓兒注意到之前把她找回來。」

煤皮有些遲疑，她的目光似乎又有了焦點，然後點點頭：「謝謝妳，松鼠飛。能找到她非常重要，如果她不回來——她的部族、姊姊，還有她當巫醫的生活——這損失就太大了。」她轉開了頭，壓低了聲音又說：「我想她並不瞭解我們族有多麼需要她。」

「我出發了。」松鼠飛轉了個身，衝進了荊棘通道。

她直直往風族邊界前進。雖然煤皮說葉池正在雷族領域裡的某處生悶氣，松鼠飛卻不這麼想。葉池從來不生氣的……但或許松鼠飛對她妹妹的了解並不如想像中那麼透澈。

她停下來嚐了嚐空氣，搜尋著葉池氣味的蹤跡，「如果在邊界上沒找到她，我就只得進入風族領域了。」她大聲說出決定。

「到風族去？為什麼？」

松鼠飛跳了起來：「棘爪！你差點把我的魂都嚇飛了。」她吞咽了一口，轉身看到這隻虎斑戰士正從榛樹叢下走了出來。

「妳剛才說風族怎麼樣？」棘爪仍堅持要問，「我們可不想去招惹他們。一星現在這樣已經夠難搞的了。」

「我沒有要惹麻煩！」松鼠飛反駁他。她驚嚇得無法對自己的去向撒謊，「我要去找葉池。煤皮認為她到了風族，去跟鴉羽在一起了。」

棘爪的耳朵抽動著，「但她是巫醫呀！」

松鼠飛怒視著他，「你以為我不知道嗎？」

棘爪仍維持冷靜，「妳說的沒錯，我們得去找她，」他說：「不要讓一星以為我們把自己族裡的貓趕走了。」看到松鼠飛發出憤怒的噓聲，他又加了句：「而且我們要葉池回來。她離開自己的部族，這個錯犯得可不小。」

「她失去理智了！」松鼠飛用爪子扒著地面，「我得在火星發現前先找到她。」

「妳認為她會回來嗎？」棘爪琥珀色的眼神非常嚴肅，「我們不能強迫她。」

「她一定要！」

「如果她真想加入風族，這一定是個很困難的決定，」棘爪喵聲說：「要讓她改變主意可不容易。」

「但我一定要試試，」松鼠飛抗議著，「就算我不能叫她回來，我也要知道她在哪裡。」

「妳能感覺到什麼嗎？」棘爪問：「就像我們之前在旅途中那樣？」

松鼠飛搜索著她與妹妹之間向來共通的怪異感覺。她試著想像葉池的模樣，前一秒鐘她還以為自己有察覺到沼地上的一絲微風，下一秒鐘卻只剩下一片空白。

「我看不到她。」她悲慘地說。

棘爪直起身，「光站在這裡也不能解決問題。我們走吧。」

「你要跟我一起去？」松鼠飛驚訝地凝視著他。

「如果妳要去風族，就需要有貓同行，」棘爪回答：「最近這幾天雷族的貓可不太受一星歡迎。」

感激像一陣陽光暖流襲上松鼠飛心頭。不管她對棘爪的祕密野心或他願意信任鷹霜之事有何感受，此時此刻她實在想不出比棘爪更好的同行伴侶。

他們一言不發地走向邊界；松鼠飛仍然在震驚中說不出話來。葉池怎麼會想要放棄她在雷族的生活呢？她的親姊妹、朋友、她的巫醫職務在她心中難道都無足輕重？那麼星族呢？葉池能夠選擇不要當巫醫嗎？還有火星怎麼辦？想到她不知道該如何對父親解釋葉池的失蹤，松鼠飛就覺得全身刺痛。

陽光從綴滿小片雲朵的藍天灑下，露水在草葉和蕨叢間驚險拉成的蜘蛛絲上閃閃發亮。捲曲的新蕨葉開始舒展，松鼠飛到處都能聞到初生植物那股刺鼻而新綠的氣味。但就連樹叢間獵物發出的細碎聲響也無法讓松鼠飛擺脫煩惱。

她往兩邊看時迎上了棘爪的目光，他臉上只有冷靜而同情的表情。她想他一定能了解她現在的部分感受，因為他自己的姊姊也另投他族了。

「褐皮離開時，你的感覺也是這樣嗎？」現在松鼠飛有機會思考了，這個問題就滾了出來。「好像一切都不再美好的感覺？」

棘爪一直等到他們矮身走進低垂著的蕨葉下才開口回答：「剛開始我覺得好寂寞，以為自己會受不了，」他喵聲說道：「但現在我明白，我必須尊重她的決定；雖然她在另一族，但我們仍然是朋友。」

但那不一樣，松鼠飛心想。**褐皮不是巫醫，不是被星族選出來的。**

他們在雷族的這一邊順著溪水上行，每隔幾步就嚐嚐空氣尋找葉池的蹤跡。林木逐漸稀疏，露出光禿的沼地，松鼠飛嗅出了一絲氣味，但那氣味淡薄得至少也是前天晚上的了，而且只到溪邊為止。「她越過小溪了。」她對棘爪說。

這隻虎斑戰士嗅了嗅垂在水上的草，然後點點頭，「看來的確是如此。」他抬起頭凝視著沼地，「好，果然是風族。」

他領先涉水而過，松鼠飛跟在後頭，踩踏著流過小石子的冰冷棕色泥水。他們在溪對岸發現更多葉池的氣味，還混合著另一隻貓的。

「風族，」棘爪說：「我想是鴉羽。」

「他一定是在等她。」松鼠飛最後的希望也破滅了，她第一次了解到自己可能永遠失去了她的妹妹。

第十九章

「我們最好直接到營區，」棘爪決定道，「如果一星要把我們的貓收入族裡，他會先確認這些貓的忠誠，才會派他們出巡。」

「沒跟葉池說到話我絕不回去。」松鼠飛堅決地說。

她希望一星不會阻止他們跟她妹妹見面。風族族長在上次大集會裡表現得如此深切的敵意，使松鼠飛感到跨越這塊藏不住形跡的空曠沼地特別容易受到攻擊。她的目光不斷掃視光禿的山坡，看是否有貓兒接近，但是當巡邏隊突然從突出的岩塊後跳出，跑過草地朝他們奔來時，她仍然嚇了一大跳。

她發出噓聲：「看——是網足和鼬毛。」

他們停步等候風族的貓接近。來的除了那兩位戰士，還有一位松鼠飛不認識的見習生。看到網足眼中露出的敵意和他衝到他們面前停步時頸後豎起的毛，松鼠飛的肚子一陣發緊。

「你們在我們的領域裡做什麼？」他咆哮。

「我們要跟一星說話。」棘爪告訴他。

網足的尾巴左右揮動：「雷族還要管閒事？這次火星又想要什麼了？」

「我們會對一星說的。」

網足和鼬毛交換了一個眼神。松鼠飛心想他們也許得打贏他們才過得去。然後網足發出不屑地輕哼聲，「你們也不必說到這裡來的原因，我們早就知道了。我猜一星也會想聽聽你們有什麼話好說。」

他和鼬毛退開好讓棘爪和松鼠飛通行，這位見習生則一直用熾熱且質問的眼神盯著他們。松鼠飛對棘爪投去一個疑問的眼神，但看起來這隻虎斑戰士也跟她一樣困惑。網足的話指的一定是葉池，但有貓想加入他們一族而他們卻還如此生氣，實在毫無道理。

這兩隻風族戰士一左一右護送著他們來到營區。他們爬上山谷時，那位見習生就先跑去警告一星。等松鼠飛和棘爪來到山谷邊緣，一星已經在中央的一堆石頭旁等著他們。他的副族長灰足和其他幾隻戰士貓都站在身邊，全都若有所思地仰頭看著松鼠飛和棘爪爬下山谷。松鼠飛大吃一驚，這裡沒有葉池或鴉羽的蹤影，一星不會是把他們關起來了吧？

「他們到了。」網足說。

一星上前一步，雙耳放平。「哼，你們是火星派來的了？你們是來解釋雷族為什麼要偷走我們的一位戰士嗎？」

「什麼？」狂怒有如烈火燎原般湧上松鼠飛心頭。她走上前直到與一星面對面，「你竟敢叫我們小偷？應該是風族——」

她話沒說完就被棘爪揮到她嘴前的尾巴擋住；她看了他一眼，但他琥珀色的眼睛裡清楚露出警告。她屈伸了下爪子，勉勉強強地退後一步。

虎斑戰士對一星低了低頭，「雷族並沒有偷走風族的任何戰士，」他說：「怎麼，你們有誰失蹤了嗎？」

「是鴉羽，對吧？」松鼠飛的心跳開始加重。

一星瞇起了眼還沒開始說話，灰足就豎起了耳朵，「是的——妳知道他在哪裡嗎？」她聽來沮喪至極，松鼠飛想起她是鴉羽的母親。

「安靜！」一星咆哮著怒視灰足，但這隻灰色母貓毫不畏縮地回瞪著他。

「你最後一次看到他是什麼時候？」棘爪打破風族族長和副族長之間的緊張發問，「我們或許幫得上忙。」

「我們不需要雷族的幫忙！」網足呸著說。

一星揮起尾巴要他住口。「鴉羽昨晚沒有回戰士窩睡覺，」他喵聲說道：「今天早上我們跟著他的氣味蹤跡一直追到了雷族疆界，在那裡他的氣味跟一隻雷族貓兒的氣味混合了。顯然他們是在那裡相會的。」

鼬毛擠身上前站到了族長身邊，「等一等，」他對棘爪說：「如果你根本不知道鴉羽的事，那為什麼還來這裡？你們知道他是跟雷族的哪隻貓會面嗎？」

松鼠飛點點頭。現在想要隱藏真相也沒有用了，「是我妹妹葉池。她也不見了，我們是跟著她的氣味蹤跡來到邊界的。」

「但她是巫醫啊！」灰足驚呼。

「巫醫跟其他貓兒一樣也會有感情。」松鼠飛替她妹妹辯護。

一星發出憤怒的噓聲，「她打破了星族的規定，這件事我和我的戰士永遠不會原諒雷族。」

「是鴉羽說服她走的！」松鼠飛立刻還擊。

棘爪警告地看了她一眼，「一星，如果你把火星和雷族當成敵人，那就犯了個大錯。我們必須合作，找出族裡失蹤的貓。」

「怎麼做？」一星顯然極力在控制怒火，憤怒逐漸消退後他的語氣顯得迷惑，「如果鴉羽沒跟你們在一起，那麼他們到哪裡去了？」

「他們能去哪裡？」灰足垂頭喪氣地問，好像連自己也不期待會得到答案。

「我們可以設法去找，」棘爪喵聲說：「或許我們可以追蹤他們的氣味蹤跡。」

「我去找。」灰足自告奮勇說。

一星點點頭，「帶一位戰士陪你。」

「我們也會一起去。」松鼠飛喵道。她知道一星不會拒絕。

灰足對裂耳點頭示意，這四隻貓就離開營區前往之前嗅到同族貓兒氣味的疆界附近。每走一步松鼠飛就感到更加焦慮，葉池在僅僅一隻貓的陪伴下前往未知的領域，她是否安全？沒有貓族的支持，他們怎能過正常的生活？**一定要找到他們**，她暗自發誓。**他們犯下大錯了！**

灰足是第一個再次聞到氣味蹤跡的，「往這邊！」她邊說邊用尾巴比著。

四隻貓分散開來，互相間距幾個尾巴遠，鼻子朝地上嗅著，如果他們追蹤的貓兒分道揚鑣也比較容易察覺；但這兩股氣味卻一直形影不離地跨過風族的氣味標記進了山區。松鼠飛的心往下沉，到剛才為止她心裡都不肯放棄那微弱的希望，認為會發現葉池和鴉羽在領域邊緣躲著。現在她必須承認他們是真的走了。

湖泊不久就在沼地的起伏外隱沒，山峰愈來愈高聳荒涼，東一簇西一簇的雜草間突出在岩塊之間。松鼠飛開始感到疲累而寒冷，她無法想像葉池怎麼會有勇氣走進這塊邪惡的國度。**她一定絕望到非離開不可……**

最後棘爪來到一塊高地頂端停下步子。從高地眺望，地面往下延展成無盡的灰色碎石，只有幾處發育不良的荊棘叢生長其間。

「我聞不到他們了。」他這麼宣布。

四隻貓擔憂地互相看了幾眼。還不願放棄的他們繼續沿著山丘邊緣行走，想再次聞出氣味，但卻什麼都沒找到。松鼠飛走下山坡，腳下都是岩石尖銳的碎片。那裡也沒有氣味，完全無法分辨她妹妹和那隻風族的貓去了哪裡。

「沒希望了，」裂耳邊說邊爬上山坡加入大家，「我們再也找不到他們了。」

「還是回去吧。」棘爪說。

「不！」松鼠飛抗議道：「不能讓他們就這樣走了。」

棘爪揮動尾巴，掃過前方岩塊嶙峋的地面、貧瘠的沼地和天空：「他們可能在任何地方。」

「他說得不錯。」灰足的雙眼因痛苦而加深，「我們已束手無策了。」

棘爪走向松鼠飛，把尾巴放在她肩上，「如果他們不想被找到，我們就追蹤不到他們。」他溫柔的說。

松鼠飛想堅稱他們一定能找到，但內心深處她明白葉池和鴉羽已經走了。**我再也見不到妹妹了。**她轉過頭，臉頰貼著棘爪，讓熟悉的氣味安慰著她。他們一起經歷了這麼多波折才把貓族帶到新家。她很高興有他在身旁，陪她度過這份新痛苦。

他們抵達風族邊界時，太陽就快落到地平線後方。松鼠飛向灰足和裂耳道別，跟在棘爪身後疲倦地涉水過溪。他們該怎麼跟火星說呢？

「我們快失去那趟旅程的貓兒了，」她對棘爪說：「先是羽尾和暴毛，現在又加上鴉羽。」一股冷顫傳遍她全身，「你想這是不是表示，星族根本不想要我們在這兒定居呢？」

棘爪搖搖頭，「我很確定這是祂們要貓族住下的地方。松鼠飛，不要懷疑祂們。我們都知道在新家定居不是一件容易的事。」

「沒錯，但我從沒想過竟然會這麼困難。」跟著他穿過陰暗的樹林走回去時，松鼠飛喃喃自語著。

樹下雖然陰暗，仍有幾股陽光照進了石頭山谷，把空地染上了血紅的光。松鼠飛按捺住顫抖，心想巫醫不知道會不會把這當成星族給的徵兆。

她一走進營區，就感到全族已經都注意到葉池的消失了。蕨雲和塵皮蜷伏在獵物堆旁，頭緊靠在一起；蕨毛、灰毛和他們的兩位見習生則焦慮地聚集在見習生窩外；長老們都從他們在扭曲榛樹叢下的窩裡出來，而就在擎天架下方，火星正在跟沙暴、煤皮和亮心說話；只有黛西的孩子們完全沒發現任何異狀，仍然在育兒室外的泥地上快樂地扭打。

松鼠飛和棘爪走過空地時，她感覺得到貓兒都轉頭看她，那些目光燒上了她的毛。她也感覺到希望的漣漪就像拂過草地的風，掃過她的族貓，而等到他們發現葉池並沒有跟他們在一起時，又逐漸消失。

火星開始向他們走近，但最先來到他們面前的卻是亮心，「對不起，對不起！」她說。她的聲音因憂愁而嘶啞，那隻完好的眼裡盛滿愧疚，「我並沒有想取代她的位置。葉池就跟煤皮一樣，是我們的巫醫。」

「我很確定她的離開並不是因為妳。」松鼠飛的回答有點勉強。她其實很清楚，葉池對亮心接手她的巫醫職務並不太高興。

「怎麼回事？」火星在他女兒面前停步問道：「你們發現了什麼？」

「找到葉池了嗎？」沙暴也問。

其他貓兒都聚集起來，重複問著沙暴的問題，其中有些貓兒還提到鴉羽。葉池的祕密再也守不住了。煤皮一定是被迫把所知的一切告訴族貓們。

開口解釋的是棘爪，「她的氣味蹤跡一直維持到風族領域，所以我們拜訪了他們的營區。」

就在那時煤皮瘸著腿走來，正好聽到了棘爪的話，「你跟她說話了？」

棘爪搖搖頭，「她不在那裡。她和鴉羽已經離開了貓族的領域。我們和兩隻風族的貓跟著他們的氣味蹤跡走，但進入山區後就再也聞不到氣味了。他們走了。」

「不！」煤皮的聲音沙啞而低沉，目光因極度恐懼而黯淡。

火星和沙暴互相靠近直到身體相碰，「我們失去她了。」沙暴輕柔地說。

「全族都失去了她。」火星說。

松鼠飛好想大聲哀號。葉池也損失了很多，她一定是愛極了鴉羽才會為了他而放棄一切。

我會為灰毛這麼做嗎？松鼠飛納悶著。不知怎麼，她就是不認為自己做得到。

那為了棘爪呢？

她眨了眨眼，發現自己無法回答這個問題。

第二十章

葉池在山脊停步，想忽略當她回頭時腳掌上的疼痛。湖泊和樹林早就看不見了；她身邊只有連綿不絕的陌生山丘。她張開了嘴，嗅到沼地野草的刺鼻氣味和一絲兔子的味道。太陽就快下山了，但四周卻看不到任何能讓她和鴉羽過夜的樹木或樹叢。

這隻風族戰士跟著她爬上山坡，就站在她身旁。她感到他的身子擦過，一股溫暖悄悄爬回葉池疲累的四腳。當周遭的一切都顯得陌生可怖，這隻貓兒仍然能夠給她勇氣與希望。

那麼妳拋下的一切呢？一個微弱的聲音在她體內響起。

葉池試著想像族裡的情形。火星一定會大為震怒，因為她什麼也沒說就棄部族離去；煤皮會找到一位新見習生；松鼠飛會非常想念她……一股強烈的疼痛使葉池大大震撼了，差點她就想轉身往湖泊跑回去。但現在每隻貓都知道她已經走了，再加上鴉羽還跟她在一起，她又怎麼能回去？

只要擁有鴉羽，一切都不重要。她對他的愛使她從耳朵到尾巴末梢都起了一股震顫。她必須繼續相信這個決定是正確的。

「再走遠些。」鴉羽的鼻子在她耳邊，「我們得在天色變暗前找到地方過夜。」

「好。」葉池強迫自己的腳跟著他走過山脊。他們已經跋涉了一整天，即使他們前一晚都沒有睡覺，葉池卻覺得這輩子從來沒有這麼累過。

鴉羽突然停步，用尾巴指著下方，「妳看！」

她趕了上去，前方的地勢漸緩成為充滿石塊的山谷。山谷底部有個小湖，幾株被風吹得殘枯的灌木長在湖邊。

「感謝星族！」她喊道：「掩蔽和水源。」

她振作起精神，踩著鬆動的石頭三步兩滑地跳下山坡，最後來到水邊，伸出舌頭舔水。上次造訪月池的記憶襲上心頭。

再也不是了，內心的聲音告訴她。**妳再也不是巫醫了**。

葉池提醒自己，沒關係的，斑葉都說過要追隨自己的心了，她所做的事一定是正確的。

灰黑毛的戰士來到湖畔站在她身邊，看著水裡，「我沒看到魚。」他說。

他的話提醒了葉池自己有多麼飢餓。一天下來他們唯一吃到的獵物就是一隻出發不久後在溪邊抓到的瘦小田鼠，而那已像是好幾個月前的事了。

「明天早上你可以抓隻兔子來，」她盡量不去想兔子的氣味有多麼淡薄：「你擅長在這樣的沼地打獵，你也可以教教我。」

「當然，妳很快就能學會的，」鴉羽喵聲回答，「不過我想我們不該等到明天早上，這附近一定有其他獵物。」

他張大了嘴站立，嚐著空氣。葉池豎起耳朵站在他身旁，然後聽見了小動物在樹叢下跑過的聲音。一個心跳過後她就發現一隻老鼠，立刻趴下成狩獵姿勢，發出滿足的呼嚕聲之後就撲了過去。

就在這時候，另一隻老鼠從枯葉下衝了出來，鴉羽用一隻腳掌抓住了牠。

「看吧，我是怎麼說的？」他邊說邊走向葉池，一起分享食物。

他們在一株小樹樹根處找到一塊沙地，風被沙地上扭曲的樹枝遮擋住，他們就在那裡大快朵頤起來。

「獵物的事你說得沒錯，」葉池喃喃自語，用舌頭舔淨了嘴，「我真高興你在這裡。沒有你，我會非常害怕。」

「我會永遠照顧妳的，」鴉羽把鼻子靠在她身上，向她承諾著：「明天我們一定會找到更好的居住地點；畢竟，貓族找到了湖泊，而我們兩個也不需要多大的領域。」

葉池點點頭，「這山區總會轉成平地的。」**會嗎？**

「不會有事的，妳放心。」鴉羽向她保證。

「我知道。」葉池的聲音愈來愈微弱，疲累的她開始沉睡。

她站在陰暗之處，四腳在浸滿露水的野草上而感到寒冷。四周是一片恐怖的嚎叫聲，但即使她的頭慌亂地四處張望，卻仍無法分辨聲音是從哪裡發出來。然後她發現圍繞在她身旁的黑暗原來是滾滾翻騰的黑霧，黑霧突然散開，她看到浪花拍打著湖岸。這個夢把她帶了回家，但一陣血腥味卻吞沒了她，湖裡的水變成一片血紅，波浪正飢餓地吞噬著土地。

「不！」她驚喊。

在和平降臨之前，血，依舊要濺血，湖泊將染成血紅。

她身上的每根毛都豎了起來。她離開了部族，為什麼還不能逃脫星族恐怖的預言呢？嚎叫聲漸漸消失，卻突然有更大聲響在她身後出現。葉池立刻轉身。黑霧仍在她周圍翻騰，但她卻看到霧裡有個大而笨重的身影在移動。那形體非常模糊，雖然葉池瞥見圓鈍的爪子、急速張合的大嘴和細小惡毒的眼睛，卻仍無法看清全貌。一個黑暗生物在她背後伸出一隻爪子揮向她，碰到她的鬍鬚，還差點打中她的眼睛。她往後跳開，感到黏稠的液體正從爪旁流出。血的腥臭瀰漫在她口鼻周圍。

「星族救救我！」她大喊。

她睜開眼來，發現自己躺在沼地山谷裡，頭頂上是樹枝，鴉羽在她身邊。她深深吸了口氣放鬆下來，等著他開口問怎麼回事。然後她發覺這隻風族戰士站了起來，凝視著黑暗，身體因緊張而僵硬。

「誰在那裡？」他尖聲喊道。

葉池聽到拖在地上的腳步聲愈來愈近。鴉羽站在她面前想保護她。葉池從他身後望過去，只看到一個移動緩慢的黑暗形體，就像她夢裡看到的一樣。

我真的醒了嗎？

然後月亮從雲朵後露出來，銀光灑進山谷，映照出一個巨大、厚皮的生物，身上有道白紋一直連到尖嘴邊。是一隻獾！

葉池立刻站了起來，「走開！」她怒吼。

鴉羽的尾巴掃過她嘴邊，「葉池，沒關係，」他喵聲說道：「是午夜。」

仍在發抖的葉池抬頭凝視這隻老母獾。午夜住在太陽沉沒之地；她到沼地來做什麼？葉池好奇地向前走了幾步。她一直想見見這隻曾對她姊姊和棘爪做出警告的獾，是她告訴他們森林將被兩腳獸破壞，以及所有貓族都必須離開的。沒有她的警告，他們永遠不會發現星族為他們選定的那塊新地方。

「你好啊，鴉掌。」午夜的雙眼因驚喜而發亮，「就連我都沒想到會在這裡遇見你。」

「妳好，午夜，」鴉羽喵聲開口：「我們也沒想到會見到妳。我已經不是鴉掌了，」他說：「我的戰士稱號是鴉羽……為了紀念羽尾。」

葉池瑟縮了。鴉羽似乎察覺到她的不悅，用尾巴比了比將她帶上前，「這是葉池，」他說：「是松鼠飛的妹妹。」

葉池點了點頭，「午夜，能見到妳真好。我常常聽到妳的事呢。」

「妳姊姊提過妳，」午夜回答：「星族也顯示不少未來給妳看嗎？」

「是的，我是巫醫。」葉池眨眨眼。**她真是巫醫嗎？**

這隻老獾看了看她又看了看鴉羽，然後視線又落在她身上，「你們是私奔出來的，對吧？」她質問。

葉池全身僵硬。午夜已經知道她和鴉羽私自逃出貓族了嗎？所以她才來找他們的？

「妳怎麼知道？」她小心翼翼地問。

午夜還沒有回答，鴉羽就往前跨出一步，「我們不得不離開，」他解釋：「我們屬於不同的部族，如果我們想在一起，就只有——」

「等等。」午夜舉起一隻大腳掌，「你說你們單獨在這？那其他貓兒都在哪？」

「在他們的領域裡，在湖邊。」鴉羽用尾巴指了指方向。

「所以你們不知道？」

「知道什麼？」一陣突來的緊張使葉池伸出了爪子。

午夜低下頭來，「大禍快來了。我很多兄弟姊妹們都對貓族不滿，」她焦躁地說道：「貓兒驅逐了他們，現在他們要把你們趕出去，搶回屬於他們的地盤。」

葉池大大吸了一口氣，「我們把一隻獾趕出了領域，」她想了起來，「一隻有孩子的母獾。」

「鷹霜也趕走了一隻到河族的獾。」鴉羽說。

葉池簡直沒聽進他的話。她的頭一陣金星亂冒，好像陷入了那鮮血四濺、利爪揮舞的夢裡，「妳說牠們要攻擊貓族？」她低聲說。

「午夜，妳站在哪邊呢？」鴉羽嚴肅地問。

午夜的目光迎了上去，「我不選邊站。貓和獾可以和平共處。我反對攻擊，但我的親人不聽話。他們談著報復已經好幾天了。」

鴉羽靠向葉池，葉池感覺出他在發抖，「牠們計劃怎麼做？」他問。

「很多獾聚集。要攻擊你們的窩、殺很多貓，把其他動物都趕走。」

我們的窩……她是指我們的營區。葉池全身的毛都豎立起來，她和鴉羽在這裡是很安全，但是被留在他們身後的貓族卻會被毀，族貓們也會被屠殺。

「不……」她低聲說道：「不能這樣！」

「妳在這裡做什麼？」鴉羽問午夜。

「我去警告貓族，告訴他們快發生的事，」這隻老母獾回答：「你們要不要幫忙？」

葉池張嘴想說話，但鴉羽卻先開口了：「不。我們永遠離開了貓族，我們愛莫能助。」

「鴉羽，不行！」一陣恐懼的顫抖從葉池耳朵傳到尾巴末梢，「我們不能坐視貓族被屠殺。」

鴉羽琥珀色的眼裡充滿痛苦。他的鼻子輕柔地靠著葉池的臉龐：「我知道，」他說：「但午夜正要去警告他們。如果他們肯聽話，就能確保安全。不然我們還能怎麼做？」

「我們——」葉池說不下去了，她也不確定答案是什麼。

「我們走得太遠，」鴉羽堅持著，「如果我們現在回去，所有貓兒都會知道我們所做的事，我們將再也不能離開，然後一切又會恢復原狀——甚至更糟，因為我們不能再像以前那樣見面。所有貓兒都會盯著我們，等著看我們犯錯。現在的這一切努力就全都白費了。」

彷彿夢裡的那隻獾正用爪子撕開她身體似的，葉池痛苦地喘著氣。她知道鴉羽是對的；

如果他們現在回去，就會損失一切。可是既然知道貓族將面臨怎樣的險境，他們又怎能繼續前進？

午夜的目光輪流看著她和鴉羽。葉池不曉得這隻獾對巫醫的職責，或對於不同部族的貓不能在一起的戰士守則了解多少，但午夜的眼神裡卻流露著溫暖和了解，彷彿她能夠感覺出在他們決定離開部族之前曾經歷過多少掙扎。

「願星族保佑，」這隻獾低聲說道：「未來掌握在戰士祖靈的腳掌中。我會盡力去做。」

「謝謝妳。」葉池說。

她看著午夜拖著笨重的身軀爬上山坡，走向被他們拋在身後的那片領域而去。葉池的四隻腳因愧疚和悲傷而發抖；她的族貓們陷入險境，而她卻故意選擇不幫忙。

鴉羽用鼻子輕觸她耳朵，「再去多睡一會兒吧。」他說。

他倆在灌木叢下，葉池在他身邊蜷伏下來，但睡意卻拒絕出現。她腦中充滿了張牙舞爪的獾衝進雷族營區，撕裂她族貓們的畫面。

願星族保佑他們！她祈禱著，可是祈禱卻救不了他們。

她的夢境清楚顯示出這場攻擊會有多兇殘。她想起其他巫醫常在月池旁所描述的夢境，裡面有黑暗和揮擊的利爪。現在她也接收到來自星族的相同訊息。葉池的身體刺痛著；星族戰士們仍在對她說話。她對午夜說自己是隻巫醫時，並沒有說謊。

她感覺得出鴉羽也沒有睡著。他一直不安地變換睡姿，她還聽到他嘆了口氣。他向她貼近，不知是想安慰她還是他自己。

終於，葉池進入輕微的不安穩睡眠。她似乎浮在一片灰霧裡，完全不知道自己身在何處。這團虛空卻忽然被一聲焦慮的尖叫撕裂。

「星族，救救我！」

葉池發著抖跳了起來，只看到灌木叢的輪廓掩映著曙光初現而逐漸蒼白的天空。她認出那夢裡的聲音，是煤皮。

「鴉羽！」她倒吸了口氣，「我不能待在這裡，我要回去。」

鴉羽抬起頭，琥珀色的眼神透著冷靜，「我知道，」他喵聲說道：「我也有同感，我們必須回去幫助我們的部族。」

一陣安心感淹沒了葉池。在此刻她更加愛他了，因為他了解，因為他也關心他的部族，就像她關心她的部族一樣。她匆匆地用鼻子輕碰著他，還發出比一個心跳還要長的呼嚕聲。

「走吧。」她說。

第二十一章

「老鼠屎！」松鼠飛咕噥著。從她爪下逃脫的歐掠鳥振翅飛上了她頭頂的樹枝，而她的爪子卻插進了沼地。每個清醒的時刻都充塞了對妹妹的擔憂，這樣她怎能專心打獵？

我真該阻止她的，她憂愁地想。

「運氣不好，」灰毛從後面趕上來說：「今天就到此為止如何？我們捕得夠多了。」

「好吧。」松鼠飛跟著他走到樹叢下的一處地方，那裡的獵物已被灰毛用土遮掩住。嘴裡還叼著一隻松鼠的蛛足加入他們，狩獵巡邏隊要回到營區。

「開心點，」把獵物放在獵物堆上時，灰毛對松鼠飛低聲說：「葉池不會有事的。」

「她拋下了一切，怎麼可能會沒事？」松鼠飛反駁道。

「妳怎麼不休息一下？」這隻灰毛戰士建議她，邊用尾巴指著山谷邊緣有陽光的地方，「昨晚妳幾乎都沒睡。」

「我現在也睡不著。我要確定煤皮吃了東西。」

松鼠飛從獵物堆裡叼起一隻田鼠，走過空地來到巫醫窩。當她繞過了蕨葉圍籬，看到煤皮腳掌盤在身體下，蜷伏在她窩外的空地上。煤皮的藍眼睛眼神呆滯，一陣顫抖傳過松鼠飛全身，彷彿煤皮正凝視著只有她才看得見的恐怖景象。

這隻巫醫眨了眨眼，抬頭看她：「松鼠飛——有新消息嗎？」

「妳是說葉池嗎？」松鼠飛放下那隻田鼠，「不，沒有。我替妳帶了些吃的來。」

巫醫轉開了頭：「謝謝，可是我不餓。」

「妳一定要吃！」松鼠飛抗議著，她不知道煤皮是否把葉池的消失歸咎於她自己，因為這隻巫醫看來似乎既沒有勇氣，也失去了活力，「現在葉池走了，我們比以前更需要妳呀。」

煤皮發出一聲長長的嘆息，「可是我失敗了，澈底失敗了。」

「那不是妳的錯！」松鼠飛扭身擠進煤皮身邊的狹窄空地，讓身體倚靠著她以示安慰，「妳是偉大的巫醫。雷族沒有妳怎麼行？」

煤皮凝視著她，那求助的眼神讓松鼠飛感覺到自己就要淹沒在她深藍的眼眸裡。煤皮好像有話想對她傾訴，但她卻只說了：「真希望一切都不要改變。」

「不是非改變不可，不會的。葉池會回來，我們一定要這樣相信。」

煤皮搖搖頭，閉上了眼睛。

松鼠飛伸出一隻腳掌，把田鼠朝她推近了些，「吃吧，吃下去會覺得好些。」

煤皮遲疑了一下，然後彎下頭聞了聞，「松鼠飛，請妳去看看栗尾好嗎？」過了一會兒她開口：「我很擔心她。妳也知道她和葉池是很要好的朋友。」

「栗尾知道這件事嗎？」她因為小貓快要出生而整天待在育兒室，這隻玳瑁色毛的戰士可能還沒聽說這個消息。

「她知道，我昨晚告訴她的。」煤皮聽起來比較像從前的她了，松鼠飛鬆了口氣，「她很沮喪，我給了她一些罌粟籽讓她好睡點。」

「沒問題，我去看她。只有一個條件——在我走之前，我要看到妳吃下那隻田鼠。」煤皮眼裡隱隱透出開心的微弱光亮，「妳從不放棄，對吧？好吧——如果栗尾需要什麼，妳就告訴我一聲。」

松鼠飛走出窩外時，這隻巫醫又聞了聞那隻田鼠，先咬了一小口，然後才開始大口吞嚥，好像突然才發覺自己有多麼飢餓。

松鼠飛不去打擾她，直直走向育兒室。亮心在育兒室外，低頭看著小莓。看到松鼠飛走進，她挺直了身子。

「看！」她喵聲說道：「那根刺拔掉了，現在把你的腳掌好好舔一下吧。」

「謝謝！」小莓崇拜地仰頭凝視這隻黃白相間的母貓。來自馬廄場的貓咪們似乎不再注意她的傷疤了。「妳是最棒的巫醫！」

「我不是巫醫，」亮心糾正他，瞄了松鼠飛一眼：「雷族已經有兩隻巫醫了。我永遠不會當巫醫的。」

「可是，我認為妳是。」小莓一邊用力舔著腳掌一邊說。

可惜亮心沒趁葉池還在時這麼說，松鼠飛心想。「嗨，」她喵聲說：「煤皮叫我來看看栗尾。」

「栗尾很好，」亮心告訴她：「她剛才還跟黛西一起吃掉一隻兔子，現在她又睡著了。我的星族呀，她好胖哦，」她又加了句：「看來再過不久她就要生了。她簡直等不及了！」

「真好。」松鼠飛努力想做出熱切的表情，但她卻無法對在新家出生的第一隻小貓咪感到興奮，因為她腦中滿是對葉池和煤皮的擔憂。

她探頭進育兒室，看到玳瑁色的貓正安詳地睡在苔蘚和蕨葉中。黛西和蕨雲靠在年輕戰士身旁，正輕聲細語地交談。她倆抬眼看到松鼠飛，抽動鬍鬚跟她打招呼。

等她出來時，亮心已經走遠，停在煤皮窩前的蕨葉圍籬後，松鼠飛瞥到她搖擺的尾巴。松鼠飛相信亮心會把栗尾的情況告訴巫醫，便走向獵物堆準備找些吃的。

火星正在那裡跟沙暴一起享用著一隻松鼠，棘爪則在一個尾巴遠長大口吞食著一隻鶇。

「我要你負責明天黎明的巡邏，」松鼠飛走近時，火星對棘爪這麼說：「好好檢查一下風族的邊界。你很可能會聞到更多葉池的氣味。」

棘爪吞嚥了一口，「我會找雲尾一起去，他是我們最棒的追蹤者。」他又遲疑地加了句，「但上次我們追蹤她的氣味一直到山區深處，我想現在應該找不到其他蹤跡了。」

「還是有可能。」火星堅持著，他好像無法認同將再也見不到葉池這一點。

就像灰紋那樣？松鼠飛突然想到。

沙暴抬起頭來，「你也許會遇到正好回來的葉池，」她喵聲說道：「如果真的遇到了，請不要生她的氣。」

棘爪點點頭，「別擔心，如果看到她，我會讓她感到能夠安心回家的。」

松鼠飛看得出來，對找到這隻失蹤的巫醫，他並沒抱著多大希望。她自己也開始同意這個想法了。即使她仍抱著妹妹會回來的希望，她卻明白葉池既然已經做出令人難以接受的決定，要她再回來會有多麼困難。

她從獵物堆裡叼出一隻鵲鳥，開始吃了起來。

「妳還好吧？」棘爪低聲問。

「不算好。」她回答。

「妳不必責怪自己。」沙暴安慰她。

「但這是我的錯！」松鼠飛心頭所有的憂慮都一股腦傾瀉而出，但她必須阻止自己像隻迷失的貓咪那樣哀嚎。「我明知道那天晚上葉池要離開營區，但我卻什麼也沒做。」

火星靠過來在她耳朵上安慰地舔了一下：「我們全都該看出葉池有心事。」

「沒錯，」棘爪意外地插嘴，「就算妳真的做了什麼，可能只是讓她更早離開而已。誰知道呢？」

他的目光越過她望著營區入口，灰毛跟他的見習生剛從那裡出現。他們走向獵物堆；吃完食物的棘爪用舌頭舔舔嘴角，在那隻灰毛公貓走來之前踱步走開了。

「剛才做得很好，」灰毛和樺掌邊走邊說：「帶些獵物給長老，今天的訓練就結束了。」

樺掌從獵物堆上抓了幾隻然後奔過空地，灰毛則向松鼠飛走來。火星和沙暴起身離開，留他倆獨處。

「我剛才在訓練樺掌，」灰毛告訴松鼠飛：「他學得真快。」

「很好呀。」松鼠飛回答，努力想替灰毛的指導順利感到高興。

「妳看來好像很累。」灰毛輕碰她的耳朵，「這次妳**非休息不可**，所以不必跟我辯了。」

松鼠飛感覺就像有大群螞蟻爬過身體；她現在最不想做的就是躺下，因為她根本睡不著。但看著朋友擔憂的眼神，她嘆口氣同意了。吃完食物的她走到牆邊的陽光角落，側躺著伸展四肢，讓夕陽的光線滲透入她的皮毛。

灰毛緊靠在她身邊蜷伏下來，開始舔著她肩膀。他舌頭重複的舔舐使她放鬆下來，即使松鼠飛腦中仍有嗡嗡作響的思緒，卻開始進入了夢鄉；但那嗡嗡聲卻愈來愈大，她這才發覺原來那聲音並不在她腦中。低沉如雷的吼聲正從樹林間傳來。

她煩躁地抬起頭，「看在星族的份上，那到底是什麼呀？」

她話還沒說完，空地外就傳來貓兒驚嚇的嚎叫聲。蕨葉劇烈地搖晃著，白掌從通道口衝了出來，雙耳緊貼在頭側，睜大的雙眼裡滿是恐懼。蕨毛緊跟在她身後。

松鼠飛跳了起來。吼聲愈來愈清晰了：那是許多動物的怒吼和咆哮。那聲音愈來愈大，最後連整座森林都為之震動，接著是樹枝斷裂的啪搭響聲，好像有什麼東西正踐踏著山谷入口的圍籬而來。突然，松鼠飛看到一隻巨大的動物衝過樹枝，在火紅的夕陽下她看到有著狹窄、條紋狀口鼻的一顆大頭，寬闊的肩膀和厚實而鈍的爪子。

「獾！」她嚎叫出聲。

空地上到處是奔逃的貓。火星從擎天架上的窩裡出來，順著落石滑下；棘爪從戰士窩裡擠身出來，身後緊跟著沙暴和雲尾；煤皮和亮心穿過巫醫窩前的蕨葉屏障；亮心完好的眼睛瞇了起來，對入侵者怒吼。

那隻獾在圍籬內稍停，用牠小而明亮的雙眼掃視著空地，往左右兩旁看。松鼠飛正想向牠撲過去，更多的轟隆聲響卻使她像是凍住一樣，恐懼地楞在原地。更多數不清的獾也衝進了營區，像帶著刀鋒似地輾過荊棘樹叢。

一聲似乎是同時發自獾群的吼聲，牠們全都向前衝來。山谷立刻成為張牙舞爪的戰場。松鼠飛在混亂中瞥見雨鬚被抓住一隻腳並丟向空中；他落在一個狐狸身長外的地上，發出一聲悶響，沒有再站起來。

突然一張有條紋的臉在她身前出現。松鼠飛退到身子抵著一處蕨叢，咬牙揮出兩隻前爪。那隻獾的腥臭氣味刺向她喉間，「出去，否則我就把你的皮給扒下來！」她焦躁地說。

然後她發覺自己被擠到一旁，搖搖晃晃的她正想站穩身子，一道灰色的身影卻從她身後搶過。灰毛跳進了她和那隻獾之間。

「我可以照顧自己！」她發出斷聲，但灰毛已經跳上前，把爪子插進攻擊者身上，並一口咬住獾的耳朵。那隻獾發出一聲沙啞的低吼，左右搖頭想把灰毛甩下來。

「松鼠飛！」一個聲音在她耳邊響起。那是棘爪，一邊肩上的傷口正流著血：「幫幫我——我們得把黛西和孩子們弄出山谷，還有栗尾。」

沒等她回答他就轉身繞過空地邊緣，衝向育兒室。松鼠飛跟在他身後猛衝，路上還跳開兩隻尖叫的貓兒——蛛足和黑毛——他們倆正左右夾攻一隻巨大的母獾；這隻龐然巨獸的頭前後搖擺，大嘴一張一合，正為抓不到這兩隻貓兒感到沮喪。

棘爪衝進育兒室，松鼠飛則在門口準備護衛。空地上到處是搏命奮戰的貓，而獾卻想把他們全部殺死。松鼠飛發覺，被作為良好屏障的山谷圍牆，現在卻困住族貓。他們沒辦法逃走，也無法爬到樹上以躲避敵人。松鼠飛看著樺掌想爬上石牆，卻跌進了獾爪下。這位見習生擠進懸崖下的窄縫裡，那隻揮擊的黑爪搆不著他，這才躲過一劫。

黛西和栗尾還有小貓們該怎麼逃脫？黛西絕對不可能跟像獾這樣的動物對抗，而栗尾更因為即將臨盆而無法好好打架。

松鼠飛心想，他們能否爬上擎天架，躲進火星窩裡呢？但那些滑落的碎石太容易攀爬，連獾都能輕易爬上去，到時他們就會被困在上面。

愈來愈多隻獾想從被破壞的荊棘口進來，至少那是牠們的唯一入口。火星擋在圍籬處狂怒地打鬥，身旁還有灰毛、沙暴和刺爪。一隻巨大的爪子攫住刺爪，他身子翻滾著落進一叢蕁麻裡；顫動著的蕁麻枝梗包圍住他，而他沒有再出現。

松鼠飛看到父親奮力抓住一隻獾的肩膀，一面用爪子攻擊獾眼；然後另一隻龐然巨獸移到他身前，松鼠飛就看不到了。

「黛西呢？」一個沙啞的聲音說。松鼠飛轉過頭去，看到雲尾一跛一跛地走來；這隻白毛戰士身上滿是塵土，但他藍色的眼裡仍閃動著打鬥的光。

「在裡面，」松鼠飛說，對身後的蕨叢點點頭：「棘爪正要帶她出來。」

她說話同時這隻虎斑戰士出現了，把黛西推在身前。小莓在他嘴裡哀號扭動著。

黛西睜大的雙眼裡滿是驚恐，「牠們會殺光我們全部的！」她嚎叫著：「我的孩子們怎麼辦？」

「我們會救妳的孩子。」松鼠飛吃驚地看到亮心正從巫醫窩跨過空地走來，「他們被母親帶來這裡，並不是他們的錯。」她消失在育兒室時憤怒地低聲說。雲尾跟在她身後去找第三隻小貓。

「但我們逃不出去呀！」黛西哀嚎著，瞪著仍在營區入口處的打鬥。

「妳會逃出去的，」松鼠飛說。她突然想起葉池偷溜出去的方式：「我知道有條路。」

「帶我們去。」儘管嘴裡叼了隻小貓，棘爪仍然設法說出話來。

松鼠飛探頭進育兒室吼道：「快點！」亮心立刻出現，但卻沒有叼著小貓。「去找煤皮，」她喝斥：「栗尾就要生了。快點。」

緊張傳遍松鼠飛全身。**偉大的星族呀，不！**她掃視空地，沒看到煤皮，卻看到栗尾的伴侶蕨毛就在幾個尾巴外憤怒地跟一隻獾打鬥。顯然他正想到育兒室來。

「蕨毛，快跑！」她大吼著衝向那隻獾，揮爪向獾的後半身攻擊。

那隻動物側身撲了個空，蕨毛趁機避過。

松鼠飛不再理會那隻獾，掉頭衝回育兒室：「栗尾就要生了，」她喊：「不——」她擋住正要一頭衝進蕨叢裡的蕨毛又加了句，「去找煤皮。」

蕨毛用閃爍著恐懼的雙眼看她一眼，然後轉身奔過空地往煤皮的窩跑去。正在打鬥的動物群間開了一個缺口，正好能夠讓松鼠飛看到他找來巫醫。他尾巴慌亂地比著，然後兩隻貓一起向育兒室跑來。他們回來時正好趕上雲尾和亮心從蕨葉出來，嘴裡各叼著一隻小貓。

「如果栗尾真的要生了，就不該移動她，」煤皮喵聲說道：「你們一定要留一位守住門口，其他貓兒就盡力去救自己和小貓咪吧。」她說完話也沒等著看大家是否遵守她的建議，就消失在育兒室裡。

「我留下。」蕨毛立刻自告奮勇。

「我會再回來幫你，」松鼠飛說道：「等我告訴大家該怎麼逃出去就回來。往這邊走……」

她往左右看了看，想判斷一個最安全的方法抵達葉池的逃脫小徑。**就在空地的另一邊！**至少現在天色暗下來了，雖然空地中央仍有半弦月的慘淡光亮，空地邊緣卻散著濃厚的影子。獾雖然能看見在黑暗中的東西，松鼠飛卻希望忙著打鬥的牠們不會費心去管幾隻走過牆角的貓。

「緊跟著我。」她警告黛西。

她沿著空地邊緣走，盡量以樹叢和蕨葉作為掩蔽。她聽見身後那隻馬廄場來的貓所發出急促驚恐的呼吸聲，再遠一點還有她小貓們發出的微弱喵嗚聲，那聲音幾乎快被遠處的打鬥怒吼聲給蓋過。

「怎麼回事？」小鼠哀傷地問：「那些聲音是哪裡來的？」

「對啊，而且為什麼要咬著我們？」小莓抱怨著：「我夠大了，可以自己走！」

「你們被咬著是因為獾是又大又笨重的動物，」黛西轉頭對他們說：「牠們可能在黑暗中踩著你們。」黛西不讓孩子們察覺她心中的恐懼，松鼠飛感到一陣敬佩。

「如果獾踩到我，我就咬牠！」小榛開始吹牛。

「你不會有機會的，」他的母親說道：「現在閉上嘴不要亂扭，我們就安全無虞了。」她說話時瞥了松鼠飛一眼，彷彿在警告她不要出言反對。

他們走向營區石牆以躲避一隻獾，牠怒吼連連想要甩掉棘爪，棘爪卻緊抓著獾的肩，用爪子猛擊獾耳。他們經過長老們所住的榛樹叢時，松鼠飛看到鼠毛蜷伏在一堆樹枝下，露出利爪，眼裡閃著狂怒的光。金花和長尾在她身後。

「跟我們一起走，」松鼠飛輕聲喊：「我知道爬到牆外的法子。」

鼠毛搖搖頭，「瞎了的貓爬不上石頭。」她回話時瞥了長尾一眼。

「那麼妳走吧，」長尾回答：「要是有獾接近，我還可以擊上一爪。」

鼠毛對他發出噓聲，「我們要在一起，沒什麼好說的了。」

松鼠飛沒有時間跟他們爭執。她身旁的黛西怕得全身發抖，快要壓抑不住驚慌。棘爪、雲尾和亮心已經趕了上來，在背上的小貓下不斷變換姿勢。松鼠飛聽見小莓在問：「我們怎麼停了？」

「你們可以躲在擎天架上，」她對鼠毛建議：「如果有妳引導長尾，他就能爬上去。」她仍然對火星的窩會有多安全感到懷疑，但總比下面這裡多了些掩護。

「好。」鼠毛點點頭：「長尾，用牙齒咬住我的尾巴。」

松鼠飛帶頭經過戰士窩，黛西和其他貓兒緊跟在她身後。一隻獾從樹枝裡衝了出來，身體的一側血流如注，使她必須暫時停步；那隻獾看來已準備放棄。沙暴從獾身後衝出，怒吼著：「滾出去，別再回來！」那隻獾逃走時，松鼠飛對她母親抽動著耳朵，但沒有時間停下來。

他們已走過空地的一半，一隻蒼白的灰色身影從影子裡出來。是灰毛；他的一隻耳朵已被扯掉，身側有個很深的傷口正滴著血。他的呼吸粗重，但似乎沒有受重傷。

「松鼠飛，妳沒事吧？」他喊。

「對，我沒事。我要告訴黛西和她孩子怎麼走出去。」

「我跟妳一起走。」

松鼠飛不耐地抽動鬍鬚：「不，你去育兒室幫忙蕨毛。」

灰毛遲疑了一會，松鼠飛以為他要拒絕了，然後他就越過她和其他貓兒，經過她時還在她耳邊匆匆舔了一下，就消失在黑暗裡。一隻獾看到了他，發出一聲吼叫就朝他追過去，但松鼠飛卻無法停下來幫忙。

「走吧，」她低聲說：「已經不遠了。」

一聲貓兒痛苦的尖叫衝破周遭的喧鬧，使松鼠飛的肚子絞痛起來。空地上一片混亂，獾巨大的身體衝向獵物，而族貓們小而柔軟的身影則在其中竄來竄去，奔向某處揮出一擊然後又迅速跑開。松鼠飛從這裡看不到荊棘圍籬，但她知道一定有更多入侵者闖進來了。

偉大的星族，這就是我們的結局嗎？

第二十二章

松鼠飛甩甩頭好把那些恐懼麻痺感趕走。她的首要任務是幫助族貓脫逃，然後才能考慮回到山谷入口參戰。她一揮尾巴，無視耳邊如雷的打鬥聲，帶領眾貓繼續走。

她鬆了一口氣，看到蓋住脫逃小徑的藤葉並沒有被踐踏，正好有足夠的空間讓他們躲藏。貓兒們圍在荊棘環繞的缺口中，不安地凝視著矗立在身邊的圍牆。

「要爬上去並不難，」松鼠飛保證說：「我表演給你們看。來，棘爪，把小貓給我。如果被獾發現，你就盡量拖延時間。」一陣刺痛傳遍她全身，她這才發覺自己竟然全心全意地信任這隻虎斑戰士會在他們撤退時盡力守護。

棘爪輕柔地用尾巴拂過她耳朵，把小莓放下好讓她用牙齒輕咬住小貓咪。這個小東西已停止抱怨，看來是已經嚇呆了。

松鼠飛咬緊牙關往上一跳，亂扒著出了藤

葉，把爪子插進長在圍牆上幾個尾巴之高處的樹叢裡。她不小心讓小莓撞到了石頭，他尖叫了一聲。

「對不起。」她含糊不清地說。

後腳猛力亂抓的她來到缺了塊石頭的平台，她從那裡用腳抓住一叢叢的草往上爬，最後來到山谷邊緣上方。

她矮身鑽進跟蹤葉池時曾藏身其中的蕨叢，放下小莓，重而迅速地舔了他一下，「好啦，小東西，你現在安全了。」

她好奇地把頭伸到蕨葉上方。這裡聽不到空地上的打鬥吼聲，獾的氣味也很淡薄。那些充滿敵意的動物一定還沒有到過樹林的這一邊。她身子伏低到肚皮都貼上了草葉，匍匐著離開蕨葉的掩蔽，從山谷邊緣上方下望。

「這裡沒問題！」她喊著：「你們可以上來了。」

嘴裡叼著小榛的雲尾已經開始往上爬，他用力撐起身子，盡量不讓受傷的前腳受太多力。松鼠飛示意他把小貓放到小莓身旁，他把小貓放上了柔軟的蕨葉，同時擔心地嘆了口氣。亮心帶著小鼠就跟在他身後。

「妳留在這裡，」雲尾告訴她：「如果有獾來了，黛西和孩子們會需要照顧。」

「那你就留下呀！」亮心瞪視他，「我要回去戰鬥。你已經受傷了。」

「看在星族的份上，現在可不是吵架的時候，」松鼠飛喝斥他們：「我們全都要回去，黛西只能自求多福了。下面的雷族會需要所有戰士。」

亮心一個轉身消失在邊緣。雲尾嘀咕著：「哼，母貓！」就跟了過去。松鼠飛再次檢查了小貓，看到他們安全地在蕨葉上蠕動成一團，就轉身回到山谷，正好看到剛爬上來的黛西站在邊緣喘氣。

「我的孩子們呢？」她倒吸了口氣說。

松鼠飛用尾巴指了指，這隻馬廄場來的貓就衝到了蕨葉旁。

「謝謝妳，」她說，在走進蕨葉叢前她又回過頭來，「祝好運。」

「我們的確需要好運。」松鼠飛陰鬱地回答，振作爬下懸崖回到空地。

地面上，棘爪仍在顧守。蕨雲和樺掌在他身旁。這隻年輕見習生避開那隻獾的攻擊，但後半部有塊毛卻被抓下來，一隻眼也差點睜不開。他母親身側的爪痕上正流著血。

「看，蕨雲，妳可以從那裡爬出去。」棘爪說，此時松鼠飛正跳下幾個尾巴的距離，輕巧地降落在棘爪身邊。

一臉茫然的樺掌看不清脫逃小徑的方向，但蕨雲輕輕地把他推到石牆旁。

「跟緊他，」松鼠飛警告著：「黛西和小貓們已經在上面了。有位戰士保護，他們會很高興的。」

蕨雲對她感激地點點頭後，就跟在樺掌後頭開始在荊棘中往上爬。

棘爪正從一排籐葉後往外望，「我要去幫火星守住入口。」他說。

松鼠飛痛苦地吸了口氣：「火星還活著嗎？」

「不久前我還看到他，」棘爪安慰她：「戰爭還沒結束，我們待會見。」他一揮尾巴就衝了出去。

看著他消失在混戰中，松鼠飛的肚子突然絞痛起來。他們真的還會再見嗎？她想彌補他們之間的錯誤，是否已經太遲了呢？

松鼠飛無法忍受失去棘爪的念頭，正準備隨他而去，卻聽到附近傳出貓兒哀號聲。她掃視山谷一圈才看到黑毛，在陰影中他的一身黑毛簡直隱不可見。看來他傷得很重，因為他正用前腳在地上拖著爬行，好像後腳已經不能用了。

「黑毛，到這裡來！」她喊。

這隻黑毛戰士抬起頭，疼痛使他困惑地分不清這喊聲是從哪裡傳來的。松鼠飛朝他衝過去，奮力推他起身，讓他倚在她肩上並帶他回到藤葉後方。

「你可以從這裡逃走。」她邊說邊用尾巴指著牆上的小徑。

黑毛把眼裡的血滴眨掉，「爬——爬不上去……」他氣喘吁吁地說。

「你一定要爬！」

松鼠飛把他推上牆，黑毛出盡全力想爬，但兩隻後腳都斷了的他無法把自己向上撐。他勉強把自己拉上距地面幾個尾巴高的距離，然後又帶著恐懼的驚喊滑了下來。

就在這時候一隻獾出現了，牠穿過那排藤葉衝向黑毛。松鼠飛看到獾身側已癒合的傷口，立刻直覺地屈伸起爪子，想起扯裂過那粗黑硬毛的記憶。這一定就是被他們趕出領域的那隻母獾。有一陣子她定定凝視著那隻憤怒的動物。**我還為妳感到抱歉呢！**她想。**難道這是我們的報應嗎？**

黑毛抬起頭，怒吼著揮出一隻前爪，松鼠飛卻從獾身後跳上，用力在獾後腳上咬落。獾把她像隻蒼蠅似地一揮，她就跌進了一堆碎石中，有好幾個心跳的時間都動彈不得。等她終於設法站起來，那隻獾已經緩緩走進黑暗，只留下身體動也不動地躺著的黑毛戰士。

「黑毛，不！」松鼠飛搖搖晃晃的走向他。他喉嚨上有個新的深長傷口，眼睛無神地凝視著天空。

「星族呀！」松鼠飛慘叫著：「為什麼要讓這種事發生？」

但現在沒有時間為族貓們感到悲痛。她必須回育兒室去。她沒有選擇過來時的路，反而冒險衝過空地中央。

我們贏不了的！一個聲音在她腦海中尖聲響起。**牠們數量太多了！**

她拒絕聽那個聲音，一爪揮向那隻想阻擋她的獾的眼睛，同時發出憤怒的呼嚕聲直到那隻獾退後。她來到育兒室，看到蕨毛蜷伏在入口處，在怒吼聲中對抗一隻年幼的獾。那隻獾遲疑了一下，好像以為會有更輕易到手的獵物。

幾個狐狸尾巴長的距離外，灰毛正跟一隻體型較大也較年長的獾打鬥；松鼠飛驚慌地看著那隻獾一爪擊向灰毛戰士的頭部，並把他摔到了地上。

松鼠飛發出尖叫，撲向那隻獾的身側，撞得牠站不穩腳步。那隻獾往旁邊蹣跚了幾步，露出了下腹；松鼠飛衝進牠爪間，用前爪猛力揮擊。那隻獾發出憤怒的狂吼。痛苦流竄過松鼠飛全身，原來獾的長利爪陷進她的肩膀，她被翻過身來，獾把全身重量壓向她胸口，使她無法呼吸。她感覺自己好像被壓進土裡，可以想像自己的骨頭正在碎裂。她被滿嘴炙熱的毛嗆住了，只能徒然地揮爪，意識正逐漸消失。

那重量突然移開，她又能夠呼吸了。她一面喘氣，一面搖搖晃晃地站起，看到灰毛咬住獾的前腳，身體被想把他甩掉的獾左右搖晃著。松鼠飛狂怒地一吼，從另一邊衝了上去。那隻獾轉過頭來，對她張開大嘴，她矮身避過，對獾的喉嚨揮出一擊，然後在獾來不及還手前竄逃。

這時灰毛也跳下來往前衝，想引開獾對松鼠飛的注意，好讓她再衝過來攻擊獾的肩膀。那隻獾前後閃著，卻怎樣也打不中目標，牠的咆哮變成沮喪的怒吼，轉過身從門口逃走。

松鼠飛與灰毛交換了一個勝利的眼神，然後轉身去查看育兒室。蕨毛仍然在跟那隻小獾扭打，牙齒咬著獾的耳朵。在松鼠飛和灰毛還來不及行動之前，那獾卻忽然用爪子一把推開了黃毛戰士，然後一頭衝進了育兒室。

一陣恐懼的驚叫從蕨叢裡傳出，松鼠飛驚得凝在當地。

「星族，救救我！」

第二十三章

葉池和鴉羽停在那條通往雷族領域的小溪階石旁。黑夜來臨了，一彎細細的新月高掛在天空。他們走了一整天，只在日正當中的時候才停下來飽餐一頓兔肉。現在葉池的腳掌痠痛，逐漸加大的恐懼使她的心怦怦跳著。

「再見，」她低聲說，鼻子輕輕地按向鴉羽的毛皮：「等這一切結束，我們再見。」

「妳說再見是什麼意思？」鴉羽質問她：「有那些邪惡的獾在，我才不會離開妳。」

「可是你必須去警告風族。」

「我知道，我會去；但我要先送妳回營區。不會花多少時間的。」

看著他眼裡頑固的光芒，葉池知道與他爭執只是浪費時間。她敏捷地從一塊石頭跳上另一塊，帶頭走下山坡進入樹林之中。

在開闊的天空下走了很久之後，再次走進樹林是會寬心的，但葉池回家的溫暖感覺卻維持不了多久。一股腥臭幾乎立刻瀰漫在他們身邊，把樹林裡其他的氣味都掩蓋住了。

「是獾！」鴉羽咆哮著。

葉池嚇得說不出話來。即使這段走過沼地的長途跋涉使她疲累不堪，她仍然加快腳步開始在樹林間奔跑，而與她並肩的是這隻灰黑毛的戰士。他們接近雷族營地時，她聽見的聲音正是使她心驚膽顫的夢魘——打鬥中貓兒的咆哮聲混雜在敵人低沉的怒吼聲裡。獾群已衝進了營地！

她來到山谷邊緣，聽到蕨葉裡一陣窸窣，一隻貓哀號著：「不要再來了！噢，救命啊！」葉池繞了過去，看到蕨雲和黛西正在蕨叢下往外望。黛西發出喊聲。

「葉池！」蕨雲驚喊：「妳怎麼——」她話只說了一半就補充道：「不，別停下來。快去幫忙其他貓。」

葉池和鴉羽繼續奔向通往入口的山坡。原本保護營區的荊棘圍籬被巨大的腳掌踐踏，已經完全坍毀，零散樹枝外的山谷到處是獾的身影，牠們長滿厚毛的肩隨著每一次的撲擊打鬥而上下起伏。葉池一眼瞥到了她父親，他的綠色眼眸裡閃著狂野的光，正揮動尾巴召集全族的貓兒。

「跟我來！把牠們趕走！」在咆哮聲中他撲向一隻臉上還帶著傷疤的公獾。

塵皮和棘爪緊跟在他後頭。塵皮衝向那隻獾的肩膀，伸出利爪在獾皮上留下爪痕；棘爪則飛身撲向另一隻正在怒吼的獾，並趁牠低下頭時一口緊咬住獾耳。

空地邊緣還住不到兩個月的貓窩已經被摧毀，樹枝散落得使葉池幾乎認不得自己的家。一隻巨大的獾踐踏著戰士窩，正追逐著雨鬚。距離葉池一個尾巴外的另一隻獾正跟蛛足扭打成一團，而沙暴則是咬著牠的後腳。

我來遲了！葉池驚慌地想。她在獾群裡並沒看到午夜，也許她在路途中已被那些一心想復仇的兄弟姊妹們抓住了，牠們阻止她前去警告貓兒。搞不好牠們已經把她殺死了！

葉池甩開使她無法動彈的恐懼，撥開被踐踏過的荊棘走入空地。一定有辦法讓她幫上忙，一個比與牠們共赴黃泉更好的辦法。正當她想衝進去打鬥，卻聽到一聲神祕的尖叫從喧囂中升起。那聲音從育兒室傳來，那裡的荊棘叢是唯一還未被毀壞的。

「煤皮！」她對鴉羽驚喊。

她四隻腳像長了翅膀似的在空地上一閃而過，完全沒注意到有隻獾正要對她展開攻擊，那獾只在鴉羽張牙舞爪地撲過去時後退了幾步。在她衝向育兒室時，他一直緊跟在她身後。

育兒室外一隻薑黃色的貓躺在泥地上，一隻獾正向她逼近。

「松鼠飛！」葉池嚎叫起來。

她的爪子插進那隻獾的腿，獾轉過身來，大嘴張合著。鴉羽撲身擋在葉池面前，爪子對獾的雙眼猛揮。在痛苦低吼聲中那隻獾向後退，蹣跚地逃走了。

葉池撲到她姊姊身旁。現在只剩她倆之間的心電感應告訴她姊姊沒死。看著松鼠飛抬起頭，困惑地眨眨眼，放鬆的心情從葉池耳朵傳到尾巴末梢。「葉池……妳回來了！」

「對，我在這裡。妳受傷了嗎？」

松鼠飛大大地吸了一口氣，「只是……有點喘不過氣。葉池，裡面……」她的目光轉向育兒室，「裡面……煤皮陪著栗尾……要生了。獾……闖進去。」

一股新的恐懼淹沒了葉池。**她真的來遲了**。

她越過松鼠飛衝進育兒室。裡面的影子充滿邪惡的咆哮聲，一聲恐懼的哀號穿透了咆哮。葉池認出那是栗尾的聲音。「栗尾，是我，葉池。煤皮在哪？」

黑暗中她什麼也看不見，只勉強能辨認出一個弓著背的巨大身形。獾的臭氣充溢在整間育兒室裡。她跑向前卻撞上了一個披著粗硬毛的堅硬身體。她一邊對著那隻獾的身側猛力揮擊，一邊喊著：「出去！給我出去！」那隻入侵者朝她轉過頭來，看到那眼睛裡閃著明亮而邪惡的光，她就知道自己正在經歷噩夢裡的那團翻滾黑霧。

她揮出一爪，在獾鼻上留下抓痕，看到血噴濺而出，那股熱熱的血腥氣味跟獾身上的腥臭味混合在一起。一隻爪子揮起來想襲擊她，但還沒碰到她鴉羽就出現在她身旁，對獾的臉部不斷攻擊。

那隻獾發出痛苦的嚎叫，牠轉過身把葉池推到一旁，一路上踩斷許多蕨葉，往育兒室出口走去。月光從間隙中照下來，露出松鼠飛和灰毛張望的恐懼臉龐。

「怎麼回事?煤皮受傷了嗎？」松鼠飛聲音沙啞地問。

「我還不清楚，」葉池回答，聲音因恐懼而發著抖，「我會去照顧她，妳繼續守在門口。」

她姊姊點點頭，跟灰毛走回門口。鴉羽跟葉池匆匆碰了碰鼻子，就跟在他們身後走去，「有需要就叫我一聲。」他說。

育兒室的地上蓋滿了厚厚一層苔蘚和蕨葉。栗尾躺在另一端，頭抬起來，雙眼恐懼地瞪視前方。她肚子傳過一陣有力的起伏，葉池這才注意到她就快要生了。她開始往育兒室那一端走去，腳掌卻擦過一個碎裂而靜止的軀體。

煤皮躺在她身旁的苔蘚上，腳掌和尾巴都軟垂著，雙眼闔起，鮮血從身側一個深傷口裡緩緩流出。

「煤皮……」葉池低聲說：「沒關係，是我，葉池。醒來吧。」

巫醫的眼睛抽動了一下睜開了，她凝視著葉池，「葉池，」她喘氣，「我對星族祈禱妳會回來。」

「我真不該離開妳的。」葉池在她導師身邊伏下，呼吸著那熟悉的安慰氣味：「對不起，非常對不起。煤皮，請妳別死！」

她從地上推來一小堆苔蘚，按在煤皮身側的傷口上。「妳不會有事的，」她說：「只要血一停，我就去找些金盞花來以免傷口發炎，還會拿些罌粟籽讓妳止痛。妳就能夠好好地睡上一覺，醒來之後會覺得好很多的。」

「不必了，葉池，」煤皮低聲說：「沒有用的。」葉池看到她的雙眼在陰影中閃著黯淡的光，「我就要加入星族了。」

「千萬別這麼說！」葉池抗議，用爪子扒來更多苔蘚塗在傷口上，血流卻毫不停止。

巫醫試著想抬起頭來，但顯然已經力不從心，於是頭又落下，「沒關係的，」她低聲說道：「星族已經說過很快會來接我。這是祂們為我安排的命運。」

「妳早就知道了？」葉池感覺像有個黑暗深淵就在她腳前裂開，而她只能無助地跌進去，「妳早就知道卻沒有告訴我？」

「這是我的命運，不是妳的。」

「但妳知道我在跟鴉羽私會！妳知道如果我離開，雷族就會沒有巫醫！煤皮，妳其實可以逼我留下的。」

她導師緩緩眨了眨眼，那雙藍色眼眸明亮至極。「葉池，我絕不會逼妳做任何事。如果要妳留下會讓妳不快樂，我就不會那麼做。妳必須全心全意地想當巫醫才有意義。」

「我是的，」葉池低語，「真的。」**追隨妳的心**，斑葉曾經這麼說過。

「妳是非常出色的巫醫。」煤皮這麼說。

「不，不是不是。我不僅私自離開，還拋下了妳和族貓們。噢，煤皮，我真的對不起妳！」

煤皮的尾巴梢輕微地顫動著：「沒什麼好原諒的。我很高興能加入星族，尤其知道現在雷族會有人照顧了。」

「不！」葉池大喊，好似光憑希望的力量她就能倒轉時間，阻止導師的死亡，「這一切都是我的錯。我真該留下的。我真該……」

煤皮搖搖頭，「情況並不會改變，」她喵聲說道：「我們無法改變命運。我們一定要有認知並接受命運的勇氣。」她發出深長的嘆息，「星族在等我了。再見，葉池。」

她閉起眼，身體痙攣了一下就不再動了。

「煤皮！」葉池把臉深深埋進導師的毛皮中。她感覺好像禿葉季裡的所有冰霜都聚集到了她四肢。

不久她感到身邊有溫暖的身子擦過，原來鴉羽在她身邊伏下了，「我很遺憾，葉池，」他低聲說：「我知道她對妳有多麼重要。」

「她把一切都傳授給我，現在卻死了，」葉池哀嚎著，「我不知道該怎麼辦。我信任斑葉，她要我追隨自己的心，但她明知煤皮會死！她怎麼能這樣？」

鴉羽又挨近她一些，用舌頭輕柔、撫慰地舔過她的臉和耳朵，「妳的確追隨妳的心了，」他喵聲說：「妳的心叫妳回家。離開這個部族，妳永遠也不會快樂的。」

葉池轉過頭看到他琥珀色眼眸中閃動的痛苦，「那你怎麼辦？」她低語。

鴉羽低下頭來，「妳的心在這裡，不在我身上。從來就不是真的在我身上。」

葉池感覺好像自己裂成了兩半，但她知道鴉羽是對的。她愛他，但愛得還不夠。有幾個心跳的時間她靠在他身上，最後一次感受著他的溫暖和力量，然後她用鼻子輕輕碰了碰煤皮逐漸冰冷的身軀。

「沒關係的，」她低語：「我會留下來照顧雷族，我答應你。有一天我們還會再見，一起在星光下散步。」

有一陣子她感覺到身邊有一灰一玳瑁色的兩隻貓擦過，聞到了兩股熟悉的氣味，斑葉和煤皮圍繞在她身旁。

「星族與妳同在，葉池，」斑葉低聲說，煤皮又加了句：「我們永遠都會照顧妳。」

然後她們就消失了。葉池蜷伏在地上，外面仍有打鬥的吼叫聲，栗尾則在室內另一頭的角落裡大口喘氣，孩子們正掙扎著要出世。

「妳的朋友需要幫忙，」鴉羽喵聲說道：「我能做什麼嗎？」

「去幫其他貓兒把獾趕走。」葉池驚訝地發現自己的語氣竟然如此冷靜。「如果有機會，就請其他貓帶你去煤皮的窩，然後替我拿一些水薄荷來；但如果做不到也沒關係。最重要的是把獾趕出去。」

這隻灰黑毛戰士點點頭走出去。葉池繞過煤皮的身體，跨過苔蘚鋪成的床來到栗尾身邊。

「別擔心，」她安慰這位朋友：「這裡有我在。妳不會有事的。」

第二十四章

聽到身後的腳步聲，松鼠飛跳著轉過身來。鴉羽正從育兒室走出。

「裡面怎樣了？」她問。

這位風族戰士凝視她的樣子就好像她並不存在似的，「煤皮死了。」他聲音沙啞地說。

松鼠飛的肚子一陣緊縮。這不會是真的！星族不會這麼殘忍！她真想衝進育兒室親眼看看，並安慰她妹妹，但她知道她必須留在這裡，在栗尾生小貓咪時替她守衛。

山谷漸漸不再擁擠，彷彿有些獾已被趕了出去，但貓群們卻還沒打贏這場戰爭。地上有太多伸開四肢、靜止不動的毛茸茸軀體，腳印雜亂的土裡也染上太多的鮮血。

在幾個狐狸尾巴之遠，她看到火星和蕨毛正在跟一隻長腿公獾打鬥，他們輪流向前衝刺以擾亂獾的心神。那隻獾巨大的腳掌向他們揮去，而那力量大得足以壓碎頭顱或打斷肢骨。她的肚子翻騰著想尋找棘爪，卻看不見他。

鴉羽動也不動地在她身邊伏下，凝視著空地的琥珀色眼珠好似在燃燒。

「真想不到他也會為別族巫醫的死而感到沮喪。」灰毛悄悄在松鼠飛耳邊說。

松鼠飛沒有回答。他知道這隻灰黑毛的戰士並不只是為煤皮哀悼。影子裡又有隻獾走來，並張開大嘴露出兩排尖利的黃牙，一邊的肩膀血流如注；松鼠飛的肚子抽搐著，想像造成這道傷口的貓戰士不知道怎麼樣了。灰毛趁獾還未靠近育兒室就跳上前去挑戰，松鼠飛也跳著跟了過去：「鴉羽，守著入口！」她叫著。

她還來不及追上灰毛，注意力就被一聲恐懼的嚎叫吸引了。她轉過頭去，看到白掌平躺在被踏平的圍籬旁，一隻獾逐漸逼近她，而她卻嚇得無法動彈。松鼠飛一個大轉身衝到這位見習生身邊，她揮出一爪，然後又忙不迭地縮回，不可置信地瞪視前方。

「白掌，別怕，」一會兒之後她才終於吐出了幾個字：「是午夜。」

「妳好，小戰士。」午夜焦躁地說。

松鼠飛的直覺反應使她鬆了口氣，但現在一股懷疑又突然燃起。午夜是代表她的兄弟姊妹們來打鬥的嗎？松鼠飛退後一步，站在白掌面前保護著。

「妳在這裡做什麼？」她問。

「不要怕，」午夜安慰她：「我不愛打鬥，我帶來了幫手。」

她歪著頭好像在聆聽，然後往旁邊挪了一步好讓一大群貓兒湧進營區：一大隊強壯的戰士生力軍個個在怒吼聲中撲向獾群。裂耳、灰足、白尾、一星……風族來幫助他們了！

正在跟火星和蕨毛打鬥的那隻獾踉蹌後退，轉身逃走，火星和網足發出噓聲追了過去；夜雲和一星趕去跟灰毛一起把一隻太過接近育兒室的獾趕走；松鼠飛衝向前想幫忙，但還來不及揮出任何一爪，就發現所有的入侵者都正在逃出空地。她一個緊急煞車停步，看著牠們踏過山谷入口處的破碎樹枝離開了。

看到棘爪就站在不遠處，身側困難地起伏著，松鼠飛大大鬆了口氣。她迎上他的眼神，看到自己的驚喜也反映在他眼裡：那個最近才拒絕他們友誼的風族竟然來了。

與灰毛打鬥著的那隻獾蹣跚地經過她身旁，夜雲和一星緊追在後，那隻獾倉皇跑過荊棘圍籬僅剩的殘草，然後消失在樹林間，而一星在棘爪面前停下。

「你來了。」棘爪說。

「我們當然來了。」驕傲在一星眼中閃動，「雖然有四族，但我們還是可以互相幫助。」

灰毛搖搖晃晃地停在松鼠飛身旁，她轉身去舔他的傷口。他一邊的肩膀掉了一些毛，前腳還有一道深長的傷口。就連她照顧他的時候，她都得想盡辦法拋開自己關切棘爪遠比關心他來得多的念頭。

「你最好請葉池看看這個傷口。」她對他說。「煤皮」二字差點衝口而出。

「等一下吧，」他喵聲說道：「反正也不嚴重。真不敢相信會看到一星和他的戰士們出現，」他又加了句：「我以為我們都要加入星族了呢。」

「還沒那麼快。」松鼠飛說得似乎很有信心，但剛才發生的一切卻是個殘酷的現實向她橫掃而來，她想放聲大哭。除了煤皮和黑毛，還有多少隻貓兒已死？

最後一隻獾也在風族的驅趕下消失了。疲累不堪的雷族眾戰士逐漸聚集在營區中央，圍在午夜周圍。他們恐懼的眼神透著一些不知所措，好像還不敢相信戰爭已經結束。

白掌爬起來跑到雲尾和亮心身邊，他們正從長老窩的方向緩緩往這裡走來。雲尾的白毛上黏著血塊和泥土，大部分的重量都倚在亮心肩上；鼠毛領著長尾走下擎天架，瞇起眼睛四處張望著，好像還不敢確定所有敵人都已撤退；不久金花也出現了，棘爪、刺爪和沙暴跟在後頭。

塵皮一跛一拐地上前，掃視空地時眼裡仍有著恐懼：「蕨雲？」他焦急地說：「樺掌？」

「他們沒事，」松鼠飛的話使他放下了心：「他們在營區外照顧黛西和她的孩子們。」

這隻棕色的虎斑戰士顯然大大鬆了口氣，一下子就趴在地上開始舔起肩上的傷口。

火星搖搖晃晃地走到午夜面前停下，不確定地抬頭凝視，彷彿奇怪這隻獾怎麼沒有逃走。他的肌肉逐漸緊繃正準備要攻擊時，松鼠飛迅速往前跨了一步。

「火星，她是午夜，」她喵聲說：「就是我們在太陽沉沒之地所見過的那隻獾。午夜，這是我們的族長火星。」

「來到這裡很好，」午夜告訴他：「還能再看到旅途中的朋友；但我希望能夠高興點。」

「我們也是這麼想。」火星發出疲累地嘆息：「這件事妳都知道了？妳是來警告雷族？」

「不，她來警告我們。」一星走到火星身旁，「並請求我們幫忙。」

「攻擊提早了，」午夜解釋道：「來這裡警告雷族沒有用。最好先去找更多貓戰士。」

火星感激地眨眨眼，「我們真高興妳這麼做。感謝星族讓妳先知道兄弟姊妹們的計畫。」

「我是先看到星星才知道的，」這隻老獾告訴他，「然後我想勸他們打消念頭，但他們不聽，而且不透露消息給我。他們叫我『貓朋友』，還有其他更難聽的話。」

松鼠飛伸出爪子，「真希望我多扒下一點毛來，好為午夜出氣。」

獾聳了聳肩，「那不重要。我可以更早一點到。他們最恨河族，」她又說：「是那裡的戰士們先趕他們走的。」

「我們最好通知豹星，」火星喵聲說：「獾群仍有可能攻擊那裡。」

想到又要繞過湖到河族去，松鼠飛的肩膀就垮了下來。

「不需要，」午夜焦急地說：「他們已經打不動了，如果還想找麻煩，要先考慮清楚。」

「真是感謝星族啊。」松鼠飛咕噥道。她心裡正想不知還要多久才能爬進戰士窩的廢墟裡睡覺，卻聽到她妹妹的聲音從身後響起：「蕨毛？蕨毛在嗎？」

這隻薑黃色的戰士側躺在貓群外圍，身上的血慢慢滴進土裡，那模樣簡直就像已經昏迷。葉池走到他身邊時，他嘟噥著抬起頭。

「栗尾？」他腳步虛浮地站起，「栗尾出事了，對吧？她死了嗎？」

葉池在他身上擦過，看來也疲倦得很，「不，她沒事。她生下四隻健康的小貓咪。」

「四隻？」蕨毛的尾巴捲起：「太好了！謝謝妳，葉池。」他跑過營區，衝進了育兒室。

松鼠飛看著他走遠。感謝星族讓這場戰爭獲勝。比這次更重大的災難雷族都撐過去了，這個部族遲早會比以往更加興盛。育兒室裡的四條小生命就像是星族所給的承諾。

然而也有些生命結束了。煤皮的死會讓雷族哀悼好長一段時間；但是如果葉池沒有回來，事情只可能更糟。

風族貓兒回到營區時，鴉羽站了起來。

「看，是鴉羽！」白尾大喊：「他在這裡做什麼？」

一星大步走過來站在灰黑毛戰士面前：「鴉羽，你回來了……卻沒回到自己的部族。」

鴉羽堅定地看著他，「我想先安全護送葉池回家。現在我準備好回去了。」

「我們需要談談，但現在不是好時機。」一星說。

鴉羽點點頭，跟在他的族長身後走向火星。

「一星，全雷族貓都要感謝你，」火星喵聲說：「要不是你，到星族的戰士就更多了。」

「過去你也幫過風族，」一星回答，「我們來幫忙也是應該的。」

「我們不會忘記——」火星開口。

他的話卻被棘爪的一聲驚喊打斷，棘爪在離營區入口最近的位置。松鼠飛全身僵硬起來。難道獾群又回來了嗎？她不認為自己還能抬起任何一隻腳，更別提救命了。

但當她看到兩隻貓小心翼翼地從荊棘樹之間走來，所有的疲憊便一掃而空。其中帶頭的是一位強壯的戰士，有著厚厚的一身灰毛，他在空地邊緣停步，看了看四周。

「真沒想到會是這樣，」他喵聲說：「出了什麼事？」

松鼠飛不敢相信地凝視著。在被獾群襲擊過後，她以為再也沒有什麼事能嚇到她了，但她卻有一個心跳的時間完全忘了呼吸。

在被打得七零八落的貓兒中間，毛色光鮮、態度冷靜，只好奇地打量著他們的，是暴毛和溪兒……

國家圖書館出版品預編目資料

貓戰士二部曲新預言. 五, 黃昏戰爭 / 艾琳．杭特（Erin Hunter）著；約翰．韋伯（Johannes Wiebel）繪；韓宜辰譯. -- 三版. -- 臺中市：晨星, 2022.10

面；　公分. --（Warriors；11）

暢銷紀念版

譯自：Warriors : The New Prophecy. 5, Twilight

ISBN 978-626-320-061-6（平裝）

873.59　　110022149

貓戰士暢銷紀念版二部曲新預言之V

黃昏戰爭 Twilight

作者	艾琳．杭特（Erin Hunter）
繪者	約翰．韋伯（Johannes Wiebel）
譯者	韓宜辰
責任編輯	陳涵紀、謝宜真
文字編輯	郭玟君、陳品蓉、陳彥琪
文字校對	渣渣、曾怡菁、程研寧、蔡雅莉
封面設計	陳柔含
美術設計	張蘊方
創辦人	陳銘民
發行所	晨星出版有限公司 台中市407工業區30路1號 TEL：04-23595820　FAX：04-23550581 E-mail: service@morningstar.com.tw http://www.morningstar.com.tw 行政院新聞局局版台業字第2500號
法律顧問	陳思成律師
初版	西元2009年07月30日
三版	西元2023年08月15日（二刷）
讀者訂購專線	TEL：（02）23672044 /（04）23595819#212
讀者傳真專線	FAX：（02）23635741 /（04）23595493
讀者專用信箱	service@morningstar.com.tw
網路書店	http://www.morningstar.com.tw
郵政劃撥	15060393（知己圖書股份有限公司）
印刷	上好印刷股份有限公司

定價250元

（缺頁或破損的書，請寄回更換）

ISBN 978-626-320-061-6

☐ 我已經是會員，卡號 ____________________

☐ 我不是會員，我要加入貓戰士會員

姓　名：________________ 性　別：________ 生　日：________________

e-mail：____

地　址：☐☐☐______縣／市______鄉／鎮／市／區 ______路／街

______段______巷______弄______號______樓／室

電　話：____

☐ 我要收到貓戰士最新消息

貓戰士鐵製鉛筆盒抽獎活動

將兩個貓爪和一顆蘋果一起貼在本回函並寄回，就可以獲得晨星出版獨家設計「貓戰士鐵製鉛筆盒」乙個！

貓爪在貓戰士書籍的書腰上，本書也有喔！蘋果則是在晨星出版蘋果文庫的書籍書腰上！

哪些書有蘋果？科學怪人、簡愛、法布爾昆蟲記、成語四格漫畫...更多請洽少年晨星官方Line ID：@api6044d

點數黏貼處

請填妥後對折裝訂，再貼妥郵票寄出

請黏貼
8 元郵票

407

台中市工業區30路1號

晨星出版有限公司

TEL：（04）23595820　FAX：（04）23550581
e-mail：service@morningstar.com.tw
http://www.morningstar.com.tw

請沿虛線摺下裝訂，謝謝！

加入貓戰士俱樂部

【貓戰士會員優惠】

憑卡號在晨星出版社購書可享優惠、擁有限定商品、還能獲得最新消息等會員福利。

【三方法擇一，加入貓戰士會員】

1. 填妥本張回函，並寄回此回函。
2. 拍照本回函資料，加入官方Line@，再以Line傳送。
3. 掃描後方「線上填寫」QR Code，立即填寫會員資料。

Line ID：api6044d

「線上填寫」QR Code

★寄回回函後，因郵寄與處理時間，需2～3週。